SEIDE
BRAUNSCHWEIGISCHE JOHANNA

Ein deutsches *Requiem* nennt Adam Seide seinen Roman, in dem eine 17jährige – kurz vor der Hinrichtung – ihre Lebensgeschichte erzählt.

Auch der Richter kommt zu Wort, der 1944, in den letzten Kriegsmonaten, dieses Mädchen wegen Plünderung zum Tode verurteilt. Sie hatte nach einem Bombenangriff aus einem zerstörten Wohnhaus etwas mitgehen lassen. Ein Fall, der zeigt – was bereits Jahre vorher begann – wie sich die deutsche Rechtssprechung von den Nationalsozialisten hat vereinnahmen lassen. Es gibt zehntausend weitere; ein in seiner Alltäglichkeit unfaßbares Unrecht.

Adam Seide nimmt es zum Anlaß zu berichten von denen, die nicht in den Geschichtsbüchern auftauchen, die nie in Frage gekommen sind als Täter oder Mitläufer, Opfer oder Held. Deren eigenes kleines Leben zu bedrückt ist, um für andere in die Bresche zu springen, die nicht stark sind, auch nicht mutig oder zu jung, aber genug gesehen und erfahren haben, um zu wissen, daß das, was um sie herum geschieht, nicht rechtens ist. Innere Emigration wäre für viele ein zu großes Wort; ohnmächtig haben sie das »Dritte Reich« ertragen.

Wie weit reicht das nationalsozialistische System ins Privatleben derer, die damit nichts zu tun haben wollen. Wie groß ist die Chance jedes einzelnen, da lebend durchzukommen.

Es ist das besondere Verdienst des Erzählers Adam Seide, hierfür unaufdringlich-beschreibende, nie anklagende lakonische Worte gefunden zu haben, und eine Prosa, deren an das Gedicht angelehnter Rhythmus den Leser unweigerlich in den Bann zieht.

Trotzdem Seide das Spektakuläre meidet, liest man dieses Totenlied der 17jährigen Johanna atemlos bis zur letzten Seite.

Es ist ein *deutsches* Requiem.

DEM ANDENKEN VON LOTTE MÜLLER-DYES GEWIDMET
FÜR ALL DIE ANREGUNGEN DANKE ICH HELMUT KRAMER

Die braunschweigische Johanna

ADAM SEIDE

Ein deutsches Requiem

Roman / Revonnah

DIE DEUTSCHE BIBLIOTHEK – CIP-EINHEITSAUFNAHME
SEIDE, ADAM: DIE BRAUNSCHWEIGISCHE JOHANNA : EIN DEUTSCHES REQUIEM / ADAM SEIDE. - 2. ERW. AUFL. - HANNOVER : REVONNAH, 2001 . ISBN 3-934818-25-0

ZWEITE ERWEITERTE AUFLAGE – FRÜHLING 2001 – SECHSUNDSIEBZIGSTE REVONNAHVERÖFFENTLICHUNG ANLÄSSLICH DER URAUFFÜHRUNG DER THEATERFASSUNG IM STAATSTHEATER BRAUNSCHWEIG AM 20.II.1999 – REVONNAH VERLAG HANNOVER – TANYA HARKENTHAL ARNE DREWS GBR – IM MOORE 33. 30167 HANNOVER – FOTO. »SCHOOL LUNCH DÜSSELDORF« © 2001 BY HULTON GETTY MÜNCHEN – SATZ UND GESTALTUNG. ARNE FERDINAND KOPF – GESAMTHERSTELLUNG. OFFIZIN KOECHERT / NIHON PAPIERKONTOR HANNOVER – GEDRUCKT AUF SÄUREFREIEM UND ALTERUNGSBESTÄNDIGEM PAPIER – MIT DANK AN DIE SCHAUSPIELER JOHANNA GSELL UND HEINZ KRÜCKEBERG – DIESES WERK DARF - AUCH IN TEILEN - NUR AUF GRUND EINES SCHRIFTLICHEN VERTRAGES MIT DEM VERLAG AUFGEFÜHRT, VERVIELFÄLTIGT ODER IN ANDERER WEISE VERWERTET WERDEN – ALLE RECHTE VORBEHALTEN – PRINTED IN GERMANY – © 2001 BY REVONNAH VERLAG HANNOVER – ISBN 3.934818.25.0. – 28 DM/ 15,50 EURO

Johanna

Gnadengesuch, verworfen

Johanna:

*Ich bin vom Sondergericht Braunschweig wegen Plünderung
zum Tode verurteilt worden.
Ich bereue tief und aufrichtig, mich so weit vergessen zu haben.
Ich bitte von ganzem Herzen, diese harte Strafe noch einmal
von mir zu wenden und mir eine mildere aufzuerlegen.
Ich möchte einmal wieder in die Volksgemeinschaft aufgenommen
werden dürfen.
Ich habe doch sehr früh meinen Vater verloren, an dem ich
gehangen habe.
Ich lebe mit meiner Mutter, die schwer herzleidend ist, allein.
Ich bin verzweifelt, war verzweifelt; durch Terrorangriffe auf Braunschweig
sind wir schon dreimal ausgebombt worden.
Ich bin aus Verzweiflung zu dieser Tat gekommen.
Ich bin siebzehn Jahre alt und habe ohne Überlegung gehandelt.
Da dieses meine erste Strafe ist, trifft sie mich sehr hart.
Meine Tat bereue ich noch einmal sehr tief und bitte
um etwas Verständnis für meine schwere Lage.
Ich bitte um Gnade.*

Ich bin am 1. Juli 1927 in Peine geboren worden und heiße Johanna Braunschweiger, genannt werde ich vor allem von meinen Verwandten in Peine und Apelnstedt die braunschweigische Johanna, weil es noch andere Johannas in unserer Familie gibt und wir, als ich drei Jahre alt war, nach Braunschweig umgezogen sind, unsere kleine Familie hieß von da an eben die braunschweigische.

Dagegen hatte ich nichts, wogegen ich mich aber wehrte, war, daß mein Eigenname verstümmelt werden sollte, dagegen habe ich mich immer gewehrt und tue es auch noch heute, weil ich finde, Johanna, das bin ich, aber in all dem anderen kann ich mich nicht wiedererkennen, damit soll ich zu etwas anderem gemacht werden, was ich nicht bin und auch nicht sein will. Nun heißt meine Mutter ebenfalls Johanna und meine beiden Großmütter heißen ebenfalls so, sowohl die in Apelnstedt, die Mutter meiner Mutter, als auch die in Peine, die Mutter meines Vaters. Dieses sei eben nichts besonderes, der Name Johanna, haben mir die drei Johannas immer wieder zu verstehen gegeben, ich brauche mir auf den Namen nichts einzubilden, denn soweit sie zurückdenken könnten, hätten immer alle Frauen in der Familie Johanna geheißen, überhaupt hätten immer alle armen Frauen Johanna geheißen, etwas anderes wäre, jedenfalls bei ihnen, überhaupt nicht in Betracht gekommen, dieses alles sei immer ganz selbstverständlich gewesen; und die Männer hätten natürlich immer Johann oder Johannes geheißen, dabei habe man sich gar nichts gedacht, das sei eben so gewesen und sei auch noch so und werde wohl auch so weitergehen, wenn es sich nicht ändere; ich solle mich nicht so haben damit. Aber ich wollte meinen Namen – vielleicht, weil ich nichts anderes besaß – nicht verändern lassen. Mein Vater aber hieß Hans, alle Männer hießen Hans, Hannes, Johann, Johannes, Jo oder so. Meine Mutter wurde von meinem Vater aber Hanna gerufen oder auch Hannchen und hat darauf gehört, was ich nie verstanden habe, wo sie doch den schönen Namen Johanna trägt; mein Stiefvater nennt sie immer nur einfach Jona, nach der Bibel, sagt er und lacht, und meine Mutter lacht auch dazu; meine Großmutter in Peine nennen sie Anne oder Ännchen und necken sie damit auch noch, wenn sie dazu in Stimmung sind, indem sie dann »von Tharau, mein einzig, mein Lieb« hinzufügen, aber auch ihr scheint das nichts auszumachen; meine Großmutter in Apelnstedt wird einzig nur Hanni geheißen, ohne daß da dann noch etwas hinzugefügt oder abgeändert wird, ohne daß sie da aufmuckt. Ich aber heiße Johanna und will auch nicht einfach irgendwie anders genannt werden, ich bestehe auf diesem Namen, wenn auch auf nichts anderem.

Mein Großvater in Peine hat dort auf dem Walzwerk gearbeitet, wie mein Vater das auch getan hat; aber der Großvater ist schon lange pensioniert und kümmert sich nur noch um seinen Garten und um sonst weiter nichts. Mein Vater ist da, so sagte er immer, Invalide geworden und um sein Leben betrogen worden; aber davon weiß ich nichts aus eigener Erinnerung, das ist zu lange her, da war ich noch zu klein, das weiß ich nur so vom Erzählen meines Vaters und meiner Verwandten. Das sei eine schwere Arbeit gewesen, hat mein Vater immer gesagt, das könne ich mir gewiß gar nicht richtig vorstellen, ganz heiß sei es immer gewesen, geschwitzt habe er, wie eine Sau, so hat er gesagt, als wenn er in einen Ofen gekrochen wäre, wo noch Feuer gewesen sei, so wäre das gewesen, immer, und ganz verbrannt sei er noch davon, innen und außen, daß er noch lebe, das sei ein richtiges Wunder, welches er auch nie richtig begriffen habe, aber husten müsse er jetzt immer, und kalt sei es ihm, die ganze Lunge müsse er immer aus sich heraushusten, ob ich mir das denn auch vorstellen könne. Aber ich konnte mir das nie richtig vorstellen, so sehr ich mich auch darum bemühte.

Ich hatte ihn gern, meinen Vater, er hatte immer viel Zeit, er war auch nicht ungeduldig mit mir, alles hat er immer versucht, mir zu erklären, sooft ich ihn etwas gefragt habe und auch ohne daß ich gefragt hätte, manchmal habe ich dann dabei getan, als hätte ich das schon verstanden, um ihn nicht zu kränken oder weil ich selbst viel zu ungeduldig war, mir lange Erklärungen anhören zu müssen, aber er hat immer so lange weitergefragt und erklärt, bis er dann fand, nun hätte ich es wohl einigermaßen kapiert; er hat auch immer gesungen, mit einer rauhen Stimme, für mich und wohl auch für sich allein, mich anrührend und ergreifend; vorgelesen hat er auch immer und erzählt – was der erzählen konnte –, dabei konnte ich es bei ihm auf dem Schoß als kleines Mädchen immer lange aushalten und hatte dann auch überhaupt gar keine Angst mehr.

Meinen Großvater in Peine, den kenne ich gar nicht richtig, den habe ich ja auch nie richtig gesehen; wenn ich mal dort war, dann war er in seinem Garten, da wollte er niemanden sehen, auch die Großmutter nicht und seine Kinder, da durfte man nicht mit, da wollte er allein sein, keiner durfte ihn stören. Die Großmutter hat dann immer gesagt, daß man ihm das auch lassen müsse, das hätte schon seine Gründe, weiter hat sie aber auch gar nichts mehr darüber gesagt, und ich habe auch nicht gewagt, danach zu fragen, sie war schon unwirsch genug. Der Großvater kam immer zu den Mahlzeiten, blieb dabei stumm, keiner hat gewagt, ihn anzusprechen, er ist auch bald wieder aufgestanden, dann durften wir auch schwatzen, und war wieder weg, wahrscheinlich in seinen Garten. Meine Oma in Peine hat nicht mehr mitgearbeitet, als ich dort war, sie hat sich nur um den Haushalt gekümmert, womit sie genug zu tun hatte; vielleicht hat sie gearbeitet, bevor sie sich verheiratet hat, als junges Mädchen also; aber dann sind ja auch bald nach der Heirat die vielen Kinder gekommen, eines nach dem anderen und mußten versorgt werden; aber Geldsorgen gab es auch dort immer, und die Großmutter hätte wohl mitarbeiten müssen, wenn sie gekonnt hätte. Mein Vater hat ja noch viele Geschwister, die alle noch jünger sind, als er jetzt sein würde, da konnte die Oma nicht mehr aus dem Haus, obwohl es sicher notwendig gewesen wäre. Aber mein Vater hat ja schon früh Geld verdient und alles, was er verdient hat, zu Hause abgegeben, so hat es mir die Großmutter erzählt. Er soll für die jüngeren Geschwister so eine Art zweiter Vater gewesen sein, wo sie doch auch ihren richtigen Vater, der ja schon älter war, nie richtig zu Gesicht bekommen haben. Mein Vater habe auch, so die Großmutter, viel mit den kleineren Geschwistern gespielt, wenn er Zeit dazu gehabt hätte, das hätte ihm nie etwas ausgemacht, immer sei er fröhlich und vergnügt gewesen, auch wenn er viel gearbeitet habe und gerade von der Schicht gekommen sei; er habe die Kleinsten auf den Arm genommen, sei mit ihnen herumgetollt und habe mit ihnen herumgealbert (mit mir konnte er das ja nicht mehr so, deswegen hörte ich die Geschichten der Oma darüber immer gern an). Ganz anders als sein Vater sei er gewesen, der immer verdrießlich und ein Einzelgänger gewesen sei, den man nicht ansprechen durfte;

aber mein Vater habe das richtig wieder wettgemacht, so sagte die Großmutter immer, und alles Geld habe er immer in den Haushalt gegeben, nichts oder kaum etwas habe er für sich verbrauchen wollen, sie habe ihm immer etwas aufdrängen oder heimlich in die Tasche stecken müssen. Aber so sei das gewesen, sagt sie. Ich kann mir auch das schwer vorstellen.

Die Großeltern in Apelnstedt haben hart in der Landwirtschaft gearbeitet, sie haben ein kleines Stückchen Land und ein Häuschen; aber sie mußten von klein auf immer mit zu den Bauern auf die Felder, in die Rüben, das müssen sie auch jetzt immer noch, und ihre Kinder und Enkel müssen das auch, und ich mußte das auch, wenn ich in Apelnstedt war: da mußten die Äcker tief gepflügt werden, und dann mußte sorgfältig mit der Egge darübergegangen werden, danach wurde alles ganz platt gewalzt, erst dann mußten wir die Rübsamen einzeln mit der Hand in den Boden stecken, später mußten die Pflanzen verzogen, mußte das Unkraut gestochen werden, und wenn das geschehen war, kam das Jäten, Hacken und Anhäufeln und spät im Jahr die Ernte, jede Rübe einzeln aus dem Boden holen, dann die Blätter und die Wurzeln abmachen, immer gebückt, und den Rücken, den habe ich abends gar nicht mehr gespürt, die Rüben kamen dann in Körbe, die wurden auf dem Pferdewagen ausgeschüttet, dann mußten sie in die Zuckerfabrik transportiert werden; ja, und in der Zuckerfabrik haben sie dann während der Kampagne wohl auch noch gearbeitet. Mein Großvater in Apelnstedt hat immer gesagt, einen Eid schwören, sei viel leichter als Rüben graben, aber er hat, soviel ich weiß, nie einen Eid geschworen, würde das auch nie tun, weil seine Religion das verbietet. Wenn ich in Apelnstedt war, mußte ich auch immer ganz selbstverständlich in die Rüben, deswegen bin ich in den Ferien lieber nach Peine gefahren, wo mich die Großmutter verhätschelte. In Apelnstedt jedenfalls wurde nur von den Rüben erzählt, immer nur von den Rüben, sogar der Kaffee wurde aus getrockneten Rübenschnitzeln gebrüht, alles wurde aus Rüben gemacht, immer wurden nur Rüben gegessen, Rübenbraten am Sonntag, Rübenbrühe, Rübentorte und so fort. Wir Kinder haben uns aus Rüben Lampen gemacht, die Rüben ausgehöhlt, Kerzen hineingetan, Augen und Mund hineingeschnitten, auch Nasenlöcher, dann sah das aus wie Gespenster oder Hexen, zum Fürchten jedenfalls. Der Großvater in Apelnstedt sagte noch mehr über die Rüben, er erzählte keine Geschichten darüber, er machte nur so Sprüche, aber die machte er immerzu und bei jeder Gelegenheit, einige weiß ich noch davon: öfter hat er zu mir, aber auch zu seinen Töchtern, gesagt, wir seien dumm wie die Rüben oder auch, wir seien saure Rüben, aber das hat er wohl nicht so gemeint; seine Söhne dagegen hat er angefahren, sie seien betrunken wie eine Rübe; und zu seiner Frau hat er immer gesagt, und sie dazu über das Haar gestrichen, ihr Herz sei eine welke Rühe, bei ihr sei Rübe und Sack verloren; den jüngeren Söhnen wollte er immer die Rübe versengen, dann wollte er auch die Rüben Birnen sein lassen, und ganz geheimnisvoll flüsterte er manchmal, man müsse wissen, was die Rüben gälten; wenn er schimpfte, dann war ihm alles Kraut und Rüben durcheinander. Wenn er hörte, irgendwo in der Nachbarschaft sei wieder ein Kind geboren worden, dann sagte er, jetzt hätten die Rüben den Geschmack verloren; jetzt, im Krieg, sagte er immer, ist Wolfenbüttel hart bedrängt, haben sie schwer die Rüben umher versengt; aber dann auch, zwei Rüben dürfe man vom Acker stehlen, eine Rübe sei keine Rübe, zwei Rüben seien erst eine Rübe, drei Rüben seien ein Rübendieb; aber immer wieder ermahnte er uns, wie vorsichtig man mit den Rüben umgehen müsse, man müsse sie zum Beispiel vor dem Laurentiustag säen, wenn die Ernte gut werden sollte. Jedenfalls erinnere ich mich, wenn ich mich an Apelnstedt und die Großeltern in Apelnstedt erinnere, immer zuerst an die Rüben in Apelnstedt, die Felder, die Mühe, den wehen Rücken, die Butterbrote mit Rübensaft, mit Stips, wie wir das nannten, an den Großvater, der von nichts anderem reden konnte als von den Rüben. Apelnstedt und die Großeltern in Apelnstedt, das waren auch immer gleichzeitig die Rüben, die ich nicht ausstehen konnte; deswegen bin ich auch immer wieder ungern nach Apelnstedt gefahren. Alle, finde ich, sehen da aus wie die Rüben, sind ihnen auch schon ähnlich geworden, was ja kein Wunder ist, wenn alle tagaus, tagein, immer, ohne es absehen zu können, in die Rüben müssen und gar nichts anderes kennen und sogar noch davon träumen.

Meine Mutter muß eigentlich froh gewesen sein, durch meinen Vater aus Apelnstedt weggekommen zu sein; sie hatte immer nur einen einzigen Spruch über die Rüben in Apelnstedt auf den Lippen, daß nämlich die Wurzeln der Rüben die Wurzeln des Zankes seien; weswegen sich das so verhalte, das hat sie nie gesagt, ich kann mir das nur so erklären, daß schon um den Besitz einer einzigen Rübe gestritten wurde und der Streit darüber nie aufhörte; aber meine Mutter hat im Gegensatz zu meinem Vater nie viel gesagt und wohl viel in sich hineingeschluckt. Ich weiß also auch nicht genau, wie mein Vater und meine Mutter sich eigentlich kennengelernt haben, denn meine Mutter war bestimmt nie zuvor aus Apelnstedt herausgekommen, so stelle ich mir das jedenfalls vor. Vielleicht könnte mein Vater mit seinen Arbeitskollegen dorthin einen Ausflug gemacht haben und bei der Gelegenheit meine Mutter für sich entdeckt haben, was ja sehr romantisch gewesen sein könnte. Jedenfalls habe mein Vater meine Mutter beinahe vom Fleck weg mitgenommen. Fast entführt und dann geheiratet, ohne sich lange zu besinnen, so erzählt es jedenfalls meine Großmutter in Peine immer, nicht ohne Anflug eines Lächelns. Aber geheiratet werden mußte sofort, ohne lange zu fackeln, nicht etwa, weil ich schon unterwegs war, das nicht, sondern einfach deswegen, weil mein Vater sich das in den Kopf gesetzt hatte, und wenn der etwas wollte, dann konnte ihn keiner mehr davon abbringen, so dickköpfig konnte mein Vater sein.

Zuerst hat meine Mutter in dem Haus ihrer Schwiegereltern in Peine mitgewohnt, wo es natürlich sehr eng gewesen sein muß, kaum Platz war, weil ohnehin schon viele Personen miteinander hausten, aber Platz sei auch in der kleinsten Hütte, wenn man das nur wolle, lächelte meine Großmutter immer dazu, wenn sie das erzählte. Und dann wurde holterdiepolter geheiratet, ohne großes Fest; was soll ich ein Fest machen, hat mein Vater dabei gesagt, das kostet ja doch nur ein Haufen Geld für nichts und wieder nichts, das will ich lieber fein zusammenhalten, damit wir bald eine eigene Wohnung beziehen können. Und dann hat er noch mehr gearbeitet, hat alles Geld immer zusammengehalten, alles gespart, auch der Großmutter noch was gegeben, sicher doch, aber hat gespart dabei, sich nach einer passenden Wohnung umgesehen und wohl auch bald eine gefunden, sie angestrichen und tapeziert und eingerichtet, und dann hat er sich über die eigenen vier Wände wie ein Schneekönig gefreut, so hat er immer gesagt. Meine Mutter durfte von da an nicht mehr mitarbeiten, keine Rüben mehr verziehen, die es in Peine ja auch gab, durfte keine mehr auf den Tisch bringen, auch nicht mehr darüber reden, ganz streng muß mein Vater gewesen sein; meine Mutter mußte nur noch für meinen Vater da sein, die Wohnung picobello halten, immer etwas Gutes kochen, sich hübsch anziehen; sie haben aber auch gemeinsam immer etwas auf die hohe Kante gelegt, und als sie meinten, sie hätten einen kleinen Batzen, da haben sie miteinander verabredet, jetzt wollten sie ein Kind haben, sonst würde es für sie zu spät dafür. Ich bin ja auch das einzige Kind meiner Eltern geblieben, ohne daß sie das groß bedauert hätten.

Von dem Unfall meines Vaters weiß ich nicht viel, keiner erzählt gern darüber. Das muß auch wohl der Anlaß gewesen sein, weswegen meine Eltern nach Braunschweig umgezogen sind und meine Mutter doch wieder mitarbeiten mußte, obwohl mein Vater das nicht leiden konnte und sehr darunter gelitten hat, es doch zulassen zu müssen, weil die kleine Rente für uns drei ja nicht reichte; es war ja sein ganzer Stolz gewesen, eine eigene Familie ernähren zu können, das nicht mehr zu können, hat ihn wohl auch mit verbittert gemacht.

Ich mag vielleicht drei Jahre alt gewesen sein, als wir nach Braunschweig umgezogen sind. Da beginnen auch erst meine eigenen Erinnerungen, alles andere weiß ich aus dem Erzählen meines Vaters oder meiner Großmutter in Peine, aber manchmal bilde ich mir doch ein, ich hätte das alles wirklich miterlebt und mit eigenen Augen gesehen, aber das kann natürlich nicht so sein, dazu war ich noch viel zu klein oder sogar überhaupt noch nicht auf der Welt, um das alles selbst miterlebt haben zu können. Aber mein Vater konnte wirklich so erzählen, daß ich mir einbilden konnte, alles selbst miterlebt zu haben. Oder vielleicht habe ich das alles auch nur geträumt.

Aus eigener Kraft kann ich mich jedenfalls nur erst ab der Zeit erinnern, als wir schon längst in Braunschweig wohnten. Ich konnte schon laufen, ich konnte sprechen und zuhören, konnte auf eigene

Faust Entdeckungen machen und muß, wie gesagt, wenn ich das zurückrechne, so um die drei Jahre alt gewesen sein. Aber auch diese Erinnerungen sind nur dunkel da, trübe und verschwommen, wie Traumbilder, ein Nebel liegt über allem, und ich muß mich richtig kräftig bemühen, alles deutlich herauszulösen.

Das, was sich am meisten in mir festgesetzt hat, mich von Anfang an bewegte, und es auch heute noch tut, immer wieder, was alle anderen Erinnerungen überstrahlt, worin auch alle anderen eingebettet sind, ist die Erinnerung daran, als ich zum erstenmal bewußt das Geläut, den Klang der Glocken von St. Magni hörte, fühlte, in mir spürte, mit ihm klang und schwang und sang, das Stundengeläut, das regelmäßige, vom Morgen bis in den Abend zu hören, und dann das sonntägliche und feiertägliche Festgeläute, laut und ernst und weittragend, mich mit sich nehmend. Aber dieses Durchbeben, Durchzittern, Mitschwingen, welches das große Geläut von St. Magni immer in mir ausgelöst hat, ist auch mit vielem anderen durchmischt in meiner Erinnerung; es ist durchmischt mit dem Gesang meines Vaters, auf dessen Schoß ich mich geborgen fühlte – oh, wie konnte er bewegend singen; es ist durchmischt mit der melancholischen Musik der Leierkästen – die Krüppel, die sie bedienten, hielten regelmäßig unter unseren Fenstern, und ich durfte ihnen immer ein kleines Geldstück in Zeitungspapier eingewickelt hinunterwerfen; und es ist dies alles durchmischt mit der Musik, als solche kann man sie vielleicht nicht bezeichnen, die aus der Kneipe kam, über der wir wohnten, in der meine Mutter arbeitete, aus der wir zu essen bekamen. Das alles ist durchdrungen von so vielen Geräuschen und Musiken, die ich wirklich nicht alle mehr einzeln aufzählen und aufspüren kann, woraus sich aber in mir meine eigene Melodie gebildet hat, eine große Melodie, meine Melodie, woraus sich meine eigene Musik gebildet hat, der ich immer gefolgt bin. Immer habe ich sie gehört, ich höre sie noch immer, manchmal brach sie ab, dann begab ich mich auf die Suche nach ihr, habe sie dann auch immer wieder gefunden, meine Musik, meine Melodie, meinen Klang, bin ihr dann gefolgt, obwohl ich gar nicht singen kann, nicht musikalisch bin, aber meiner Melodie bin ich immer gefolgt, die hatte ich und habe ich in mir, der höre ich zu, der folge ich, die ist für mich bestimmt, für sonst niemanden. Jeder hat gewiß seine eigene Melodie, der er folgt, die nur für ihn da ist, für niemanden anderen sonst; so denke ich mir das, aber bis jetzt habe ich noch niemandem davon erzählt, weder meinem Vater noch meiner besten Freundin noch sonst jemandem.

Ich habe gern auf dem Schoß meines Vaters gesessen, als ich ein kleines Mädchen war, da war es warm, kuschelig, das war eine Höhle, in die ich mich verkriechen konnte; so konnte ich stundenlang auf dem Schoß meines Vaters sitzen, ihm dabei zuhören, auch wenn ich nicht alles verstand, mit ihm singen, auch wenn ich nicht richtig gesungen habe, mit ihm lachen und schmusen, Rätsel lösen, die nicht schwer waren, die er aufgab, bei deren Lösung er aber auch noch half, ich konnte dort lustig, aber auch still sein, und ich war dort glücklich geborgen. Wenn ich nicht auf dem Schoß meines Vaters war, saß dort unsere Katze, aber wenn ich angewackelt kam, sprang sie gleich hinunter, obwohl ich ihr nie etwas getan hatte, auch als kleines Kind nicht, aber sie wußte schon, wohin ich strebte; aber sobald ich von den Beinen herunterrutschte, sprang sie gleich wieder hoch, legte sich zurecht und schnurrte. Der Vater saß fast immer in einem Sessel am Fenster und las in der Zeitung oder schaute auf die Straße hinaus, er bekam auch dort sein Essen und bewegte sich kaum von der Stelle, ging auch fast gar nicht nach draußen, mochte sich nicht zeigen, fand sich häßlich, obwohl ich das gar nicht fand. Ich bin ja gar kein richtiger Mensch mehr, jammerte er immer wieder, ich bin ja nur noch halb, ließ sich aber auch gern von mir darüber hinwegtrösten; was das denn sei, so ein Invalide, dazu mit dem bißchen Rente, womit man ja doch weder leben noch sterben könne, so fragte er dann immer wieder; nur meine Mutter sagte dazu, ach, hör doch endlich auf mit diesem Gejammere, und dann hörte er auch auf. In Peine jedenfalls hatte er nicht mehr bleiben mögen nach dem Unfall, wo ihn dort alle anders kannten. Mein Stiefvater, Onkel Theo, war ein Arbeitskollege von ihm gewesen, er hatte gespart, aber nicht geheiratet und sich das hier alles so zusammengekauft, vielleicht hatte er auch ein bißchen dazugeerbt, was weiß ich, die Kneipe, das Haus, das Gasthaus Alt Brunsvig, Kuhstraße 14, Magni-Viertel. Onkel Theo hat ihm dann gesagt, mein

Vater könne mit seiner Familie nach Braunschweig kommen, wenn er nicht mehr in Peine bleiben wolle, die Wohnung über der Kneipe wäre frei. Wir sind dann eben nach Braunschweig gezogen, Familie Braunschweiger in Braunschweig im Haus Alt Brunsvig, das konnte ich mir früh leicht merken; meine Mutter hat von Anfang an in der Gastwirtschaft mitgeholfen, hat für uns noch etwas mit hinzuverdient, auch Sachen mit hochgebracht, und dann reichte das wohl so einigermaßen. Es hat keiner geklagt, ich hatte immer genug zu essen und bin immer satt geworden, mir hat es auch an Kleidung nicht gemangelt und anderem, ein eigenes Bett hatte ich auch, aber alle waren manchmal so ernst, wenn sie zusammen waren, auch mein Stiefvater dann, das habe ich gespürt, der doch ein Freund meines Vaters war und auch meine Mutter und mich gern hatte. Meiner Mutter habe ich immer geholfen, wie und wo ich nur konnte, auch als ich noch klein war, das war selbstverständlich, denn sie mußte ja schon früh hinunter in die Kneipe, außer montags, wo geschlossen war, weil, wie Onkel Theo immer sagte, dann schon alles versoffen gewesen sei und keiner sich traue, schon wieder anschreiben zu lassen, der Rausch müsse ja auch erst einmal wieder verflogen sein, bevor die neuen Demütigungen begännen, damit alle sich wieder neuen Mut antrinken müßten. Ich bin schon früh einkaufen gegangen mit einem Zettel, auf dem alles gestanden hat, was ich mitbringen sollte, einem Korb, in dem auch das Geld gelegen hat und in den die Sachen kamen; am liebsten bin ich zum Milchmann gegangen und habe mir die Kanne füllen lassen, auf dem Rückweg habe ich sie dann herumgeschleudert, ohne daß ein Tropfen heraussprang, wo ich das gelernt habe, weiß ich nicht, aber Kinder schnappen von Kindern schnell etwas auf; ich habe auch geholfen, das Geschirr abzutrocknen, ohne daß mir viel dabei kaputtgegangen wäre, ich habe auch Wäsche auf die Leine gehängt, oben auf dem Dachboden, habe Wäsche mitgezurrt und die Asche hinuntergetragen, wenn mein Vater den Ofen oder den Küchenherd ausgenommen hatte, um neues Feuer darin zu entfachen. Ich habe bei allem geholfen, was ich konnte, was natürlich mit der Zeit immer mehr wurde, weil ich ja auch älter und größer wurde, mein Vater unbeweglicher und meine Mutter immer abgespannter aussah. In unserer Wohnung, sie war ja gleich über der Kneipe, konnte man fast alles hören, was unten los war, aber meine Mutter konnte auch immer mal schnell zwischendurch heraufgehuscht kommen, um nach dem Rechten zu sehen. Tagsüber waren wir alle in dem großen Zimmer, das die Fenster zur Straße hatte; mein Vater saß in seinem Lehnstuhl im Alkoven, eine Decke über den Beinen, schaute, las und hätte wohl auch gern dabei geraucht, durfte es aber nicht und jammerte darüber; ich hatte meine Spielsachen über den Fußboden verstreut, die Katze ging umher; die Küche war, durch einen Flur getrennt, gleich gegenüber der Stube, nach hinten hinaus, daneben das Klo, und dann kam gleich die Kammer, in der ich mit meiner Mutter schlief; sie kam aber immer später ins Bett und stand früher wieder auf, so daß ich beinahe nie bemerkt habe, daß sie bei mir schlief; mein Vater hatte sein Zimmer, wo er schlief, gleich neben der Stube, was für ihn praktisch war, weil er da nicht so viel laufen mußte; ein Ofen war aber nur in der Stube und in der Küche ein Herd, die beiden anderen Zimmer brauchten so etwas nicht, weil wir ja doch nur in ihnen schliefen. Ich hatte die Wohnung gern, mir hat sie gefallen, aber ich bin auch gern auf die Gassen gegangen. Auf die Gassen lief ich, wenn der Vater müde war, er sah ja oft müde aus, aber auch, wenn es mir einfach so einfiel, dann sprang ich schnell die Treppen hinunter oder versuchte, das Geländer hinunterzurutschen und trödelte dann so durch das Viertel. Was es da alles zu sehen gab an kleineren Geschäften und Läden, das mochte ich gern; gern sah ich bei dem Schuster zu, der bei offener Tür arbeitete, oder ich guckte in den Hof, zu der Tischlerei, staunte darüber, wie die Särge gebaut wurden, fragte die Gesellen danach, wurde vom Meister weggejagt, trollte mich irgendwoandershin, bis ich genug hatte, müde oder hungrig war, dann ging ich wieder hoch zu meinem Vater, der sich freute, daß ich wieder da war, dem ich von allem, was ich gesehen hatte, berichten mußte, was ich auch gern tat, in meiner schwatzhaften Art. Ja, ich war wohl auch bald mit den anderen Kindern zusammen, mußte mich allerdings zuerst so richtig mit ihnen zusammenraufen, danach ging das schon ganz gut. Zuerst haben die Kinder immer hinter mir hergerufen, Hexe, Anneke und so, was ich zwar nicht verstand, aber deutlich war ich gemeint, und ich sollte geneckt, gehänselt, aufgezogen werden, was mich natürlich wütend gemacht hat (auf meinen Namen habe ich auch da immer bestanden), und dann bin ich hinter denen hergelaufen und habe das Kind, welches ich erwischen konnte, richtig verprügelt, wurde auch verprügelt, wenn ein größeres Kind dabei war, aber so haben wir uns zusammengerauft. Ich habe mich nicht necken lassen, weder von Kindern noch von Erwachsenen, weder wegen meines Namens, noch wegen meiner Haare (die früher röter waren als jetzt, jetzt sind sie ja fast schon blond), noch wegen meiner Brille, die ich schon von klein auf tragen mußte und immer noch tragen muß. An die Brille habe ich mich nie richtig gewöhnen können, die wollte ich nie gern aufsetzen, was ich aber mußte, um überhaupt etwas sehen zu können, jedenfalls störte sie mich immer beim Herumtoben. Wie oft habe ich vergessen, die Brille aufzusetzen, wie oft habe ich sie einfach irgendwo herumliegen lassen, wie oft habe ich sie aus Wut einfach weggeschmissen und andere haben sie mir nachgetragen, und ich mußte sie doch wieder aufsetzen, wie oft wurde ich jähzornig, weil ich nicht bekam, was ich wollte, und bin dann auf der Brille herumgetrampelt, bis sie kaputt war; aber immer wieder war eine neue Brille da, die ich wieder aufsetzen mußte, obwohl ich das nicht wollte, aber necken ließ ich mich deswegen noch lange nicht. Mein Vater war immer ganz geduldig mit mir, dem machte das alles anscheinend gar nichts aus, obwohl das alles ins Geld ging, was so reichlich doch nicht vorhanden war; meine Mutter dagegen war nicht so geduldig, der rutschte leicht die Hand aus, und wenn sie sehr wütend wurde, sich aufregte darüber, was ich schon wieder ausgefressen hatte, nahm sie auch schon mal den Handfeger und verhaute mich damit, das kam aber sehr selten vor, und danach tat es ihr auch immer leid, tröstete sie mich dann, heulte ein bißchen mit mir und gab mir wohl auch ein wenig Geld für Süßigkeiten. Am strengsten war mein Stiefvater mit mir, der schon ein bißchen was zu sagen hatte bei uns, der ja auch immer bei uns mitaß, wenn die Kneipe nicht geöffnet war, aber er haute nicht, er war nur mit Worten streng, ganz kalt konnte er sein, so, daß ich mich richtig vor ihm fürchtete, später hat sich das ja alles bei ihm gelegt.

Mit den Kindern jedenfalls kam ich gut zurecht, nachdem wir uns zusammengerauft hatten; nach einer herzhaften Prügelei oder mehreren war ich bei ihnen aufgenommen und anerkannt; keiner wagte dann mehr, mich zu necken und zu ärgern, und wenn andere das anfingen, anfangen wollten, dann setzte es was. Wir Kinder waren immer in einer großen Horde zusammen, kleinere und größere, Jungen und Mädchen, wir tobten immer wild durch die ganze Gegend: Langendamm, St. Magni, Wall, am Wasser, aber weiter durften wir nicht, denn da tauchten schon andere Kinderbanden auf und verteidigten ihr Revier. Ich war dann eigentlich beinahe immer draußen, vom frühen Morgen bis in den Abend hinein, auch wenn es schon dunkel wurde. Nur zum Essen sind wir alle hinaufgerannt und waren dann auch ganz schnell wieder draußen, wie ein geölter Blitz haben wir wohl alle immer gegessen, so hatte das mein Vater ausgedrückt. Ich solle nicht alles so in mich hineinschlingen, sondern in Ruhe essen und mir Zeit dabei lassen, hat mein Vater immer vergeblich gemahnt, aber ich habe darauf natürlich nicht gehört, sondern so schnell wie möglich alles hinuntergeschluckt und war dann wieder weg – vielleicht wollte mein Vater damit erreichen, daß ich noch ein bißchen länger bei ihm bliebe, aber diesen Wunsch hätte ich damals wohl nicht erraten und wenn, dann auch nicht erfüllen können, da doch alles in mir nach Bewegung drängte. Jetzt tut mir das ein bißchen leid, aber es ist zu spät, um daran noch etwas zu ändern. Wir haben dann Verstecken gespielt, Kriegen, Abschlagen, Hinkelkasten, Räuber und Gendarm, Ballspiele, mit Murmeln, Hölzchen und Seilen, was man eben so spielt als Kind, immer waren wir in Bewegung, nie war es langweilig, manchmal sind wir auch einfach so durch die Straßen gepest. Versteckt habe ich mich abends nicht so gern, oder vielleicht auch wieder doch, das war so gruselig, aber vielleicht auch richtig schön gruselig, ich weiß es nicht mehr richtig; jedenfalls war das so, wenn ich mich allein verstecken mußte, zu zweit ging das ja noch, dann haben wir uns an den Händen angefaßt, haben geflüstert, gekichert und gewartet, bis jemand kam, und wenn das zu lange dauerte, haben wir auch schon mal gepiepst, so, daß wir dann gefunden wurden; allein wurde ich manchmal überhaupt nicht gefunden, dann war ich stolz über mein gutes Versteck, enttäuscht, daß es keiner gesehen hatte, und gleichzeitig auch erleichtert. Manchmal wollten die Kinder auch, daß ich ihnen etwas erzählte, etwas ganz Geheimnisvolles, daß ich ihnen Rätselsprüche aufsagte, aus der Hand las und überhaupt geheimnisvoll war, wie ich es von meinem Vater gelernt hatte. Einerseits machte ich das gern mit ihnen, obwohl ich von meinem Vater auch gelernt hatte, nicht daran zu glauben; andererseits machte ich das auch wieder nicht so gern, weil mir selbst immer etwas unheimlich dabei wurde; ich habe es aber auch gemacht, weil alle das von mir wollten, weil ich den anderen gegenüber ein bißchen überlegen wurde, weil ich dadurch etwas bekam, was die anderen mir neideten.

Sonntags durfte ich nie hinunter auf die Gassen, keiner von uns durfte hinaus, da war es ganz still draußen, so richtig feierlich; dann läuteten auch noch die Glocken von St. Magni, da wurde mir ganz anders zumute, so ernst, so beklemmend und auch weit; dann wurde ich wie die anderen Kinder in die Sonntagskleider gesteckt, auch wenn ich mich wehrte, und wenn das Wetter danach war, machte auch mein Vater, der ja ansonsten nicht hinausging, einen Ausflug mit mir. Aber eigentlich fing der Sonntag ja schon immer am Sonnabend an: vor dem Abendbrot mußte ich nämlich aus der Kneipe für meinen Vater einen Krug Bier holen und durfte anschließend nicht mehr hinaus, das war nur am Sonnabend so, sonst trank er kein Bier. Ich habe mir dann immer den großen Krug von allein geschnappt, bin hinuntergegangen, habe mich an die Klappe gestellt und geklingelt, bin nie hineingegangen, dann wurde die Klappe aufgemacht, meine Mutter oder Onkel Theo haben den Krug entgegengenommen, ich reichte noch nicht einmal mit dem Kopf bis da hoch, habe dann gewartet, bis der volle Krug wieder durch die Klappe geschoben wurde, kalt und klebrig von dem Bier, von dem Schaum, der noch hinunterlief, habe den Krug genommen, der jetzt schwer war, den vollen, und mich damit nach oben getrollt, manchmal bekam ich einen Bolchen dazu. Schon während wir unser Abendbrot aßen, mein Vater und ich, kochte auf dem Küchenherd das heiße Wasser, und wenn wir fertiggegessen hatten, holte mein Vater die große Zinkbadewanne hervor, goß das Wasser hinein, prüfte, ob es nicht zu heiß oder zu kalt war, während ich mich schnell auszog, in die Wanne gesteckt, ordentlich eingeseift und mit der Bürste abgeschrubbt wurde, damit der neue Dreck der nächsten Woche wieder Platz habe, wie mein Vater dazu immer lachend sagte. Dann habe ich mir rasch das Weinen verkniffen und auch dazu gelacht, obwohl das Seifenwasser aus den Haaren in die Augen tropfte und die Augen fürchterlich brennen machte; zum Schluß hat mir mein Vater immer einen spaßhaften Klaps auf den Po gegeben und dazu gesagt, ich sei ja kaum mehr wiederzuerkennen, dann das Wasser angeguckt, den Kopf geschüttelt und sich gewundert, wie dreckig dieses Badewasser nun schon wieder sei, dabei solle es doch noch für die ganze Familie reichen – das waren die Späße, die er ständig wiederholte und die ich immer wieder hören konnte, ohne daß sie mir langweilig wurden. Nach dieser Prozedur kam ich dann in einem frischen Nachthemd in ein frisch bezogenes Bett, und alles roch so gut, so richtig schon nach Sonntag, ich war schon müde, schon schläfrig, mein Vater nahm mich dann auf seine Schultern, machte Reitbewegungen, wieherte wie ein Pferd und warf mich dann in mein Bett. Mein Vater setzte sich dann immer noch mit an mein Bett, erzählte noch etwas, las etwas vor, sang ein bißchen, machte wohl auch noch ein paar Zauberkunststückchen, die ich zwar alle schon kannte, über die ich aber immer wieder lachen konnte, weil sie auch immer wieder spannend und geheimnisvoll waren, mich dann erregten, aber wohl auch schon ein wenig ins Träumen hineingleiten ließen. Dabei muß ich wohlig eingeschlafen sein, ohne es selbst zu bemerken, obwohl ich mir immer fest vorgenommen hatte, darauf zu achten, wann ich denn nun einschlafen würde.

Wenn ich am Sonntagmorgen frisch aufwachte, dann roch es schon durch die ganze Wohnung nach richtigem Kaffee und selbstgebackenem Kuchen, die Glocken von St. Magni läuteten dazu, ansonsten war es still und feierlich. Ich durfte mich in dem Nachthemd mit an den Frühstückstisch setzen. Meine Mutter frühstückte auch mit uns, und manchmal kam auch Onkel Theo, der über uns wohnte, der die Kneipe noch nicht aufgemacht hatte, aber bald aufmachen mußte, auf einen Sprung vorbei, trank im Stehen schnell eine Tasse Kaffee, der so stark war, daß ein Löffel darin stehen konnte, lobte er regelmäßig, zündete sich eine Zigarette an und ging dann auch gleich, damit der Frühschoppen stattfinden konnte. Meine Mutter blieb aber noch, mein Vater holte seine Pfeifen, wählte eine aus, nachdem er sie alle lange betrachtet hatte, säuberte sie dann, stopfte Tabak hinein, entzündete diesen und machte ein richtig feiertägliches Gesicht, während er den ersten Zug aus seiner Pfeife in sich hineinsog. Schließlich mußte meine Mutter auch hinuntergehen, um für die Mittagsgäste alles vorzubereiten; und mein Vater fragte dann, nachdem er ein bißchen geraucht hatte, tja, was wollen wir beiden Hübschen denn nun mit dem angebrochenen Tag anfangen? Darauf hatte ich schon immer gewartet, mich darauf vorbereitet, hatte auch Vorschläge parat: Mascheroder Holz, Rautenberger Busch, Timmerlaher Busch, Lechlumer Holz, Schöppenstedter Turm, Wendenturm, Ölper Turm, Nußberg, Pawelsches Holz, Rischauer Holz, Querumer Wald, Buchhorst, Fürstenauer Wald und so fort. Mein Vater hörte aufmerksam zu, nickte manchmal mit dem Kopf, schüttelte ihn wohl auch mal, fragte dann, ob das nicht zu weit sei oder ob wir nicht schon dort gewesen seien; so haben wir immer lange beratschlagt, während mein Vater seine Pfeife rauchte. Wenn wir uns dann geeinigt hatten, begannen auch fast immer schon die Glocken von St. Magni für den Gottesdienst zu läuten und erinnerten uns daran, daß wir bald aufbrechen sollten. Die Glocken von St. Magni dröhnten immer so laut, daß auch alles in mir anfing zu dröhnen. Ich wußte manchmal gar nicht, ob das noch die Glocken waren oder aber ob das überhaupt nur noch in mir war: das Laute, das Vielstimmige, der Rhythmus, der Gesang, das Summen und Brummen, das Klingen, der Klang; das klopfte in meinem Kopf, in den Schläfen, in der Brust, ließ das Blut schneller rinnen, machte das Herz hüpfen. Die Glocken von St. Magni, ihr großer Klang, war sonntags tatsächlich in mir, dann fing alles in mir an zu singen, obwohl ich gar nicht singen kann, meine Melodie fiel mir ein, fiel mit ein, sang mit, summte mit, klang mit, im Kopf und überall anderswo in mir und um mich herum, vereinigte sich mit dem Gesang der Glocken, ließ mich eins sein mit ihnen, mit allen rings um mich herum. Ich hätte meinen Vater umarmen können, habe ich ja auch getan; ich hätte hüpfen können vor Freude, vor Vergnügen, vor Vorfreude auf den schönen Tag und die freundlichen, feierlichen Sonntagsvergnügungen. Alles sang also in mir, aber ich konnte nicht singen, mein Vater hatte mir das öfter gesagt, hatte es bedauert, hätte gern mit mir gesungen, er sang gern, er sang mit Inbrunst und hätte gern in mir jemanden gehabt, der auch mit ihm gesungen hätte, aber ich verdarb ihm immer alles, wenn ich mal nicht an mich halten konnte und einstimmte. Dann verzog er schmerzhaft das Gesicht, laß es sein, Kind, sagte er, das bringt doch nichts, und er hat nicht mehr gesungen; ich habe dann nicht mehr mitgesungen, aber in mir sang alles, ob das nun richtig oder falsch sein mochte, das spielte keine Rolle, in mir sang immer alles mit den Glocken von St. Magni. In den Gottesdienst sind wir natürlich nie gegangen, zu dem die Glocken ja riefen, höchstens sind meine Mutter und ich an Weihnachten gemeinsam in die Kirche gegangen, wenn sie Zeit hatte, sich danach fühlte und sehnte und nicht über irgend etwas verärgert war. Mein Vater hat dazu nur gesagt, laß die anderen das tun, wir haben auch unseren Glauben, aber dafür brauchen wir nicht unentwegt in die Kirche zu rennen, die ist auch nicht für uns da, die ist nur für die Pfaffen und ihre Freunde da, für uns Malocher ist das nichts, das heißt, hilf dir selbst, dann hilft dir Gott. Ich habe das wohl nicht richtig verstanden damals, und das Wort Malocher kannte ich noch nicht, habe auch nicht gewagt zu fragen, und mein Vater hat es auch nicht von sich aus erklärt. Aber dann hat er gesagt, nun laß uns mal endlich so richtig durch die Natur laufen, die ist für alle da, das ist auch unsere Kirche.

Ich habe rasch meine frischen Sachen angezogen, die meine Mutter schon zurechtgelegt hatte: Matrosenkleid, Lackschuhe, weiße Socken, eine Schleife ins Haar, obwohl ich das gar nicht gern mochte, und die Socken rutschten auch immer, aber ich habe es gemacht, weil ich mit dem Vater hinauswollte, in den Wald, immer in den Wald, immer nur in den Wald, nirgendwo anders hin. Mein Vater hat sich auch sonntäglich angezogen, und dann sind wir hinausgelaufen. Wir hatten natürlich Proviant mit: den Rest Kuchen, Butterbrote, hartgekochte Eier. Mein Vater quietschte beim Gehen mit dem Gummiabsatz seines Stockes, was schrill in mich eindrang, was ich aber auch lustig fand, weswegen er ja immerfort quietschte; wir sind munter drauflosgegangen, in der einen Hand hatte mein Vater den Stock, an der anderen hielt ich mich fest, erst durch die Stadt, wo es still war, durch Nebenstraßen und Abkürzungswege, bis wir dann endlich im Wald waren. Da hat der Vater sich erst einmal auf eine Bank gesetzt, hat tief Atem geholt, seine Arme weit ausgebreitet und dann nach einer langen Zeit gesagt: schön, ist das nicht schön? Er hat dazu genickt und war stumm, hat nur rundherum geguckt, und die Arme blieben so ausgebreitet, als wolle er alles umfassen, alles an sich drücken. Ich bin dann allein ein bißchen durch die Büsche gelaufen, habe Beeren gepflückt und Pilze angeschleppt, die der Vater begutachten mußte, die wir dann immer alle mitgenommen haben; die Mutter hat sie dann alle weggekippt, mit Pilzen wollte sie nichts zu tun haben, sie schienen ihr alle giftig zu sein, obwohl sie doch interessant aussahen. Dann hat der Vater, wenn er genug von der Schönheit der Natur gesehen und sich etwas ausgeruht hatte, gesagt: Komm mal, laß uns noch ein bißchen gehen. Dann sind wir schnurstracks zu der nächsten Waldwirtschaft gelaufen, haben unsere Vorräte ausgepackt, der Vater hat für sich eine Kanne Kaffee dazu bestellt, für mich eine Flasche Limonade, die war ganz grün, wie der Wald, und die Flasche hatte einen Kugelverschluß, den man in sie hineindrücken mußte. Der Vater hat dann eine Unterhaltung mit anderen Männern angefangen, und ich bin zu den Kindern auf den Spielplatz, auf die Wippe oder Schaukel oder Karussell oder auch einfach so herumgerannt, bis es spät wurde und wir wieder zurück mußten. Dann haben wir uns beide wieder an den Händen gefaßt, ich habe ihm erzählt, was ich gemacht habe, er hat gesagt, wie du wieder aussiehst, wenn das deine Mutter sieht; er hat Wanderlieder gesungen, hat auch mit dem Stock gequietscht, wir haben uns dann nicht mehr hingesetzt, sondern sind den Weg durchgegangen, haben uns dann bei uns oben umgezogen und sind in die Kneipe zum Abendbrot. Anschließend war ich meistens müde, daß ich hochgetragen werden mußte, dabei schon fast schlief und auch im Bett nicht mehr aufwachte. Das waren glückliche Tage. Wenn das Wetter schlecht war, sind wir in ein Museum gegangen, haben uns alles angeschaut, mein Vater hat mich immer wieder auf etwas aufmerksam gemacht, zum Kaffeetrinken waren wir meist wieder zu Hause. Das Mittagessen haben wir ausgelassen, weil wir fanden, daß es uns zuviel Zeit wegnehmen würde, außerdem hatten wir ja auch schon ausgiebig gefrühstückt, während andere Leute schon längst in der Kirche waren. Im Winter haben wir den Schlitten genommen, mein Vater hat ihn den Berg hochgezogen, und ich bin allein hinuntergerodelt; später bin ich mit den anderen Kindern auf der zugefrorenen Oker Schlittschuh gelaufen.

Auch an die Feiertage erinnere ich mich gern, schon weil sie seltener waren als eben die Sonntage, ich habe auch gespürt, daß dies auch für die Eltern etwas Besonderes sein mußte: wenn mein Vater in den Keller verschwunden war und auch einige meiner Spielsachen verschwunden waren, wußte ich, jetzt naht Weihnachten, denn dann konnte ich auch ganz sicher sein, daß er wieder an etwas für mich bastelte. Zuerst war das ein Holzschaukelpferd, ganz bunt bemalt und mit einem Schwanz aus richtigen Haaren; dann kam ein Puppenhaus mit kleinen Möbeln, Kochherd, Gardinen, Tapeten, Geschirr, nur alles kleiner; danach war es ein Kaufmannsladen mit Regalen und Schubladen, Tresen und Waage, Schaufenster und Eingangstür mit Klingel. Jedes Jahr wurde etwas davon ausgebessert und verschönert, dies war dann jedesmal auf geheimnisvolle Weise Anfang Dezember verschwunden (ich wußte natürlich, daß mein Vater das in den Keller gebracht hatte, aber ich ließ mich auch gern in dieses Geheimnisvolle einlullen), und keiner wußte, wohin; das wird wohl der Nikolaus mitgenommen haben, um damit vielleicht andere, ärmere Kinder zu bescheren, machte mich mein Vater immer ganz gespannt, aber dann kam es prächtiger als je zuvor am Heiligen Abend auf dem Gabentisch wieder zum Vorschein, und mein Vater bemerkte dann dazu in seiner trockenen Art, das hat der Weihnachtsmann wieder mitgebracht; meine Mutter hatte etwas Neues dafür genäht, und mein Vater hatte es wie neu hergerichtet. Im ganzen Haus roch es in dieser Zeit immer nach frisch aufgekochtem Leim wie beim Tischler nebenan; ich habe auch später noch an diesen liebevoll selbstgebastelten Spielzeugen meiner Kindheit gehangen, die ja bei den Bombenangriffen zerstört worden sind, es ist mir nichts davon geblieben als die Erinnerung. Vor dem Abendessen gingen am Heiligen Abend meine Mutter und ich in die Kirche von St. Magni. Die Glocken von St. Magni, fand ich, hatten schon immer den ganzen Tag nach mir gerufen, hatten gefragt, wo ich denn bliebe, wann ich denn endlich käme; und wenn ich mich mit der

Mutter auf den Weg machte, dann freuten sich auch die Glocken, klangen voller und sogen mich förmlich an, so daß ich gar nicht schnell genug zu ihnen kommen konnte; dränge doch nicht so, mahnte meine Mutter, wir kommen doch noch früh genug, aber mir wollte es immer als zu spät erscheinen. Dann die vielen stillen Menschen, die Kerzen, die Glocken, die Orgelmusik, die Gesänge, das Lesen der Weihnachtsgeschichte, all das wühlte mich auf und machte mich doch zugleich zufrieden, ich weiß auch nicht, wieso. Wenn wir dann nach Hause kamen, stand das Abendessen schon auf dem Tisch, und wir aßen still und angerührt, ich wurde immer schon ganz zappelig, bis meine Mutter den Tisch abräumte und der Vater die Kerzen am Tannenbaum anzündete, wartete ich schon etwas ungeduldig, dann durfte ich auch die Geschenke auspacken. Das waren meistens einige neue Kleidungsstücke, ein Teller mit Keksen, Schokolade, Nüssen, Äpfeln und Apfelsinen (eine Seltenheit), das Puppenhaus oder der Kaufmannsladen waren neu hergerichtet und ausgestattet worden, eine neue Puppe oder ähnliches war dann auch dabei; ich kam mir reich beschenkt vor. An den Weihnachtstagen mußte die Mutter wieder arbeiten. Ich habe die Spielsachen neu entdeckt, habe von meinem Teller genascht oder auch von dem der Mutter oder des Vaters; wenn Schnee lag, bin ich mit dem Vater zum Rodeln gegangen.

An Silvester durfte ich immer lange aufbleiben und auch mal an dem Glühwein nippen. Vorher aber half ich immer bei der Zubereitung des Heringssalates, von dem immer eine Riesenschüssel frisch von meiner Mutter gemacht werden mußte, keiner könne das so gut wie sie, lobten mein Vater und Onkel Theo immer einstimmig den Salat: Mutter kochte die roten Rüben, Vater säuberte die Heringe, ich durfte die Rüben schälen, bekam ganz dunkle Finger davon, die sich nur schwer wieder säubern ließen, Onkel Theo durfte den Heringssalat dann als erster probieren - wir warteten immer alle ganz gespannt, was er dazu sagen würde, er verdrehte die Augen, wenn er den Löffel in den Mund gesteckt hatte, wälzte den Salat im Mund, machte Geräusche mit der Zunge, bis er endlich »mmh« machte und sehr gut sagte -, war das spannend! Wir feierten nämlich das neue Jahr unten in Onkel Theos Kneipe mit vielen anderen Leuten zusammen. Die Kneipe hing voller Luftschlangen und Girlanden, Lampions waren aufgehängt, alles war lustig dekoriert, und die Leute, meine Eltern, Onkel Theo und ich trugen bunte Papierhüte. Und wenn die Glocken von St. Magni das neue Jahr einläuteten, dann wurden Konfetti in die Luft geworfen, alle sagten prosit Neujahr zueinander, stießen mit ihren Gläsern an, umarmten sich und gaben sich einen Kuß, auch wenn sie sich gar nicht kannten. Ich wurde auch umarmt und geküßt von fremden Leuten, obwohl ich das gar nicht so gern mochte, konnte mich aber nicht dagegen wehren, weil das komisch gewesen wäre. Dann gingen wir alle vor die Tür – ich hockte auf den Schultern meines Vaters – und sahen dem Feuerwerk zu, sagten ah und oh, hörten es zischen und knallen, all das durchmischt mit dem Geläut von St. Magni. Wenn wir dann wieder hineingingen, waren wir ganz durchgefroren, alle aßen und tranken, die Musik wurde laut, es wurde getanzt, ich durfte auch mittanzen, alle waren vergnügt und hofften wohl, daß das neue Jahr besser würde als das alte. Es wurde dann noch lange gefeiert, und ich durfte so lange mitfeiern, wie ich wollte.

Am Ostersonntag bin ich immer gleich nach dem Frühstück mit meinem Vater in die Wälder gegangen, und statt Pilze oder Beeren habe ich dann Ostereier gesucht, die natürlich mein Vater versteckt hatte, ohne daß ich es bemerkte, aber von denen er behauptete, daß es der Osterhase gewesen sei, und obwohl ich auch da das Richtige zu wissen meinte, habe ich mich gern narren lassen: schau, sagte er, da läuft der Osterhase, ob er nicht irgendwo etwas für dich versteckt hat, such doch mal; ich habe mit Eifer gesucht, mein Vater hat mich angefeuert, hat gesagt, heiß oder kalt, oder schau doch mal dort oder dort, dann fand ich immer ein kleines Nest mit Zuckereiern, oder hartgekochten, bunt bemalten Hühnereiern oder einem großen Schokoladenei mit vielen kleinen Eiern darin. Zu Hause wieder angekommen, gab es warmen Kartoffelsalat mit Speck und hartgekochten Eiern; den Speck habe ich heraussortiert, wozu meine Mutter bemerkte, ich solle nicht so mäkelig sein, das sei das Beste, und ich brauche doch etwas zum Zusetzen. Nach meinem Geburtstag wurde ich dann immer gleich in die Sommerfrische nach Peine oder Apelnstedt geschickt. Aber für den Geburtstag, gleichgültig, auf was für einen Wochentag er fiel, buk meine Mutter immer einen Topfkuchen, ein Kranz mit verzierten Kerzen war aufgestellt, mit so vielen wie ich gerade alt geworden war, auf dem Tisch lag eine frische Decke, es waren kleine Geschenke da, schon für die Sommerfrische bestimmt, und zum Nachmittag durfte ich immer eine Freundin mitbringen. Einmal hat mir mein Vater zu einem Geburtstag eine Tasche aus verschiedenfarbigen Lederstücken gebastelt, Dreiecke, Quadrate, Kreise und andere Formen, eine einfache Tasche mit zwei Henkeln; diese Tasche habe ich immer noch, ganz weich und samten fühlt sie sich an.

Und bald danach ging es immer in die Sommerfrische, damit ich braungebrannt und mit roten Wangen wiederkäme, wie mein Vater sagte, wenn er mich zum Bahnhof brachte, um mir den Abschied zu erleichtern. In Peine konnte ich gut der Großmutter zuhören, wenn sie davon erzählte, wie es war, als sie noch ein kleines Mädchen war, so alt wie ich; wie es war, als mein Vater, ihr Sohn, klein war, obwohl sie sagte, die Kinder blieben immer die Kinder, so alt sie auch würden, aber Kinder der Mütter blieben sie immer; ich konnte auch zuhören, wenn die Großmutter davon erzählte, wie ich als Baby war, wie sie den Großvater, wie mein Vater meine Mutter kennengelernt hatte und was ihre anderen Kinder jetzt machten, die alle schon aus dem Haus waren, verheiratet, mit Kindern, aber für meine Großmutter blieben sie immer noch ihre kleinen Kinder. Dann haben wir an dem blankgescheuerten Tisch in der Küche gesessen, die Oma mit einer großen Kanne Kaffee, auf der ein gestrickter Überzug war und ein Schwamm, damit sie nicht tropfte, bis die Oma dann sagte, ach du liebe Zeit, jetzt muß ich ja kochen, sonst schimpft der Vater, wenn er aus dem Garten kommt und er sein Essen nicht pünktlich bekommt. Nach Apelnstedt bin ich nicht so gern gefahren, denn da gingen alle immer, jeden Tag, auch sonntags, in die Rüben, und ich mußte natürlich auch mit, das wäre auch merkwürdig gewesen, wenn ich gesagt hätte, ich wolle das nicht. Aber aus Apelnstedt bin ich immer ganz braungebrannt nach Braunschweig zurückgekommen, wie ein Neger, wie mein Vater bewundernd sagte, gar nicht wiederzuerkennen; dort lief ich immer, wie die anderen Kinder, barfuß herum, mußte auch sonst nicht auf mich achten. Abends haben wir immer an einem langen Tisch auf dem Hof gesessen, mit vielen anderen, die mit uns in den Rüben gearbeitet hatten, haben gemeinsam gegessen und getrunken, und einer der Onkel hat auf der Ziehharmonika dazu gespielt, alle haben gesungen, ich auch, keiner hat geschimpft, daß ich falsch sänge, und wenn es dunkel wurde, die Sterne zu sehen waren und der Mond aufging, dann war es mir ganz wehmütig zumute, und ich meinte, inmitten des Gesangs die Glocken von St. Magni zu hören. Heimweh hatte ich eigentlich nie, wenn ich in der Sommerfrische war, aber doch so eine Sehnsucht nach St. Magni, der Kuhstraße, der Katze, der Wohnung, dem Vater, den Gassen, den Kindern; und ich fürchtete, das könnte, während ich weg war, vielleicht auch alles verschwunden sein, ich würde es, wenn ich zurückkäme, überhaupt nicht mehr wiederfinden; aber ich habe das ja alles immer wiedergefunden, was jetzt zerstört ist, nicht mehr wiederzufinden ist.

Ab irgendwann brauchte ich auch nicht mehr nach Apelnstedt zu fahren, mein Vater hatte ein Einsehen mit mir, und auch meine Mutter hatte nichts dagegen, obwohl sie einwendete, sie hätte das früher auch gemußt, ihr habe das nichts geschadet, so könne mir das auch nichts schaden, im Gegenteil, ich könne auch davon etwas lernen. Ich war jedenfalls froh, wenn ich aus der Sommerfrische wieder zurück war, alles in unserem Quartier wieder für mich entdecken konnte und alles wieder so vorfand, wie ich es verlassen hatte, jedenfalls hatte das lange Zeit den Anschein für mich. Eine Freundin hatte ich auch, Erika; sie wohnte in der Jodutenstraße, bei uns um die Ecke. Das hatte sich beim Spielen ergeben, daß wir beide gemeinsam nach Hause mußten oder auch fast gleichzeitig aus unserem Haus gestürmt kamen, später haben wir uns gegenseitig abgeholt, wenn die eine oder andere noch nicht da war, dann fing das auch an, daß wir Hand in Hand nach Hause gingen, wenn es Zeit dafür war; ihre Eltern waren strenger mit ihr als meine mit mir, obwohl wir im Alter nicht viel auseinander waren, wir sind später gemeinsam in die Schule, in die gleiche Klasse, gegangen und waren da auch noch befreundet. Ihr Vater war Polizist, sie hatte noch mehrere Geschwister, alle älter als sie, hauptsächlich Brüder, die auch schon arbeiten gingen, von denen hatte sie auch etwas aufgeschnappt über Mädchen und Jungen, den

Unterschied, wovon sie mir weitererzählte. Jedenfalls waren wir dann, außer an Sonntagen, Feiertagen, Sommerfrische, immer zusammen, wir kicherten gemeinsam, hatten kleine Geheimnisse miteinander, ich ging manchmal mit ihr in die Jodutenstraße, sie kam manchmal mit zu uns, obwohl sie das nicht durfte, nicht sollte, sie tat es aber doch, genierte sich zuerst vielleicht ein bißchen vor meinem Vater, aber dann haben wir doch bei uns gespielt, und sie hat es vergessen oder brauchte nicht mehr fragen. Nun könnte man denken, daß kleine Mädchen noch nicht so viele Geheimnisse haben können, aber wir fanden immer, daß wir eine ganze Menge Geheimnisvolles hätten, von dem die Erwachsenen und die anderen Kinder gar nichts zu wissen brauchten, dies auch, obwohl ich meinen Vater selbstverständlich gern hatte und ihm ansonsten alles anvertraute, so war dies doch etwas ganz anderes. Mit den Jungen hatten wir noch nichts Besonderes, über die haben wir nur immer ein bißchen gekichert und uns ihnen überlegen gefühlt, wir wußten auch nicht warum, wußten schon von ihrem Ding, das sie zwischen den Beinen baumeln hatten, haben ihnen gelegentlich beim Pinkeln zugesehen, womit sie ja auch angegeben haben, aber dann haben wir das alles über dem gemeinsamen Herumtoben vergessen, haben dem Unterschied noch keine so große Bedeutung beigemessen.

Mein Vater hatte sich dann auch bald einen Schrebergarten auf dem Nußberg zugelegt und sagte dazu, man könne ja nie wissen, wofür das noch gut sei, jedenfalls sei es besser, man habe etwas Frisches vom eigenen Boden als überhaupt nichts im Magen; ich habe das für seine üblichen Sprüche und Redensarten gehalten, die ich manchmal nicht verstand, denen ich keine Bedeutung beigemessen habe, die ich aber auch ganz gern hatte, weil sie sich immer wiederholten. Aber ich bin immer mitgegangen in den Schrebergarten auf den Nußberg, manchmal durfte Erika auch mit, aber nur, wenn wir nichts Wichtigeres zu tun hatten; der Schrebergarten aber war Vaters Refugium, wie er so zu sagen pflegte, er hatte dort eine Laube und darin ein Bett und davor auch eine Bank, auf der er dann saß und rauchte und sich gar nicht mehr darum kümmerte, ob er das durfte oder nicht, und er guckte sich seinen Garten an, sagte manchmal: schön, wie er das im Wald auch immer sagte; meine Mutter und

Onkel Theo kamen gar nicht dorthin, und manchmal hat mein Vater da auch geschlafen. Ich hatte dort mein eigenes Beet, mein Vater lehrte mich, mit der Erde und den Pflanzen umzugehen, ich durfte mir aussuchen, was ich dort wachsen lassen wollte, aber ich mußte auf diesem Beet alles allein machen (natürlich hat mein Vater mir dabei immer ein bißchen geholfen), war aber auch immer gespannt und ungeduldig, habe nachgesehen, wie sie wuchsen, konnte keinen Unterschied feststellen, aber das brauchte ja auch seine Zeit und strapazierte meine Geduld, manchmal habe ich sie dort arg vernachlässigt, meine Pflanzungen, bis mein Vater mahnte, ich möge doch mal schauen, was denn aus dem Saatgut auf meinem Beet geworden sei – da waren es schon große Pflanzen, ohne daß ich das richtig bemerkt hatte. Mein Beet in Vaters Garten hat mir aber trotzdem mehr Spaß gemacht als die Arbeit in den Rüben in Apelnstedt, obwohl die Arbeit ja eine ähnliche gewesen ist. Gern hatte ich auch die Laubenkoloniefeste, die immer im Spätsommer gefeiert wurden, wenn das meiste schon geerntet war und im Garten nicht mehr so viel zu machen war; alle Lauben und Gärten waren dann mit Fahnen, Wimpeln, Girlanden und Lampions geschmückt, nachmittags gab es auf dem Platz vor dem Vereinshaus ein Kinderfest mit Wettspielen und Gewinnen, ich habe beim Eierlaufen und Sackhüpfen mitgemacht (man mußte rohe Eier auf einem Löffel ins Ziel tragen, wer da zuerst war, mit dem Ei, ohne zu mogeln, der hatte gewonnen; beim Sackhüpfen hatte man einen alten Kartoffelsack über den Beinen und fiel manchmal um), die jungen Burschen kletterten eine Stange hoch und schnappten nach Würsten, Schinken und anderem, aber die Stange war mit Fett eingeschmiert und es war nicht leicht, dort hochzukommen, auch wenn sie ihre Schuhe und Strümpfe auszogen und andere Tricks versuchten – das war immer ein Gejohle darum, sie wurden abwechselnd angefeuert und verhöhnt; abends, wenn in allen Gärten die Lampions leuchteten, die Erwachsenen beieinander saßen, dann gingen wir Kinder mit ausgehöhlten Kürbissen herum und sangen.

Aber auch auf den Gassen haben wir uns weiter herumgetrieben, sind wir herumgestrolcht, wie mein Vater sagte, und haben unsere Erkundungen, unsere Entdeckungen gemacht. Ein Auto war in unserem Viertel eine Seltenheit, alle fuhren noch mit Pferdewagen: die Aschentonnen wurden auf Pferdewagen ausgeleert, die Kohlen wurden mit Pferdewagen gebracht, die Bauern brachten im Herbst die Kartoffeln auf ihren Pferdewagen, der Milchmann kam mit einem Pferdewagen, auch die Brötchen und Brote wurden mit einem Pferdewagen ausgefahren. Wenn der Brauereiwagen mit den dicken Bierfässern und den prächtigsten Pferden davor durch unsere Gassen bollerte, dann sind wir immer hinterhergelaufen, haben uns auch hinten drangehängt, um ein Stück Eis zu erhaschen; wenn der Kleiderseller mit seinem klapprigen Pferd kam, schellte und rief, dann haben wir alle unsere Eltern gefragt, ob sie nicht etwas für ihn hätten, natürlich hatten sie immer ein paar Lumpen, wofür wir einige Murmeln oder ähnliches eintauschten, was sich alsbald wieder verlor.

Alle diese Bilder aus meiner frühen Kindheit sehe ich vor meinen Augen, wenn ich mich daran erinnere, und ich erinnere mich gern und oft daran, aber mit der Sprache kann ich es nur unvollkommen ausdrücken; an eines erinnere ich mich jedoch sehr stark: die Gerüche unseres Viertels steigen mir heute noch in die Nase, wenn die Erinnerungen heraufdrängen, es roch nach frisch gebackenem Brot, es duftete nach gewaschener Wäsche, da quollen die Gerüche der Mittagsmahlzeiten aus den Fenstern, da roch es nach den Roßäpfeln der Pferde, nach Seifenlauge, Kindern, Schnee, verbranntem Holz und Sonne. Die Sonne indes, so scheint es mir, schien in dieser Zeit fortwährend, auch im Winter, auch wenn Schnee lag, auch wenn es regnete, auch wenn Eisblumen an unseren Fenstern waren. Und gesund war ich, an Krankheiten erinnere ich mich nicht, mir fehlte nichts, kein Fuß, kein Bein, kein Zeh, kein Arm, keine Hand, kein Finger, nichts fehlte mir, an die Brille hatte ich mich gewöhnt, die Haare trug ich stolz, ich ließ mir nichts gefallen, hatte keinen Zweifel an mir und meiner Umgebung, war beweglich und ganz kregel. Und die Glocken von St. Magni natürlich, wenn die in Bewegung waren, wenn die klangen und sangen, dann sang auch alles in mir, obwohl ich nicht singen konnte und auch nicht singen kann; der rauhe, ernste Gesang meines Vaters kam hinzu; das Gedudel der Leierkästen dann; das Geplärre aus den offenen Kneipentüren und alle Geräusche unseres Viertels; dies alles zusammen macht meine Melodie aus, meine innere Melodie, meine Kindheitsmelodie, meine eigene Melodie, die ich in mir habe, die ich immer höre, auch heute, auch jetzt, die ich nicht verliere, die ich wiederfinde, wenn ich sie verloren meine, die mich wiederfindet, die mich nicht allein läßt, nicht im Stich läßt, die mich immer behütet, umsorgt, einhüllt, schützt, der ich dankbar bin und dankbar bleiben werde, meiner Melodie mit den Klängen der Glocken von St. Magni und den vielen anderen Klängen aus meiner Kindheit, die ich nie mehr so hören werde, die aber in mir sind und nicht aufhören, mich zu bewegen, die Klänge meiner Kindheit, in mir, in meiner Melodie, in meiner Kindheitsmelodie, tief in mir drinnen ...

Nun muß ich aber doch wohl zu allem, was ich bis jetzt gesagt habe, hinzufügen, damit kein falsches Bild davon entsteht, daß diese Zeit meiner frühen Kindheit, die mit dem Beginn der Schulzeit endete, obwohl sie die glücklichste Zeit meines bisherigen Lebens gewesen ist, an die ich mich gern erinnere, aus der ich, aus der Erinnerung daran, auch Kraft gewinne, daß diese Zeit auch eine sehr schwere, drückende, sehr bedrückende, sehr dunkle, sehr traurige Zeit gewesen ist. Es mag wohl so sein, daß mir vieles davon unklar blieb, als ich anfing, einiges zu bemerken, aber dann auch diese allgemeinen Bedrückungen auf mir zu lasten begannen, die ich nicht abschütteln konnte, obwohl ich es versucht hatte, nicht wissend, was tun; daß ich auch, da ich schon ein wenig älter geworden war, einiges von dem mitbekam, was meine Eltern miteinander besprachen, leise, damit ich es nicht hören und verstehen konnte, aber ich hörte und verstand vielleicht noch nicht, obwohl ich beides nicht sollte, einiges in unserem Viertel wahrnehmen konnte, obwohl es vor den Kindern verheimlicht werden sollte, wo nichts mehr zu verheimlichen war; aber vielleicht hat sich das ja alles auch erst später bei mir zu einem Bild miteinander verbunden, so daß sich da alles deutlicher zusammenschließt.

Im Grunde waren wohl alle Leute in unserem Viertel sehr arm und lebten von dem, was der Vater am Freitag in der Lohntüte hatte, von Ausnahmen natürlich abgesehen; die Wohnungen waren klein, die Familien gross, die Mieten teuer, das, was der Vater freitags nach Hause brachte, reichte nicht dazu aus, um eine Familie ernähren zu können, überall war Schmalhans Küchenmeister (wie mein Vater sagte), alles mußte gestreckt werden, die Kinder hatten ewig Hunger, die Mütter mußten alle sehen, obwohl sie ja große Familien zu versorgen hatten, daß sie noch etwas hinzuverdienen konnten, und auch die schon etwas größeren Kinder wurden schon dazu angehalten, arbeiten zu gehen, etwas hinzuzuverdienen. Manchmal hatte jemand für kürzere Zeit keine Arbeit, dann halfen die Familien sich gegenseitig aus, es fand sich aber doch bald immer etwas, alles war recht, keiner war wählerisch, keiner konnte es sich erlauben, wählerisch zu sein, niemand fand etwas dabei, die geringsten Arbeiten anzunehmen; so war man es gewohnt, so hatte man sich damit abgefunden und eingerichtet, so hätte es wohl auch weitergehen können, aber so ging es nicht weiter. Wer nun aber seine Arbeit verlor, der fand so schnell keine neue wieder: es suchten zu viele danach, viele verloren in dieser Zeit ihre Arbeit und fanden keine andere wieder. Die Unterstützung war gering und konnte niemanden, schon gar nicht eine zahlreiche Familie, ernähren; viele mußten sich also mit einer geringen Unterstützung begnügen, die nach und nach immer geringer wurde und schließlich ganz ausblieb, durch die Wohlfahrt dann ersetzt wurde, die für gar nichts mehr ausreichte. Man rückte zusammen, nahm Untermieter auf, wo vorher die vielköpfige Familie kaum ausreichend Platz hatte, man aß nur noch einmal am Tag, die Mägen knurrten, man sparte an der Kohle und allem, wo kaum noch zu sparen war. Die Männer tranken kein Bier mehr und konnten nicht mehr rauchen, allenfalls rauchten sie noch Selbstgedrehte, sie bestellten ihre Zeitungen ab und lungerten überall herum, an den Straßenecken, vor den Toren; sie wußten nicht, was sie tun sollten und fanden es ungewohnt, unbeschäftigt an Werktagen zu Hause zu sein, sie schämten sich, auch vor den Nachbarn, denen es ähnlich ging, den Kaufleuten und Kneipenwirten, wo überall Schulden waren, und natürlich vor ihrer eigenen Familie, die sie nicht mehr zu ernähren imstande waren, obwohl sie es doch gern getan hätten und auch gern von der Straße gekommen wären. Soviel Streit, soviel Zank, soviel Mißmut und Verdrossenheit war bei uns in den Gassen zu bemerken, wie nie zuvor. Onkel Theo machte auch ein verdrossenes Gesicht, seine Gastwirtschaft war immer leer, obwohl er das Bier schon billiger anbot, er schrieb auch nicht mehr so gern an, weil, wie er murrte, die armen Kerle ihre Deckel ja doch nicht bezahlen konnten; nun hatte ja Klagen schon immer zu seinem Geschäft gehört, wie mein Vater zu bemerken pflegte, aber nie schienen seine Klagen berechtigter gewesen zu sein als in dieser Zeit; auch die Mieten für seine Wohnungen wurden nicht mehr bezahlt oder mit Verspätung oder sie wurden abgestottert. Meine Mutter wurde stiller, in sich verschlossener und verhärmter, als sie es je zuvor gewesen war. Mein Vater schüttelte nur immer den Kopf, wenn er den Volksfreund zu Ende gelesen hatte, das Blatt dann zusammenfaltete und in die Tasche steckte; er sang auch nur noch selten, und wenn, dann Lieder, die ich vorher von ihm nicht gehört hatte, ganz zornige, dabei schwoll er rot an im Gesicht und reckte auch manchmal die Faust. In der Kirchengemeinde wurde nun einmal am Tag aus großen Kesseln Suppe ausgeteilt, und schon sehr lange vor der Ausgabezeit standen viele Menschen dicht gedrängt um St. Magni herum mit Henkelpötten, um wohl wenigstens einmal am Tag etwas Warmes zu bekommen. Leute von der Gemeinde kamen an die Wohnungstüren, um Geld für die Suppe zu sammeln – bei denen, die von dieser Suppe nicht satt würden, schimpfte mein Vater, sie sollten es doch dort holen, wo die Not herkäme, bei den Reichen, fügte er regelmäßig hinzu, gab aber dann doch immer etwas. Einmal, so erinnere ich mich, habe ich einen Film gesehen – draußen hinter der Kirche war abends eine große Leinwand aufgespannt –, der Film handelte von Arbeitslosigkeit, Armut und vom Suppenkochen, er hieß: Alle müssen helfen; anschließend sollte man Geld für die Suppe in einen großen Kessel werfen oder auf ein Postscheckkonto überweisen.

Immer mehr Kleinhändler, die von der Polizei nicht geduldet wurden, Hausierer, Musizierende, Artisten drängten sich vor der Kirche, auf den Höfen, an den Haustoren und Wohnungstüren, zeigten merkwürdig faszinierende Kartenkunststücke, wollten diese Karten anschließend verkaufen, verkauften aber an die herumlungernden Männer keine, Schnürsenkel- und Rasierklingenverkäufer, Scherenschleifer und Wunderheiler kamen in Scharen. Die armen Leute, sagte mein Vater dann, haben alle keine Arbeit mehr, wo wohl die viele Arbeit geblieben sein mag, ließ mich dann aber doch immer wieder ein Geldstück hinunterwerfen oder kaufte eine Kleinigkeit, und sagte dann dazu, daß er nicht mehr tun könne. Nur der Tischler bei uns nebenan hatte viel zu tun und stellte fortwährend noch Leute ein; er schreinerte aber nur noch Särge, keine Möbel mehr, das seien die Särge für die unglücklichen Leute, die nicht mehr ein noch aus wüßten, die kaufe die Wohlfahrt, schöne Wohlfahrt, und davon könne er gar nicht so viele machen, wie gebraucht würden. Einmal sah ich auch einen Toten, als wir auf unserem Dachboden spielen wollten: an einem Balken hing etwas Komisches, bewegte sich ein wenig, war aber ansonsten ganz still und sah aus, wie man sich als Kind ein Gespenst vorgestellt hat; der hat sich aufgehängt, schrie meine Freundin, faß ihn nicht an; aber ich hatte ihn ja gar nicht angefaßt, hatte ihn mir nur ansehen wollen, wußte dann nicht, ob ich es noch tun sollte, ging aber doch einen Schritt näher und sah dann, daß es der Junggeselle war, der bei uns unter dem Dach gewohnt hatte; meine Freundin aber lief schreiend hinunter und holte Onkel Theo, und auch ihr Vater kam bald, dann wurde der Mann in einen Sarg von nebenan gepackt und abtransportiert; wohin, weiß ich nicht.

Mein Vater ging ja auch immer noch zu Versammlungen; einmal in der Woche ging er am Abend zu Onkel Theo hinunter, am Montag wohl immer, meine ich, wenn die Kneipe ansonsten geschlossen blieb; außerdem ging er auch noch zum Arbeitergesangverein. Den Gesang hat er als erstes aufgegeben, er sagte dazu, es gäbe nichts mehr zu singen, und nur bei Beerdigungen zu singen, das mache ihm keinen besonderen Spaß. Die Versammlungen bei Onkel Theo hat er aber noch regelmäßig besucht, aber das muß für ihn auch kein reines Vergnügen mehr gewesen sein, denn während er ansonsten immer freudig erregt, ansprechbar und händereibend zurückgekommen war, kam er jetzt immer geknickt wieder, immer traurig, immer seufzend. Bis dann eines Tages Onkel Theo, mein Vater und meine Mutter die Köpfe zusammensteckten und tuschelten, damit ich es nicht hören sollte, aber ich habe dennoch alles mitgehört: ja, also, da hatten die SA-Leute Onkel Theo angeboten, seine Kneipe als sogenanntes Sturm-Lokal für unser St. Magni-Viertel zu wählen, er müsse aber die Sozis hinauswerfen, andernfalls, wenn er nicht darauf einginge, würden sie ihm die Bude kurz und klein hauen und auch dafür sorgen, daß niemand mehr hineinkäme; so gab das Onkel Theo wieder und fügte hinzu, wenn er auf das Angebot einginge, könne er wenigstens noch etwas verdienen. Meine Mutter sagte gar nichts dazu, aber weinte ein bißchen, weil sie wohl schon ahnte, was mein Vater dazu sagen würde. Der sagte dann nur immerzu, das kannst du nicht machen, Theo, das kannst du nicht machen, das ist doch Verrat, Verrat an der Sache, überleg doch mal, das ist doch unser Leben, das ist doch unsere Sache, unsere ureigenste, die kannst du doch nicht einfach so hinwerfen, wie es dir paßt, nur weil du Angst hast und sie dir drohen, nein, das kannst du nicht machen, Theo, mach die Kneipe dicht, mach sie zu, warte ab, aber laß dich nicht darauf ein, Theo, auch wenn du dann wieder was verdienen solltest, aber die Läuse in den eigenen Pelz setzen, nein, Theo, das kannst du nicht machen, das kannst du wirklich nicht machen. So redete mein Vater auf Onkel Theo ein, erreichte aber gar nichts, den ganzen Abend hatte er geredet und war dabei immer lauter und heftiger geworden, so daß ich mich beim Zuhören überhaupt nicht mehr anstrengen mußte, aber alles war vergeblich, Onkel Theo wollte wieder etwas verdienen, und es war ihm anscheinend egal, an wem er verdiente. Mein Vater hatte dann noch gedroht, wenn er, Onkel Theo, das wirklich mache, dann wollten wir nicht mehr bei ihm wohnen bleiben (mein Vater hatte meine Mutter und mich aber gar nicht gefragt), dann wollten wir lieber ausziehen, was wir dann ja auch gemacht haben; er, so sagte mein Vater, wolle jedenfalls nicht bei ihm, Onkel Theo, wohnen bleiben und mitansehen müssen, was dort für Schweinereien passierten.

Wir sind bald danach in die Herrendorftwete gezogen, gleich bei St. Magni, hatten weniger Zimmer, wohnten ganz unter dem Dach, mußten zwar nicht mehr Miete bezahlen, aber es war weniger gemütlich als in der Kuhstraße. Wir haben dann all unsere Habseligkeiten auf einen zweirädrigen Handkarren geladen, den wir uns geliehen hatten, und sind mehrmals hin und her gefahren, aber es war ja auch nicht weit; Onkel Theo hat sich an diesem Tag nicht blicken lassen, meine Mutter war ganz stumm und hatte ein Kopftuch um, mein

Vater war eigentlich ganz vergnügt und pfiff sogar bei der vielen Arbeit ein bißchen vor sich hin; wir haben dann die ganze Zeit aufgeladen und abgeladen, hinaufgetragen und hinuntergetragen, den Karren hin und her geschoben, was für mich aufregend war, vielleicht auch, weil es der erste Umzug war, den ich mitmachte. Mein Vater hat dann gleich in der Stube geschlafen, während meine Mutter und ich das andere Zimmer hatten, in dem aber auch noch alle Schränke aufgestellt waren, die Küche war ganz klein, in der konnte man sich gar nicht bewegen, das Klo war auf der Treppe, und über uns war gleich der Dachboden. In der Stube saß der Vater dann auch wieder den ganzen Tag am Fenster, wie er in der Kuhstraße auch gesessen hatte, aber ich brauchte ihm an den Sonnabenden kein Bier mehr aus der Kneipe von Onkel Theo zu holen, auch nirgendwoandersher, er wollte kein Bier mehr; Onkel Theo kam auch nicht mehr zu uns in die Wohnung, aber meine Mutter hat immer noch bei ihm gearbeitet, manchmal sogar noch länger als vorher, meine ich – wovon hätten wir denn auch sonst leben sollen, die kleine Rente meines Vaters reichte doch kaum dazu aus, um damit die Wohnungsmiete bezahlen zu können. Mein Vater sah es nicht gern, daß meine Mutter weiter in der Kneipe von Onkel Theo arbeitete, aber er nahm das in sich hineinknurrend hin, konnte auch nichts dagegen tun, mußte froh sein, daß die Mutter überhaupt noch Arbeit hatte, und sah immer wieder selbst, daß seine Rente für uns nicht ausreichte. Es fanden auch keine Versammlungen im Gasthaus Alt Brunsvig mehr statt, zu denen mein Vater hätte gehen können; wie sollte das auch möglich sein, da dort ja jetzt die anderen waren, die er nicht ausstehen konnte?

Den Volksfreund gab es nicht mehr, eine andere Zeitung bestellte mein Vater nicht, davon kommt mir keine ins Haus, brummte er; er ging nirgends mehr hin, ging nicht mehr mit mir am Sonntag spazieren, so sehr ich auch darum bat; er ging nicht mehr zu den Sängern, in keine Versammlungen, in keine Kneipe, nicht auf die Gasse, blieb für sich allein, ging höchstens noch in seinen Garten auf dem Nußberg und blieb dort auch manchmal eine Nacht oder zwei. Ich lief manchmal auch in den Garten, wurde von dem Vater dort geduldet, aber unsere Mutter und Onkel Theo, die ließen sich im Garten überhaupt nicht mehr sehen. Ich machte mein Beet, zupfte das Unkraut, pflanzte und säte, sah nach den Blüten, den Früchten, saß auch neben dem Vater auf der Gartenbank; aber es war nicht mehr so wie früher, er erzählte nicht mehr, er sang nicht mehr, lachte und scherzte nicht mehr mit mir, höchstens, daß er noch meine Hand in seiner hielt und dabei aufstöhnte, den Kopf schüttelte und seufzte, ansonsten blieb er stumm. Ich machte unterdessen schon fast den ganzen Haushalt, mein Vater kümmerte sich um nichts mehr; was ich nicht konnte, blieb für meine Mutter übrig, die ich immer seltener sah; ich kaufte ein, kochte für meinen Vater und für mich, wusch ab, trug die Asche hinunter, während mein Vater höchstens noch das Feuer im Ofen und Herd anzündete. Meine Mutter ging früh und kam spät, ich sah sie manchmal gar nicht, und kam tagsüber nicht mal schnell, wie früher, in die Wohnung gehuscht, um nach dem Rechten zu sehen; mein Vater hatte ihr ausdrücklich verboten, je wieder etwas, zum Beispiel Eßsachen, aus Onkel Theos Kneipe mitzubringen, aber sie brachte trotzdem immer wieder heimlich etwas mit.

Der Vater meiner Freundin war bei der Polizei entlassen worden, wegen Unzuverlässigkeit oder wie das damals hieß; dort herrschte eine noch viel größere Not, denn die Familie war ja auch viel größer; die Mutter ging als Waschfrau und Aufwartung zu anderen Leuten, der Vater gehörte zu denen, die nicht wußten, was sie tun sollten, meine Freundin mußte viel im Haushalt helfen und auf die kleineren Geschwister aufpassen, wir sahen uns in der Zeit nicht so oft, nur mal beim Einkaufen. Es waren die ganze Zeit dann Umzüge, mit Fahnen und Musik, die Männer alle in Uniformen, die gingen alle dicht bei uns vorbei, wenn sie zum Schloß wollten; der Vater hatte mir strikt verboten, das alles anzusehen oder gar mitzulaufen; aber ich habe mir das auch nie absichtlich angesehen, nur manchmal ließ es sich nicht vermeiden zuzuschauen; abends gab es manchmal Umzüge mit Fackeln; auch wenn man nicht aus dem Fenster schaute, der Vater rückte dann ja immer mit seinem Lehnstuhl vom Fenster weg, konnte man das von oben hören (die Marschtritte auf dem Kopfsteinpflaster, die Marschmusik, der drohende Gesang) und riechen; mein Vater brauchte mir gar nichts zu sagen, mir war das einfach unheimlich, warum das so war, das kann und konnte ich nicht ausdrücken, aber ich hatte Angst, alles zog sich zusammen. Viele Leute waren, wie wir auch, in der Zeit umgezogen, weil sie die teure Miete nicht mehr bezahlen konnten, in kleinere Wohnungen, in Zimmer, aber auch aus anderen Gründen. Immer habe ich in der Zeit überall zweirädrige Karren, Planwagen mit Pferden, große Möbelwagen stehen sehen, auf die Hausrat geladen wurde, der dann abtransportiert wurde, wohin, weiß ich nicht, das ging manchmal von einem Tag auf den anderen, und die Wohnungen blieben dann lange leerstehen; manchmal gingen auch Leute an mir vorüber, aus unserem Viertel, mit schweren Koffern, Regenschirmen und Winterkleidung, wo es doch ganz warm war, wie auf der Flucht vor etwas.

Auch viele Geschäfte wurden nach und nach geschlossen und nicht wieder geöffnet; bald sah alles in unserem Viertel wie verlassen aus: die geschlossenen Geschäfte, die leerstehenden Wohnungen, die verriegelten Schaufenster, die wenigen Leute auf der Straße, die sich alle dicht an die Häuser drückten, leer, verlassen, still, so, als sei unser St. Magni-Viertel ganz unbewohnt gewesen, und dann die marschierenden Kolonnen, unheimlich. Nur der Tischler machte in unserem Viertel noch Lärm, er arbeitete und lachte, weil er zu tun hatte und das alles nicht schaffen konnte, sagte, jetzt muß ich nur noch Särge machen, ich könnte gleich eine Sargfabrik aufmachen, es werden noch viel mehr Särge gebraucht, viel, viel mehr, so viele wie noch gebraucht werden, könnte ich auch mit einer Sargfabrik gar nicht herstellen ... die da jetzt hineingepackt werden, die haben es ja noch gut, aber die anderen ... Und dann sprach er nicht weiter, ich wußte auch nicht, was er meinte, aber sein Lachen klang schauerlich und böse, und ich hatte Angst, aber ich wußte nicht, wovor.

Und wir mußten mit jedem Pfennig rechnen, das habe ich mit meinem Vater gemeinsam noch gemacht, so habe ich schon früh rechnen gelernt. Wir mußten halt immer wieder ausrechnen, wie wir mit unserem Geld hinkommen könnten, haben hin und her gerechnet und uns dabei ständig verrechnet, nicht, weil wir falsch gerechnet hatten, sondern weil alles immer wieder teurer wurde und wir auch weniger Geld bekamen, als wir angenommen hatten, so konnten unsere Rechnungen auch nie aufgehen, aber wir haben weitergerechnet und überlegt, wie wir uns noch mehr einschränken könnten, wie wir noch sparsamer sein konnten, was wir nicht unbedingt brauchten und was wir dringend nötig hätten und so weiter, aber gestimmt hat die Rechnung dann doch nie. Der Vater hat das Rauchen ganz und gar eingestellt, hat manchmal nur an einer kalten Pfeife ohne Tabak genuckelt, weil es ihm auch nicht mehr schmeckte, hat er gesagt, aber ich denke mir, er hat es eingestellt, weil er damit auch zum Sparen beitragen wollte. Ich habe dann die Tüten für Salz, Zucker, Mehl und alles aufgehoben und in die Geschäfte zurückgetragen, dafür wurde mir immer ein halber Pfennig gutgeschrieben; ich habe Rabattmarken gesammelt und eingeklebt, wir haben keine Butter mehr gekauft, sondern nur noch Margarine, die meinem Vater aber nicht schmeckte. So haben wir an allem zu sparen versucht, wir mußten ja wirklich mit dem halben Pfennig rechnen, ohne daß es uns recht gelungen wäre; wir wären nie ausgekommen, wenn meine Mutter nicht gewesen wäre, die hinzuverdient hat und auch das eine oder andere mitbringen konnte, ohne daß es der Vater bemerkte, der es vielleicht auch schon gar nicht mehr bemerken wollte. Mein Vater war unruhig und in sich gedrückt gleichzeitig, er las nicht mehr, er sang nicht mehr, er rauchte nicht mehr, er aß kaum noch etwas, er saß immer am Fenster, wenn er nicht im Garten war, er wandte sich weg, wenn er Marschmusik hörte, Marschtritte konnte er nicht ausstehen. Ich war ja im Grunde immer allein mit meinem Vater, er sah sonst fast niemanden mehr, die Mutter war ja nie da, die ging schon früh und kam erst spät wieder, die beiden hatten sich kaum noch etwas zu sagen, sie sah verhärmt und abgekämpft aus, aber der Vater war da so allein, und ich konnte ihm nicht helfen, keiner konnte ihm mehr helfen, er wollte sich auch nicht mehr helfen lassen. Im Grunde wird er da schon krank gewesen, alles in sich hineinfressend, und dann an seinem Gram gestorben sein, aber das konnte ich damals noch nicht wissen. Ich war selbst hilflos und eingeschüchtert, mußte zu helfen versuchen, blindlings, wo ich vielleicht selbst hilfsbedürftig gewesen wäre; wie ich das alles geschafft habe, weiß ich bis heute noch nicht, das wird mir immer rätselhaft bleiben, denn ich war wirklich noch ein kleines Mädchen.

Und dann waren an einem Morgen bei vielen Geschäften die Schaufensterscheiben eingeworfen worden, viele Sachen aus den

Geschäften wurden von fremden Männern auf Lastkraftwagen geladen, vor den Geschäften standen uniformierte Männer, hatten Plakate umgehängt, und ließen niemanden in die Geschäfte, versperrten allen, die hineinwollten, den Weg, drängten die zurück, die partout durch ihre Absperrung wollten, hauten mit Knüppeln und schrien wie verrückt. Als ich von dem, was ich gesehen, aber wohl nicht verstanden habe, dem Vater berichtete, murrte er nur und knurrte in sich hinein, die Hunde, die Hunde, so fängt das nun an, so hat das angefangen, und das geht so weiter, geht immer so weiter, hört nicht auf, wird nicht aufhören, bis ...

Ich war dann froh, endlich in die Sommerfrische fahren zu können, und es machte mir auch überhaupt gar nichts aus, nach Apelnstedt fahren zu müssen und dort mit in die Rüben zu gehen. Um meinen Vater tat es mir ja leid, der nun allein bleiben mußte, aber ich war doch froh, aus der Stadt herauszukommen, aus unserem Viertel, aus der Gasse, aus der Wohnung, wo alles so eng geworden war, so stickig, so trübe, so daß alles andere nur besser sein konnte, auch die Rüben, auch Apelnstedt; nur dort nicht mehr sein, wo keiner mehr redete, keiner etwas sagte, keiner mehr sang, die Glocken von St. Magni nur noch dumpf erklangen, wo alle gehetzt dreinschauten, vorsichtig waren, Angst hatten, vor Angst sich furchtsam umsahen (wenn sie einmal etwas sagen wollten), dabei nur noch flüsterten, wenn sie etwas sagten, auch in den eigenen vier Wänden nur noch flüsterten, immer nur noch flüsterten und sich gar nichts mehr trauten. Ich habe dann meine Tasche gepackt, meine schöne Tasche, die von meinem Vater für mich genähte Tasche, er machte jetzt auch keine Taschen mehr, machte gar nichts mehr, stopfte meine Siebensachen in die Tasche und ging zum Bahnhof, ohne Vater und Mutter, der eine ging nirgendwo mehr hin, die andere ging immerzu nur arbeiten, ging also zum Bahnhof, holte mir eine Fahrkarte, stieg in den Zug und fuhr nach Apelnstedt. Dort schlief ich unter einem dicken Federbett, brauchte nicht einzukaufen, brauchte nicht zu überlegen, wie mit dem spärlichen Geld auszukommen wäre, ging ganz selbstverständlich mit in die Rüben, hatte zu essen, war froh, wenn ich abends in das Bett fiel und nicht mehr wußte, was eigentlich los war. Geträumt habe ich auch, aber das habe ich immer gleich wieder vergessen, nur die Tante hat gesagt, ich redete und schrie immer im Schlaf, aber davon konnte ich natürlich nichts wissen. Die Glocken, ja, die Glocken von St. Magni habe ich nicht vergessen, meine Melodie, wir wohnten ja in der Zeit näher bei St. Magni, ich habe das immer gehört, aber dann doch nicht richtig gehört, ich habe das erst wieder gehört, als ich in den Rüben war, hörte das dann, als ich Rüben zupfte, an meinen Vater dachte, was er jetzt mache, ohne mich, allein, ob er wohl etwas zu essen bekomme, im Garten sei oder im Lehnstuhl sitze, da habe ich die Glocken gehört, meine Melodie, aber ernst, leise, ganz traurig war las, und so war mir auch zumute, geweint habe ich manchmal dabei, wußte nicht weswegen, aber es war mir auch irgendwie so leicht zumute, daß ich weinen konnte, überhaupt weinen konnte, und die Tante hat gefragt, warum ich denn weine, aber ich wußte es doch selber nicht, und sie hat mir ein bißchen dabei über die Haare gestreichelt, und gesagt, komm, mein kleines Hexchen, weine nicht mehr, du bist ja bei uns, du brauchst dich nicht zu sorgen, es wird ja alles wieder gut. Aber ich wußte ja noch nicht einmal, worum ich mich sorgen sollte und worum nicht, alles, was mich bedrückt hatte, war so weit weg, der Himmel war hoch und blau, die Wolken waren weiß und zart, die Sonne schien, es war warm, ich hatte zu essen und war gar keinen Moment unausgefüllt, um an Braunschweig denken zu können. Ich mußte unentwegt nur Pflanzen ziehen, und das war wohl gut so, aber ich war auch froh, daß ich ein bißchen weinen konnte und durfte; weine ruhig, mein Kind, sagte die Tante, weine dich richtig aus, es ist gut, wenn alles herauskommt, danach wird einem schon besser, das sieht keiner, braucht keiner zu wissen, ich sage es keinem, hier ist mein Schnupftuch, schnaube dich mal so richtig frei, nach der Erleichterung kannst du dann wieder richtig durchatmen. Und dazwischen war die Melodie, waren die Glocken von St. Magni, die ich zuvor, bei uns zu Hause, nie mehr so richtig gehört hatte, obwohl doch der Klang laut, jede Stunde, zu uns herüberschallte; jetzt hörte ich den Gesang des Vaters, die Glocken, die Leierkastenmelodien, die Kneipenmusik, die ich lange nicht mehr gehört hatte, jetzt hörte ich es, alles miteinander, zart, leise, ernst, aber doch so, daß es da war, nah war, bei mir war, daß ich es hören konnte in mir, so daß ich froh darüber wurde und zum Weinen kam. Die weiten Felder dann, nie kam man zum Ende mit den Rüben, immer ging das weiter, die Felder so weit, es war warm, es roch gut, nach fetter Erde, anders als bei uns in Braunschweig, wo es nach Staub und Lärm, nach Hunger und Tod, nach Magerkeit gerochen hatte, hier roch es nach Wärme, nach Leben, nach Gesundheit, nach Kraut, nach Erde, nach gutem Kaffee, nach frischem Brot, nach roten Wangen, nach fettem Fleisch, nach Hühnerhof, Misthaufen, Stall, Federbetten und Gemütlichkeit. Ich wurde in dieser Atmosphäre allmählich wieder zutraulich und zugänglich, blühte auf, wurde, wenn ich das so sagen darf, wieder zu einem Kind und bedauerte eigentlich nur, daß ich meine Freundin Erika nicht hatte mitnehmen können, die ich zuletzt nur noch bei den Einkäufen in den Geschäften gesehen hatte; ihr hätte ich diesen ländlichen Aufenthalt auch von Herzen gegönnt. Diese Sommerfrische erschien mir lang und wollte gar kein Ende nehmen, und wenn es nach mir gegangen wäre, dann hätte sie auch nicht zu Ende gehen müssen, sie hätte immer dauern können; ich traute mich also nach und nach zu den Hühnern, um ihnen Futter hinzustreuen, in die Ställe, zu den Schweinen und Kühen, fuhr auch schon mal auf einem Pferdewagen mit, wagte einen Schritt allein durch das Dorf, ging einige Schritte in das Gehölz, an den Bach, wagte mich auch in das Wasser, schloß mich den Kindern im Orte an, ging sonntags mit der Familie in die Kirche. Ich hatte Braunschweig, die Stadt, meinen Vater, die Freundin, das alles beinahe vergessen, war binnen kurzer Zeit schon an das Leben auf dem Land gewöhnt, sprach so, wie man dort zu sprechen pflegte, hatte mich in allem eingefügt, war kräftiger geworden, war gewachsen, braungebrannt, die Haare waren heller geworden, so daß man meinen konnte, ich hätte schon immer in Apelnstedt gelebt, wäre dort geboren worden und groß geworden und mit den Rüben und dem Viehzeug aufgewachsen. Ich nahm es auch gar nicht mehr übel auf, wenn meine Tante mich Hexchen nannte, sie meinte es ja gut mit mir, wollte mich nicht ärgern, wollte mich eher trösten damit, was ich ja auch verstanden habe, das war eben ihre Form des Scherzes, der Freundlichkeit für mich, mehr und anderes konnte ich von ihr nicht verlangen, wollte ich auch nicht, brauchte ich auch nicht; ich war eigentlich schon getröstet genug durch die ländliche Umgebung, durch das andere, das ganz andere, welches mich die Stadt, das Leben in der Stadt, wovon ich ohnehin nichts begriffen hatte, was mich bedrückt gemacht hatte, vergessen ließ. Ja, so wurde ich wieder zu einem Kind und wäre beinahe ein Landkind, ein Dorfkind, ein Apelnstedter Kind dann geblieben ...

Herbst, Winter und Frühjahr habe ich dann noch in Apelnstedt verbracht, ohne daß es mir zu lang geworden wäre, ohne daß mir etwas fehlte, daß ich etwas vermißte; von meinem Vater kam manchmal eine Postkarte, die die Tante mir vorlas, Weihnachten kam ein Päckchen für mich von meinen Eltern, wir haben eine Gans vom Hof gegessen, der der Onkel den Hals umgedreht hatte und die die Tante gerupft, ausgenommen, gefüllt und gebraten hatte (überall hatte ich zugeguckt und geholfen, ohne mich zu grausen); zu Silvester gab es Karpfen, an Ostern wurde ein Lämmchen geschlachtet. Überall gab es etwas zu helfen, mit den Kindern war ich ganz selbstverständlich zusammen; wir liefen gemeinsam Schlittschuh, rodelten, entdeckten gemeinsam die ersten Schneeglöckchen, ich lernte wieder einen Baum wahrnehmen, ein Blatt berühren, einen Stein empfinden. Aber dann kam zu Ostern ein langer Brief von meiner Mutter, den meine Tante mir nicht vorgelesen hat, bei dem sie aber geschluckt und ihre Augen mit dem Taschentuch abgetupft hat; so, sagte sie dann, nun mußt du wohl wieder nach Braunschweig. Und gleich nach Ostern habe ich meine Sachen zusammengepackt, wurde zum Bahnhof gebracht, lange habe ich noch gewunken, wurde hinter mir hergewunken, dann fuhr mich der Zug nach Braunschweig.

Meine Mutter hat mich abgeholt und mir erklärt, warum ich zurückkommen mußte: meinem Vater ginge es schlecht, sagte sie, er könne nicht mehr laufen, er säße im Stuhl und läge im Bett, aber gehen könne er nicht mehr, das würde auch nicht mehr anders, und sie müsse ja arbeiten, um für uns das Geld zu verdienen, da müsse ich wenigstens ein klein wenig helfen, schließlich müsse ich ja auch zur Schule, und es wäre vielleicht besser, wenn ich in Braunschweig zur Schule ginge als auf dem Lande, wo die Unterrichtsmöglichkeiten nicht so gut wären wie in der Stadt, jedenfalls habe sie mich schon in unserer Mädchenbürgerschule angemeldet. Ich wäre wohl auch gern in Apelnstedt zur Schule gegangen, aber ich fügte mich, wußte gar nichts zu entgegnen, wollte natürlich auch meinem Vater helfen, wie ich nur konnte. Aber so durch die Stadt gehend, habe ich Braunschweig auf den ersten Blick gar nicht wiedererkennen können: das war alles so lange her, daß ich das gesehen hatte, das hatte nichts mehr mit mir zu tun, das war mir ganz fremd geworden und auch viel kleiner, als ich es in Erinnerung hatte. Alles schien mir in meiner Abwesenheit kleiner und enger geworden zu sein: unsere Gassen, so eng und gedrückt, die Häuser so nahe beieinander, ganz schrumpelig und schief die Häuser, in sich zusammengesunken, und alles so düster, nirgendwo Licht und Sonne; und das Schloß erst, das mir doch so mächtig erschienen war, alles war so klein geworden, der Zaun um das Schloß herum, so niedrig, viel niedriger als ich ihn in Erinnerung hatte, der war doch uneinnehmbar gewesen, so hoch, so wehrhaft, und nun so niedrig, als sei er nur eine Verzierung. Ich kam nicht auf den Gedanken, daß ich in der Zwischenzeit erheblich gewachsen sein könnte, die Dinge alle lange nicht gesehen hatte und nun alles aus einer anderen Perspektive anschaute. Als wir bei meinem Vater eintraten, bekam ich wohl einen Fingerzeig dafür, den ich aber nicht beachtete, nicht beachten konnte, denn ich stand ganz in seinem Bann. Laß dir nichts anmerken, hatte mir meine Mutter noch zugeflüstert, aber was hätte ich mir anmerken lassen sollen? Ich mußte doch auch erst meinen Vater, den ich so lange nicht gesehen hatte, wiederentdecken, wiedererkennen. Und so mag ich wohl eine lange Zeit vor ihm herumgestanden haben, um ihn anzuschauen, um ihn wieder zu erkennen, bis er dann sagte, komm doch her, mein Töchterchen, meine große Tochter, erkennst du mich nicht wieder? Ja, es ist ja auch lange her, daß wir uns gesehen haben, aber ich erkenne dich wieder, obwohl du so groß geworden bist, so braun, so anders, kaum wiederzuerkennen, aber ich erkenne dich immer wieder. Da bin ich dann zu meinem Vater gegangen, habe mich in seine Arme gedrückt, die er für mich weit offen gehalten hatte, und gar nichts gesagt, überhaupt nichts gesagt, was hätte ich auch sagen sollen, und er hat mich in seine Arme genommen, hat mich gestreichelt, hat gesagt, da bist du ja wieder, ich habe dich schon vermißt, ich habe schon gedacht, du kommst überhaupt nicht mehr wieder, aber jetzt bist du ja wieder da, nun bleib mal hier, bleib bei mir. Meine Mutter hatte uns wohl schon lange allein gelassen, war schon wieder zu ihrer Arbeit gegangen, und ich habe angefangen zu erzählen, alles, was mir einfiel, alles, was ich wußte, vom Land, von der Tante, von den Kindern, von den Rüben, bis ich nicht mehr konnte. Dann hat mein Vater angefangen. Weißt du, hat er gesagt, ganz langsam, ganz stockend, mit mir ist nichts mehr los, die Beine wollen nicht mehr, das wird auch nicht mehr besser, eher noch schlimmer, ich bin ein Krüppel und zu nichts mehr zu gebrauchen, zu gar nichts, ich bin eigentlich nur noch müde und will schlafen, aber im Bett hält es mich dann auch nicht mehr, ich kann nicht allein gehen und stehen, ich kann nicht zur Toilette, gar nichts mehr; wenn du mir ein bißchen helfen willst, dann mag es noch gehen, aber es wird ja nicht besser, es wird immer schlimmer, es wäre gut, wenn ich bald weg wäre. Ich habe wohl nicht alles verstanden, was er zu mir von seiner Krankheit gesagt hat, aber soviel dann doch, daß es ihm schlecht ging, daß es nicht besser würde, sondern eher schlechter, daß er Hilfe brauchte, daß er mich bat, ihm zu helfen. Und ich habe gleich darin eingewilligt, ohne zu überlegen, ob ich das denn überhaupt könnte, ob ich es schaffen würde. Dann hat mein Vater gesagt, ich möge ihn ins Bett bringen, er sei müde, habe sich so angestrengt mit dem Reden, jetzt könne er vielleicht schlafen. Er hat mir alles erklärt, und ich habe mich auch danach gerichtet: habe den Rollstuhl an sein Bett gefahren, die Decke von den schlaffen Beinen genommen, ihn ausgezogen, ihm die Schüssel zum Waschen gebracht, dann den Schlafanzug übergezogen und ihn ins Bett hinübergerollt. Das alles war neu für mich und gar nicht selbstverständlich, aber ich habe mich da hineingefunden. Er hat dann noch gesagt, ich könne ruhig noch ein wenig in dem Zimmer sitzen bleiben, das mache ihm gar nichts aus, auch wenn er schliefe, im Gegenteil, er spüre dann, daß ich da sei, und freue sich darüber, daß jemand bei ihm sei. Während er so redete und dabei einschlief und ich ihn betrachtete, begannen die Glocken von St. Magni zu läuten, ganz laut, so laut, wie ich sie lange nicht mehr gehört hatte, ich hatte sie ja nur immer in meiner Erinnerung gehört, in mir, nicht richtig, jetzt aber hörte ich sie wieder richtig erklingen, gleich neben mir, laut, durchdringend, meinen Vater anschauend, in seinem Sessel am Fenster sitzend, auf die Gasse schauend, den Glocken lauschend, mit ihnen schwingend und singend; so war ich denn wieder zu Hause. Meine Mutter kam spät, ich war im Sessel eingeschlafen, wir haben dann noch etwas miteinander geredet, darüber, was alles zu machen sei und wie wir es regeln wollten, damit es nicht zuviel für mich würde, aber ordentlich abliefe; schließlich wies sie mich auch darauf hin, daß ich die nächsten Tage auch in die Schule müßte, mein erster Schultag bevorstünde; sie könne wohl nicht mit, die Arbeit hindere sie daran, aber mein Vater, wenn ich ihn im Rollstuhl dort hinführe, würde wohl gern dabei sein.

Nun war ich ja fast gerade wieder nach Braunschweig gekommen, war vielleicht mit all meinem Fühlen und Denken auch noch in Apelnstedt, war braun, wild, ungebärdig, sommersprossig, noch nicht wieder damit vertraut, zum Beispiel, Schuhe zu tragen, sprach platt und mußte mich, die ich, so meinte ich wohl, eine lange Zeit auf dem Dorfe verbracht hatte, nun erst einmal an all das Veränderte wieder gewöhnen: den hinfälligen Vater, die enge Wohnung, die gedrückte Umgebung, an all das, was mir in dieser langen Zeit so fremd geworden war; es war eben kein Weg von der Haustür schnell in den Garten und in die freie, vielfältige Umgebung, es war kein weiter, hoher Himmel, keine frisch wehende Luft, kein Getier, keine selbstverständlich und gemächliche Arbeit, nichts Lebendiges eben, alles so still, so verloren, so hinfällig, so auseinandergefallen. Und an all dieses, was mir so fremd war, so neu, so anders, auch als ich es in Erinnerung hatte, mußte ich mich doch erst einmal gewöhnen. Von Schule hatte ich gar keine Vorstellung, vielleicht hatten wir darüber gelegentlich gesprochen, aber das war mir entfallen, in Apelnstedt gingen die Kinder in die Schule, wenn sie auf dem Feld und im Garten nicht gebraucht wurden, die Schule war klein, sie war neben dem Hof meiner Tante, sogar der Lehrer ging, wenn er gebraucht wurde, mit auf das Feld, auch war die Schule irgendwie mit der Kirche verbunden, ich war der Meinung, daß die Kinder sonntags in die Schule gingen, wenn die Erwachsenen in die Kirche gingen, und daß es eine freundliche, fröhliche Einrichtung sei, wo jeder willkommen sei und alle miteinander lachten und sangen; manchmal war ich auch dort mit hingegangen und habe es durchaus lustig und unterhaltsam gefunden, obwohl ich nicht mehr weiß, was wir so im einzelnen dort gemacht haben. Ich hatte auch noch die vielfältigen Unterrichtungen durch meinen Vater in Erinnerung, die ich nie vergessen hatte und auch nicht vergessen werde, das war vielleicht auch eine Art Schule für mich gewesen, an die ich undeutlich mit gedacht hatte; aber eine richtige Vorstellung konnte ich mir davon nicht bilden, außer vielleicht, daß ich das Gebäude in der Mönchstraße schon gesehen hatte und mir dunkel und groß vorgekommen war, das Schulgebäude, in dem ich in Schreiben, Rechnen, Lesen und vielerlei mehr unterrichtet werden sollte, wie mein Vater mir in dieser kurzen Zeit die Schule schmackhaft zu machen versuchte. Unterdessen habe ich versucht, mich an meine neue alte Umgebung wieder zu gewöhnen, ich bin durch die Gassen gelaufen, um einen Halt an den Häusern und Geschäften, den Handwerksbetrieben und Höfen zu finden, aber alles hatte sich verändert, andere Geschäfte mit anderen Inhabern, die Häuser und Höfe verändert, niemanden, den ich kannte, an den ich mich erinnerte, sogar der Sargtischler in der Kuhstraße war verschwunden, an seiner Stelle war eine Polsterei, in der alte Sofas neu aufgearbeitet wurden, keinen traf ich aus unserer Bande, Erikas Eltern wohnten nicht mehr dort, wo ich sie vermutete, in der Jodutenstraße; aber ich mußte ja einkaufen, mußte für den Vater die Medikamente aus der Apotheke holen, für den Haushalt sorgen und gewöhnte mich so nach und nach, wenn auch nicht schnell, an die veränderte Umgebung. Ich habe auch mit meinem Vater darüber gesprochen, aber der wich aus, sagte nur immer wieder, er sei ja kaum noch aus dem Haus gekommen, und: es habe sich ja so viel in dieser kurzen Zeit verändert, er würde sich auch nicht mehr zurechtfinden; was meine Mutter dazu sagte, weiß ich nicht mehr, vielleicht hat sie gesagt, man müsse sich mit den Veränderungen abfinden, alles verändere sich ja immer wieder.

Schließlich nahte der Tag, an dem ich zum erstenmal in meinem Leben in eine Schule mußte (Schule sei Pflicht, so hörte ich es wohl von meiner Mutter, da könne man nicht einfach so fortbleiben wie es einem passe, das Fortbleiben stehe unter Strafe, und wer nicht von allein komme, der würde von der Polizei geholt), es war ein Montag, und es war früh. Aber die richtigen Vorbereitungen, die ganz praktischen, begannen wohl schon am Sonnabend: Ich brauchte eine Schiefertafel, Kreide, Schwamm, Lappen, die ich aus dem Schreibwarengeschäft bei uns um die Ecke holen sollte; ich sollte auch einen Tornister haben, einen Ranzen, aber dagegen wehrte ich mich, ich wollte mit der Tasche meines Vaters in die Schule gehen, also wurde der Kauf eines Ranzens auf später verschoben, wenn die Schule die Lederfleckentasche nicht mehr billigte; schließlich bat mich mein Vater, mir auch noch eine schöne, große Zuckertüte selbst zu besorgen, weil sie mir den Eintritt in das Schulleben versüßen sollte, aber weder er noch meine Mutter noch Onkel Theo in der Lage seien, sie für mich zu erwerben; von überallher kam Geld für diese Großeinkäufe, selbst von Onkel Theo, an den ich beinahe überhaupt nicht mehr gedacht hatte, und der nun wieder bei uns ein und aus ging, als wenn gar nichts gewesen wäre, aber mein Vater war ja auch so hilflos, daß er sich nicht wehren konnte und jede Hilfe annehmen mußte, da war vielleicht Onkel Theo doch noch am angenehmsten. Ich hatte überhaupt nichts dagegen, alle diese Einkäufe selbst zu tätigen, habe das alles auch so ausgesucht, wie es mir richtig zu sein schien, und keiner zu Hause hatte etwas dagegen einzuwenden, nur in den Geschäften wurde ich doch ein wenig komisch angesehen, das merkte ich schon, das machte mir aber gar nichts aus. Die Nacht auf Sonntag und auf Montag war meine Mutter damit beschäftigt gewesen, ein Kleid für mich für den ersten Schultag zu nähen; am Sonnabendnachmittag, als die Kneipe geschlossen war (in der ich noch gar nicht wieder gewesen war, seit ich von Apelnstedt zurückgekommen war), nahm meine Mutter mir die Maße und schüttelte den Kopf, wie groß ich geworden sei, daß mir nichts mehr richtig passen würde, daß sie sehen müsse, was bis Montag noch zu machen sei; am Sonntagmorgen, kurz nach dem Frühstück, bevor meine Mutter hinübergehen mußte ins alte Gasthaus Brunsvig, kam meine Mutter mit den zugeschnittenen Stücken, Stecknadeln im Mund, kniete sich vor mich hin, kommandierte, daß ich mich gerade halten, mich drehen, stehenbleiben solle, heftete und zurrte an dem

Stoff, manchmal piekste mich eine Nadel, wenn ich dann »Au« sagte, erwiderte meine Mutter, hab dich nicht so; am Montagmorgen lag es dann fertig da, ich mußte es noch einmal überziehen, meine Mutter zupfte hier, zerrte dort, besah mich von allen Seiten, dann mußte ich es wieder ausziehen, und meine Mutter kam noch mit dem Plätteisen, um den weißen Kragen und die Rüschen im Rock noch einmal glattzubekommen, die doch schon glatt genug waren.

Mein Vater hatte die ganze Zeit wohl gar nichts gesagt, er hatte in seinem Rollstuhl gesessen, er hatte geschaut, aber gesagt hatte er nichts; als die Mutter dann nicht da war, habe ich mich zu ihm gesetzt, er hat meine Hand gehalten, mein Haar gestreichelt, ich habe mich auf seinen Schoß gesetzt, habe wohl auch gefragt, ob es ihm weh tue, aber er hat nur gesagt, da fühle er gar nichts mehr, auch mich nicht, trotzdem hätte er es gern, wenn ich so wie früher an ihn angebuckt säße, und dann haben wir die ganze Zeit so dagesessen, bis meine Mutter uns aufgescheucht und einfach nur gesagt hatte, na, ihr beiden Hübschen, merkt ihr gar nichts mehr? Dann bin ich aufgesprungen, aber sobald sie weg war, saß ich wieder auf dem Schoß meines Vaters. Aber irgend etwas fehlte dabei, irgend etwas war anders als früher, ich meine nicht die Beine meines Vaters, daran hatte ich mich nun schon allmählich gewöhnt, auch wenn es mir noch immer komisch vorkam, aber es fehlte etwas, was früher dagewesen und nun nicht mehr da war, etwas Lebendiges, keine Blumen, kein Grün, das meine ich nicht, das mochte mein Vater nie, das gehörte nicht in die Wohnung, das mußte für sich wachsen, aber etwas fehlte, was früher dagewesen war, und es fiel mir auch wieder ein, und ich fragte meinen Vater direkt, wo denn die Katze sei. Ja, die Katze, weißt du, die Katze hat sich wohl bei uns nicht mehr so richtig wohl gefühlt, sie hat dich auch vermißt, sie wollte nicht mehr so gern allein mit einem alten kranken Mann zusammenbleiben, die wollte wohl dahin, wo es lebendiger war, und eines Tages, nachdem sie immer wieder ein paar Tage weggeblieben war, kam sie überhaupt nicht mehr wieder, keiner weiß, wo sie geblieben ist, vielleicht ist es auch gut so; und dann haben wir nicht mehr über die Katze gesprochen.

Onkel Theo war am Sonntagmorgen gekommen, hatte bei uns einen Kaffee getrunken, hatte ihn nicht gelobt, wie früher, hatte mir aber eine Tafel Schokolade gegeben für die Zuckertüte und ein Geldstück, für die Spardose oder so, aber das war schnell mit ausgegeben, dann hat er eine Rede gehalten, hat es jedenfalls versucht, hat gesagt, daß ich nun schon groß sei, morgen der Ernst des Lebens beginne, und wenn ich in der Schule schön brav und fleißig sei, aus mir ja auch etwas werden könne. Aber Vater hat ihn gleich unterbrochen, hat gesagt, Theo, laß doch den Quatsch, sie muß selber sehen, wie sie damit zurechtkommt, da können wir nun nicht mehr helfen, und ich meine, er hat ein bißchen dabei geschluchzt und geschnieft, jedenfalls hatte er gleich sein großes Schnupftuch parat und hat kräftig hineingeschneuzt. Meine Mutter hat gar nichts gesagt, hat nur beide Männer groß angeguckt und dann immer wieder auf mich geguckt, und schließlich doch zu den beiden gesagt, jetzt laßt mir die Kleine in Ruhe, ihr macht sie mir beide noch ganz narrisch. Den Sonntag habe ich auch so mit meinem Vater allein verbracht, ich habe etwas gekocht und ihn bedient, er wollte aber nicht viel essen, er hat immer ein bißchen geseufzt, mit dem Spazierengehen war es ja nichts mehr, aber ich habe ihm davon erzählt, so, wie ich mich daran erinnern konnte, aber das war ja auch nicht viel, die meiste Zeit haben wir still dagesessen, jeder hat für sich überlegt, keiner hat etwas gesagt, doch waren wir beide dicht zusammen, das war schön; wir haben auch den Glocken gelauscht, den Glocken von St. Magni, die ich doch so lange nicht mehr gehört hatte, die ich nur in der Erinnerung hatte, in mir, mit all dem anderen zusammen. Mein Vater hat nicht gesungen, ich habe ihn auch nicht darum gebeten, vielleicht hätte er ja für mich gesungen, aber ich habe mich nicht getraut, ihn das zu fragen, ich wollte ihn nicht verletzen, auch Leierkästen haben wir keine gehört, auch kein Gedudel aus der Kneipe, die jetzt ja weitweg war, die man auch von uns aus nicht hören konnte, wir hörten nur die Glocken von St. Magni und waren ganz still dabei, ganz in uns versunken.

Am Montagmorgen war es dann ganz anders, ganz lärmig: wir waren alle schon früh aufgestanden, der Vater saß schon angezogen in seinem Rollstuhl, ich hatte gar keine Zeit, ihn richtig zu begrüßen, immer wurde ich von meiner Mutter herumgezerrt, ich hatte dann gerade meinen Kakao getrunken, als auch schon Onkel Theo kam und sagte, dann wollen wir mal, meinen Vater auf den Arm nahm und ihn die fünf Treppen hinuntertrug, wie ein Baby, die Zuckertüte lag in dem Arm meines Vaters; meine Mutter schrie herum, ob ich auch alles habe, ich wußte nicht, ob ich alles hatte, hatte aber meine Tasche mit all dem gepackt, was ich meinte, daß es dazugehöre, was wiederum meine Mutter veranlaßte zu schreien, was ich denn nun wieder alles mitschleppen wolle, die Tasche wurde von ihr ausgeräumt und wieder eingeräumt, und alles, was ich hineingetan hatte, wurde nur ein wenig anders wieder hineingetan, meine Mutter zupfte auf der Treppe noch an mir herum und war's nicht zufrieden, die weißen Strümpfe fingen an zu rutschen, die Lackschuhe drückten, die rote Schleife im Haar drohte aufzugehen, alles schien in eine Katastrophe zu münden, so mag es jedenfalls mir und meiner Mutter auch erschienen sein. Unten hatte Onkel Theo meinen Vater schon in den Rollstuhl gebettet, der immer im Hausflur stand, die Zuckertüte lag im Schoß meines Vaters, ich durfte meine Tasche noch dazulegen, weil er das ja sowieso nicht mehr spüre, dann schob und hob Onkel Theo den Rollstuhl aus dem Haus, die Steinstufen hinunter, und meine Mutter und Onkel Theo blieben zurück und winkten, was sie noch sagten, habe ich nicht mehr gehört, jedenfalls habe ich es nicht verstanden, wollte es vielleicht auch nicht verstehen.

Ich schob den Rollstuhl mit meinem Vater dann in die Ritterstraße, und von da in die Kuhstraße, vorbei an Alt Brunsvig, das noch geschlossen war; ich sagte, mein Strumpf rutscht, mein Vater sagte, macht nichts, den kann man unten lassen oder wieder hochziehen; ich sagte, meine Lackschuhe drücken, macht nichts, sagte mein Vater, da mußt du heute Nachmittag etwas hineinpinkeln, dann werden sie geschmeidiger; ich sagte, meine rote Schleife im Haar geht auf, mein Vater sagte natürlich, macht nichts, du brauchst keine Schleife, dein rotes Haar ist so widerspenstig wie du; ich sagte, ich habe Angst, mein Vater sagte, du brauchst keine Angst vor dem zu haben, was du nicht kennst, du mußt nur das fürchten, von dem du schon weißt; unter solchen Hin- und Widerreden überquerten wir die Auguststraße, ohne daß ich nach links und rechts schaute, so daß mir immer wieder entgegenscholl, paß doch auf, du dummes Ding, aber ich war doch kein Ding, war doch ein Mensch, bin es immer noch, war ein Mädchen, ein sechsjähriges Mädchen, das nun ganz verstummte, mein Vater sagte auch nichts, ich konnte ihn auch nicht sehen, die hohe Lehne des Rollstuhls war zwischen uns, aber ich wußte, daß er da war, bei mir war, mich nicht verlassen hatte; die Schule kam in Sicht, viele Mädchen, gleich mir, gingen mit Zuckertüten im Arm, einen Ranzen auf dem Rücken, sonntäglich angezogen, die Eltern zu beiden Seiten, den gleichen Weg, die Glocken klangen, es war nicht St. Magni, es war nicht St. Ägidien, es waren andere Glocken, kleine, scheppernde, blecherne Glocken, die mich aufregten, beunruhigten; wir fuhren in den Hof hinein, wo auch die anderen hinstrebten, wo viele Mädchen gleich mir waren, und dann sagte mein Vater, ist das nicht die Erika, die kleine Erika, mit der du früher soviel zusammen warst? Ja, das war natürlich Erika, die ganz abseits stand, die ich nicht wiedererkannt hatte, die mich nicht wiedererkannte, die ganz verlegen war, mich ganz verlegen gemacht hatte, sie hier wiederzufinden, und ganz betreten gaben wir uns die Hand, Erika? Johanna? Ja, das bin ich, sind wir, waren wir, hatten uns wiedergefunden, schwiegen, waren verlegen, wußten nicht, was wir sagen sollten. Uns fiel nichts ein, und wenn uns etwas einfiel, dann wußten wir nicht, ob es das Richtige sein könnte; aber bald danach sprudelte es aus uns heraus, gingen wir Hand in Hand, hatten wir alles andere vergessen, auch unsere Väter, die Eltern, die Schule, wußten wieder voneinander, gehörten wieder zusammen, waren unzertrennlich wie eh und je, als ob wir nie getrennt gewesen wären, so schnell ging das.

Dann erzählte mir Erika, daß sie auch auf dem Land gewesen seien, lange nicht in der Stadt, daß ihre Eltern aus der Wohnung heraus gemußt hätten, ihre Brüder dann weggegangen seien, in andere Städte, sie sich aber, wie sie das ausdrückte, zu den Eltern ihres Vaters zurückgezogen, in der Landwirtschaft der Großeltern mitgeholfen hätten, nun aber ihre Eltern wieder Arbeit gefunden hätten, ihr Vater in einer Konservendosenfabrik und ihre Mutter in einer Konservenfabrik, sie selbst aber lebe nun, weil die Eltern in der Vorstadt keinen Platz hätten, bei ihrer Großmutter in der Karrenführerstraße, also wieder im St. Magni-Viertel, sie sei auch gerade erst wiedergekommen, ihre Eltern seien schon vorausgefahren, sie sei noch geblieben, wäre auch, wenn es nach ihr gegangen wäre, ganz dort geblieben, jetzt aber lebe sie bei der Oma, und das würde wohl auch so bleiben, und wir könnten, wenn wir wollten, den Weg von der Schule und zurück immer gemeinsam machen, heute sei ja ihr Vater mitgekommen, er spräche gerade mit meinem Vater; und ob ich denn wollte, daß wir den Weg immer gemeinsam nähmen?

Und ob ich das wollte, das schien mir schon ausgemacht, beinahe selbstverständlich, wir mußten gar nicht erst weiter groß darüber reden, so selbstverständlich erschien mir das, und die Schule verlor darüber auch viel von ihrem Schrecken. Bald wurde geklingelt, wir mußten uns aufstellen, immer zwei Mädchen in einer Reihe, ich stand mit Erika Hand in Hand in einer Reihe, die Eltern winkten noch, Erikas Vater fuhr meinen Vater nach Hause, dann sahen wir sie nicht mehr und gingen in die Schule. Auch in dem Klassenzimmer suchten wir uns gleich eine gemeinsame Bank aus, in die wir uns hineindrängten, durch die vielen nachdrängenden Mädchen hineingedrängt wurden, alle herausgeputzt, mit Schleife im Haar und Zuckertüte im Arm, von denen mir aber keine bekannt vorkam. Vor das Pult stellte sich dann die Frau, die uns auch auf dem Hof zusammengerufen hatte und sagte, sie sei unsere Lehrerin und heiße Fräulein Ohlrogge, aber wir sollten sie immer Fräulein Lehrerin nennen, und wir würden, so Gott wolle, die Schulzeit gemeinsam verbringen, bis wir entlassen würden; als erstes sollten wir mit ihr gemeinsam ein Gebet sprechen, dann würde sie uns einzeln aufrufen und fragen, damit sie wisse, wer wir seien, sie würde uns dann noch etwas vorlesen, zum Schluß würden wir gemeinsam singen, dann sei für uns der erste Schultag beendet, und morgen früh um acht Uhr pünktlich sollten wir zu dem ersten richtigen Unterricht wieder auf dem Hof sein, ob wir das verstanden hätten. Mich durchfuhr ein Schreck, denn ich hatte nicht beten gelernt und konnte ja auch nicht singen, vielleicht war ich doch nicht richtig in der Schule? Ich sagte das Erika, die neben mir saß, da aber erscholl ganz laut die Stimme der Lehrerin neben mir, Schwatzen gäbe es bei ihr nicht, und geradehalten sollten wir uns auch, die Hände gehörten auf den Tisch, sie müßten auch gewaschen sein, anlehnen dürften wir uns nicht, aber das alles lernten wir noch, ob ich Rote mit der Brille, da hinten, das auch verstanden hätte; sie meinte mich, ich sollte aufstehen, wie ich denn hieße. Johanna, sagte ich, also Hanni, sagte sie, nein, rief ich dazwischen, Johanna, gut, also Johanna, wenn ich dich etwas frage, dann mußt du sagen, ja, Fräulein Lehrerin, und dabei aufgestanden sein, mach es noch einmal; und ich mußte also zwei-, dreimal aufstehen und ja, Fräulein Lehrerin sagen, alle anderen Mädchen schauten mich an und lachten; als das vorbei war, sollten wir also beten, die Lehrerin sagte uns vor, was wir sagen sollten, hatte ihre Hände gefaltet, befahl dann, daß wir es nun mit ihr gemeinsam machen sollten, ich guckte auf Erika, Erika guckte auf meine Hände, wir legten unsere Hände zusammen, wie wir es gesehen hatten, die Lehrerin ging durch die Reihen und schaute auf die Hände, hatte ein Lineal in der Hand und schob die Hände der Mädchen so, wie es ihr richtig erschien, damit zusammen, auch bei uns kam sie vorbei, schaute Erika auf die Hände, schob sie mit dem Lineal zurecht, und ich machte das nach, dann ging sie wieder nach vorn, legte auch ihre Hände zusammen und fing an, laut zu sprechen, wozu wir alle nur etwas murmelten, bis wir es geschafft hatten.

Danach wurden wir einzeln aufgerufen und lernten gleichzeitig das Alphabet, wie uns das Fräulein erklärte und an die Tafel schrieb, in großen und kleinen Buchstaben und mit farbiger Kreide, damit es lustiger aussähe; wir aber, die gerade nicht aufgerufen wurden, sollten unsere Schiefertafel aus der Tasche holen und die Buchstaben von der Tafel auf die Schiefertafel übertragen; weil nun mein Nachname mit B anfängt, kam ich von den über fünfzig Mädchen, die wir waren, mit als erste an die Reihe, ich mußte aufstehen, meinen Namen wiederholen, sagen, wo wir wohnen, wo ich geboren bin, wie mein Geburtsdatum ist, was mein Vater für einen Beruf hat, ob meine Mutter arbeitet, was sie macht, dann wurde ich auch gefragt, was für eine Religion ich hätte, worauf ich nur erwidern konnte, daß ich keine Religion hätte, was unsere Lehrerin befremdlich und bedenklich fand, ihre Augenbrauen in die Höhe schob, ganz starr auf mich guckte und fragte, ob ich denn nicht getauft sei, was ich mit nein, Fräulein Lehrerin, beantwortete, worauf ihr entfuhr, armes Kind. Wir schrieben dann also die Buchstaben von der Tafel ab, mühten uns darum, der Griffel knirschte über das Schiefer und machte fast ein so schönes gruseliges Geräusch, wie der Stock meines Vaters früher beim Spazierengehen, manchmal flüsterte ich ein wenig zwischendurch mit Erika oder versuchte es wenigstens, aber jedesmal haute die Lehrerin so laut mit ihrem Lineal auf das Pult, daß wir zusammenschreckten und aufhörten; werdet ihr wohl ruhig sein, schrie sie dann, das müßt ihr als erstes lernen, sonst lernt ihr hier nie etwas Gescheites, so quietschten wir also weiter auf unserer Schiefertafel. Als das vorbei war, und das hatte lange gedauert, so schien es mir jedenfalls, mußten wir aufstehen und singen, aber ich konnte doch nicht singen, aber alle sollten mitsingen, so sang ich also mit, obwohl ich doch gar nicht singen konnte, mein Vater mir das schon oft gesagt hatte, traurig darüber gewesen war, aber auch nicht wollte, daß ich sang, hier mußte ich mitsingen; und unsere Lehrerin ging durch die Gänge, sang laut, hörte überall zu, sagte: lauter, dirigierte mit dem Lineal, ging durch die Gänge, lauschte, sang, dirigierte, kam auch zu mir, lauschte, schüttelte den Kopf, schrie: aufhören, aufhören, so hört doch endlich auf, und endlich hörten wir auch auf, ich als erste; so, sagte sie dann, auf mich blickend, so, mich beinahe umkreisend, so, und immer wieder, so, singen kannst du also auch nicht, was kannst du eigentlich? Dann sagte sie, setz dich hin, du sollst dich hinsetzen, so setz dich doch endlich hin, du sollst nicht mehr mitsingen, verstehst du, nein, ich verstand gar nichts, setzte mich aber hin, die anderen sangen weiter, während ich sitzend zuhörte und mir merkwürdig vorkam.

Alle anderen setzten sich dann auch wieder, unsere Lehrerin las uns noch eine Geschichte vor, die in der Fibel stand, wie sie uns erklärte, die wir morgen alle haben müßten, von einem alten Mann, der nicht mehr richtig essen konnte und schlabberte, deswegen vom Essenstisch der Familie verbannt wurde und Holzgeschirr bekam, weil er das andere zerbrach, nur das kleinste Kind setzte sich zu ihm und wollte auch aus dem Holzgeschirr essen, und seine Eltern sollten das später auch haben, worunter er und der Alte unter Tränen an den Tisch zurückgeholt wurden. Ich hatte bei der Geschichte an meinen Vater gedacht und gemeint, ich würde jedenfalls auch immer mit ihm gemeinsam essen, ihm Essen machen und für ihn da sein, auch wenn kein anderer mehr für ihn da sein sollte. Wir bekamen dann noch Zettel, auf denen stand, was wir am nächsten Tag mitbringen sollten. Aber ich, das stand für mich fest, wollte nie mehr in eine Schule, dieses erste Mal sollte auch das letzte Mal gewesen sein, ich wollte nie mehr in eine Schule, in der man nicht miteinander sprechen durfte, wo man still sitzen mußte, ohne sich anzulehnen, wo man beten mußte, ohne das Bedürfnis danach zu spüren, wo man getauft sein und singen können mußte, wo eine Brille und rote Haare Makel waren, in eine solche Schule wollte ich nicht mehr, das war für mich klar, als wir aufstehen durften und Aufwiedersehn, Fräulein Lehrerin, gesagt hatten, alle im Chor, versteht sich, als wir die Klasse verlassen durften, war ich als erste weg; die Mädchen riefen noch hinter mir her, Rote, Brillenschlange, Hexe, Annecke, aber ich wollte das nicht hören, wollte mich nicht mit ihnen prügeln, jedenfalls jetzt nicht. Erika holte mich dann doch noch ein, sie nahm mich bei der Hand, redete auf mich ein, wollte mich trösten, aber ich wollte mich nicht trösten lassen, denn ich war eher zornig als trostlos, und so gingen wir gemeinsam schweigend nach Hause.

In der Wohnung schmiß ich meine Sachen in die Ecke, die Lackschuhe flogen hinterher, ich riß mir die Schleife aus dem Haar, und machte, daß ich so schnell wie möglich aus all den schnieken Sachen kam, die meine Mutter mir extra für diese schreckliche Schule genäht hatte; mein Vater sah dem von seinem Fensterplatz aus zu und sagte gar nichts, und ich ging erst zu ihm, als ich mein Alltagszeug angezogen hatte, trödelte, machte ganz langsam, extra langsam, ging langsam zu ihm, so seitwärts, nicht direkt, setzte mich zu ihm, sagte nichts, bewegte mich nicht, schluckte auch nicht, saß stockstcif da, wie in der Schule, ohne mich anzulehnen, schlenkerte nicht mit den Beinen, kippte nicht mit dem Stuhl, wackelte nicht hin und her, saß einfach so da, ohne ein Wort zu sagen, kein Pieps, nichts, gar nichts; dann kam seine Hand, nahm meine Hand, er sagte auch nichts, erst nach einer Weile, nach einer ganzen langen Weile sagte er na, na, war wohl nichts mit der Schule, hm; nein, piepste ich; habe ich mir gedacht, sagte er, kann ja auch nichts sein, für dich. Und dann haben wir lange so dagesessen, einfach so dagesessen, ohne etwas zu sagen, ich habe mich auf seinen Schoß gesetzt, dann habe ich geweint, geheult, geschluchzt, habe vielleicht auch ein bißchen geschlafen, und als ich wieder aufgewacht bin, habe ich angefangen, ihm alles zu erzählen, voller Wut, voller Zorn, voller Empörung, und habe schließlich gesagt, daß ich da nie, nie wieder hin wollte; er hat immer nur genickt, den Kopf geschüttelt, hm gemacht, sich geschneuzt und manchmal auch ein bißchen gelächelt, aber das mag mir auch nur so vorgekommen sein, jedenfalls war erst einmal alles draußen, und es wurde mir leichter. Na, dann will ich erst einmal ein bißchen darüber nachdenken und in der Zeit kannst du vielleicht für uns etwas einkaufen und zu essen machen, wenn du das schon wieder kannst, sagte der Vater so zum Schluß, und ich war beschämt, weil ich das alles wegen der blöden Schule vergessen hatte, sprang auf, nahm meinen Korb und lief zum Einkaufen hinunter auf die Gassen.

Als ich dann alsbald wieder schwer bepackt zurückkam, ohne unten jemanden zu treffen, der mich doch nur gestört hätte, habe ich erst einmal alles weggeräumt, was ich in meiner Wut und in meinem Zorn fast über die ganze Wohnung verstreut hatte, ohne von meinem Vater dafür ein böses Wort gehört zu haben. Dabei merkte ich, daß ich die Zuckertüte keines Blickes gewürdigt hatte und schaute etwas verlegen dort hinein, kramte die Süßigkeiten aus, die Schokoladentafeln und Haarspangen, die Liebesmarken, den Radiergummi, die Federbüchse, bis ich fast auf den Grund gekommen war und dort etwas Weiches, Warmes spürte, was ich erst nach einigem Hin und Her herauslösen konnte, weil es in die Spitze eingeklemmt war, was sich dann als eine Kasperpuppe herausstellte, in die man die Hand hineinstecken konnte, um den Körper und die Arme zu bewegen (mein Vater hatte den Kopf geschnitzt und die Hände, den Stoff hatte meine Mutter dazugetan); ich konnte erst wenig damit anfangen, aber ich empfand die Kasperpuppe doch als etwas, das mir hatte beistehen sollen, und so war ich dann, so wie man das als sechsjähriges Kind kann, ganz tief gerührt und fiel meinem Vater um den Hals, der sich dumm stellte, von nichts zu wissen schien, mich damit, wie so oft, wieder zum Lachen brachte. Nun konnte ich für uns auch frohgemut das Abendessen zubereiten und auftragen. Und als ich dann alles wieder abgeräumt und aufgewaschen hatte, fragte mich mein Vater, ob wir jetzt ein wenig reden könnten, wozu ich nickte und er damit begann, er habe mir nicht schon vor Schulbeginn sagen wollen, daß damit wohl auch die Leiden für mich anfingen, was er geahnt habe, aber nun sei die Schule nun einmal nicht zu verhindern, und ich müsse mich auch daran gewöhnen, hinzugehen, obwohl es mir verdrießlich sei, aber es gäbe eben diese Pflicht, wovon auch er mich nicht entbinden könne und schließlich lerne man dort auch etwas, was man gut für sich anwenden könne, heute hätten wir doch schon das ABC gelernt und vor den großen Ferien würde ich dann bestimmt schon richtig lesen lernen, dann könnte ich auch alle die Bücher, die er mir vorgelesen habe, selbst lesen und meine eigenen Entdeckungen damit machen, ob das denn nichts sei, fragte er und schlug vor, ich solle in der Schule doch alles lernen, was ich lernen könnte und mich ansonsten an dem komischen Gehabe nicht stören, auch solle ich nicht wieder damit anfangen, die anderen Kinder zu verprügeln, das nämlich könne in der Schule noch schlimme Folgen für mich haben, ob ich das nicht wenigstens so einmal versuchen wolle, er wolle mir helfen, so gut wie er könne. Ich habe gleich, ohne viel zu überlegen und zu drucksen zugesagt, alles dazu tun zu wollen, daß mir die Schule nicht so schwer fiele, denn die Aussicht, schon in den Sommerferien alle Bücher selber lesen zu können, reizte mich doch sehr. Richtig lesen habe ich dann aber doch nicht in der Schule gelernt, sondern an meinen Büchern, die ich erst laut, Buchstabe für Buchstabe, Wort für Wort, den Finger unter der Zeile, gelesen habe, erst noch inwendig leise vor mich hinsagend, bis ich dann gar nichts mehr davon gemerkt habe und beim Lesen der Wörter und Sätze und Seiten mein Kopf voller Bilder war, und ich konnte wirklich in die Sommerferien Bücher mitnehmen, die ich dann auch verschlungen habe, aber bis dahin kam mich die Schule noch hart an, und ich habe manches Mal die Zähne zusammenbeißen müssen, um mein Versprechen gegenüber meinem Vater halten zu können und nicht losheulen zu müssen und nicht auf die anderen Mädchen loszudreschen, so zornig machten sie mich manchmal noch.

Ich hatte mich dann auch mit der Schule abgefunden, ich ging nicht gern hin, aber es war eben eine Pflicht, die ich nicht umgehen konnte, und so sah ich das auch mit unserer Lehrerin, ich sah einfach zu, daß ich nicht unnötig auffiel, bald auch wußte, was sie wollte und was sie nicht ausstehen konnte, danach richtete ich mich eben; ich wurde dann von der Religionsstunde, vom Musikunterricht und schließlich auch vom Turnen befreit; wegen meiner Brille, meiner Kurzsichtigkeit, meinte man, meine Unsportlichkeit entschuldigen zu dürfen, obwohl ich außerhalb der Schule so herumtoben konnte, daß die anderen Kinder mir kaum nachkommen konnten, aber die Übungen in der Schule machten mich einfach krank und bockig, so daß ich froh war, davon befreit zu werden. Meine Schularbeiten machte ich immer gleich, wenn ich nach Haus kam, bevor ich für meinen Vater und mich das Mittagessen herrichtete, auch brauchte mein Vater mir bei den Hausaufgaben nur wenig zu helfen, wenn ich ihn etwas fragte, blieb er auch nur so im Allgemeinen, daß ich auf die Lösungen immer selbst kommen mußte und auch konnte, weil er mich mit Fragen und Beispielen auf den Weg lockte, wo die Lösung lag. Nach dem Mittagessen machte ich all die kleinen Verrichtungen, die für mich, meinen Vater und die Wohnung notwendig waren, ging einkaufen und setzte mich dann, wenn nichts anderes mehr zu tun war, zu meinem Vater, um zu lesen.

Das Lesen war wirklich binnen kurzer Zeit zu meiner liebsten Beschäftigung geworden, denn in den Büchern war ich in einer anderen Welt, die aus den Buchstaben, Wörtern, Sätzen in mir aufstieg, mich ergriff und nicht mehr loslassen wollte; ich habe wahllos gelesen, alles, was ich finden konnte, ob ich es verstand oder nicht, ich verstand es eben für mich, nahm mir das heraus, was ich brauchte, und war damit auch zufrieden; auch mein Vater saß lesend in seinem Rollstuhl, die neue Katze strich herum oder saß schnurrend in des Vaters Schoß, keiner hat etwas gesagt, die Glocken von St. Magni klangen, und ich hatte alles um mich herum vergessen, war nur in den Glocken und den Büchern, wo ich auch meine Melodie wiederfand, nun in einer anderen Weise. Meine Mutter habe ich in der Zeit nicht viel gesehen, die war schon aus dem Haus, wenn ich mich für die Schule fertigmachte und kam erst wieder, wenn ich schon lange im Bett lag und schlief. Im Frühjahr, wenn es wärmer wurde, habe ich meinen Vater am Sonnabendnachmittag in den

Garten gefahren, wir sind dann bis Sonntag dort geblieben, ich habe unter seiner Anleitung alles getan, was man in einem Garten tun muß, wobei mir das Umgraben der Erde doch etwas schwergefallen ist, so daß ein Gartennachbar es mir schließlich abnahm; des Abends saß ich dann auf der Gartenbank vor der Laube und mein Vater in seinem Rollstuhl, beide lesend, wenn es dunkel wurde, haben wir die Petroleumlampe angezündet und weiter gelesen, und wenn ich wegen der Schule geseufzt habe, hat mich mein Vater mit Sprüchen getröstet, wie ich sie zuvor nur von meinem Großvater in Apelnstedt gehört hatte; einige davon habe ich behalten: bei der Natur ging der erste Mensch in die Schule, und ihr hat er alle nützlichen Künste des Lebens abgelernt, so sagte er, wenn ich mit der Gartenarbeit fertig war, oder auch: wo die Schule stockt, da muß man bemerken und wissen, das Lebendige muß man ergreifen und üben; wenn er mich dann necken wollte, dann hieß es: im Frührot stand der Morgenstern / vor einem hellen Frühlingstag, / als ich, ein flüchtig Schülerkind, / im silbergrauen Felde lag; oder auch: wer gern viel lernen wolle, der müsse in eine Mädchenschule gehen, oder: wenn die faulen Schulmädchen sollen zur Schule gehen, so bleiben sie erst eine Stund vor dem Spiegel stehen. Aber ich blieb ja nie lange vor dem Spiegel stehen, dazu hatte ich gar keine Zeit, denn Erika wartete immer schon auf mich, damit wir gemeinsam den Schulweg gehen konnten, und ich hatte doch auch immer am Morgen sehr viel zu tun. Aber von etwas anderem möchte ich noch erzählen, auch wenn es vielleicht nicht hierher gehört, aber es hat mich doch die ganze Zeit sehr bedrückt: das war nämlich so, in die Kneipe von Onkel Theo brauchte ich ja nicht mehr zu gehen, dem Vater brauchte ich kein Bier mehr zu holen, und wir aßen nur noch zu Hause, Onkel Theo kam höchstens zu uns, wenn Vater die Treppe hinuntergetragen werden mußte, aber einmal mußte ich doch abends in das Gasthaus Alt Brunsvig, um etwas auszurichten, den genauen Anlaß weiß ich nicht mehr, die Kneipe war voll, es war laut, es war ein Gewühle, jeder der Männer sprach mich beinahe an, wollte mir etwas zu trinken ausgeben oder eine Tafel Schokolade kaufen und tätschelte dabei an mir herum, was ich nicht ausstehen konnte und kann. Onkel Theo lehnte an seiner Theke, aber meine Mutter fand ich erst nicht, bis Onkel Theo in die Richtung wies; da sah ich sie an einem Tisch mit Uniformierten, wahrscheinlich SA-Leuten, auf dem Schoß von einem dieser Männer, sich bei ihm festhaltend und mit ihnen allen lachend und trinkend; ich glaube, sie hat mich gar nicht gesehen, ich bin auch nicht hingegangen, ich habe das, was ich zu sagen hatte, Onkel Theo gesagt und bin dann wieder gegangen und auch nicht mehr in Onkel Theos Kneipe gegangen, habe nie versucht zu überlegen, was mich gestört, was mich verlegen gemacht hat, habe versucht, das Bild zu vergessen, aber ich habe es nie aus meinem Gedächtnis löschen können. Jedesmal, wenn ich dann meine Mutter ansah, habe ich mit den Augen gefragt, ob sie mir das nicht erklären könne, aber sie hat meine Frage gar nicht wahrnehmen wollen, und so hat sie mir nie etwas erklärt, was ihr ja vielleicht auch hätte peinlich sein können, ich habe mit niemandem darüber gesprochen, weder mit meinem Vater, noch mit meiner Schulfreundin Erika, aber das Bild habe ich heute noch in allen Einzelheiten im Kopf, und es geht nicht heraus, was immer ich auch mache, es bleibt ganz fest darin, so sehr ich mich auch bemühe, es aus meinem Kopf zu bekommen ...

Vielleicht darf ich Ihnen, wenn ich mich jetzt weiter an mein Leben erinnere, einmal das Märchen vom Hans im Glück in einer Version erzählen, wie ich es für mich verstehe: es war einmal ein kleines Mädchen, das hieß Johanna und hatte rotes Haar, sie hatte einen Vater, der für sie da war, eine Mutter, die arbeitete, einen Onkel, der ein bißchen streng war, und viele Verwandte, zu denen sie immer fahren durfte, das Mädchen lief durch die Gassen und war mit vielen Kindern befreundet, mit denen sie, wenn sie nichts anderes zu tun hatte, immer zusammen war, das Mädchen liebte die Glockentöne von St. Magni und hatte für sich insgeheim, keiner wußte etwas davon, eine sie beseligende Melodie, die sich aus vielen anderen Musiken zusammensetzte. Als nun die Zeiten schlechter wurden und die Leute keine Arbeit mehr hatten, da tauschte sie den Goldklumpen glückliche Kindheit ein in ein Pferd, das sie in das Dorf Apelnstedt trug, wo sie das, was sie so bedrückt hatte, vergessen und beim Rübenzupfen wieder ein bißchen zu sich finden konnte. In die Stadt zurückgerufen, war es dann ein Tausch vom Pferd zur Milchkuh, wieder beim veränderten Vater sein können, lesen lernend, sich in den Büchern und Pflichten zurechtfindend. Daß ihr nun noch weitere Tauschaktionen bevorstanden, konnte sie noch nicht wissen, tauschend die Kuh in ein Schwein, das in eine Gans, diese in einen sie bedrückenden Stein; das aber weiß das herangewachsene Mädchen heute und weint ein wenig über den verlorenen Goldklumpen, den sie damit nicht zurückgewinnen kann. So vielleicht das Märchen.

An die Schule hatte ich mich gewöhnt, ich war nicht begeistert davon, ich empfand es als lästige Pflicht, die vorübergehen würde; meine Aufgaben für die Schule machte ich weiterhin, gleich nachdem ich nach Hause gekommen war, mein Vater half mir nicht mehr dabei, brauchte es nicht mehr und konnte es wohl auch nicht mehr; er kam nur noch selten aus seinem Bett, er saß nicht mehr in seinem Rollstuhl am Fenster, er aß nicht mehr viel, er wollte immer trinken, er hatte ständig Durst, den, wie er sagte, keiner zu löschen imstande wäre, ich saß an seinem Bett, hielt seine Hand, plapperte darauf los, las ihm etwas vor, wie er es früher für mich getan hatte, an Spielen, auf die Straße gehen, mit den anderen Mädchen zusammen sein, war nicht mehr zu denken, ich ging in die Schule, einkaufen, das Nötigste, und fuhr auch nicht mehr in die Ferien; manchmal ging ich allein in den Garten, um dort etwas zu machen, aber es fiel mir schwer, vielleicht auch, weil ich dort so allein war, ohne meinen Vater, der ja schon lange nicht mehr in den Garten gehen konnte. Erika war zu ihren Eltern gezogen, weil die Großmutter gestorben war, die Eltern auch wieder eine Wohnung hatten, sonst hatte ich unter den Mädchen in meiner Klasse keine Freundinnen, mit denen ich zur Schule gehen und in den Pausen beieinanderstehen konnte; den Bemerkungen über die Haare und Brille maß ich keine Bedeutung bei, die Sticheleien überhörte ich, prügeln tat ich mich nicht mehr, und an den meisten Tagen der Woche konnte ich ja auch schon eine Stunde früher nach Hause gehen, weil ich am Religionsunterricht, an der Musik- und Turnstunde nicht teilzunehmen brauchte, und ich war über beides froh: die Stunden nicht mitmachen zu müssen und ungestört nach Hause gehen zu können. So also verging diese Schulzeit einigermaßen gleichmäßig und ohne große Aufregung.

Mein Vater starb Stück für Stück: seine Beine machten es schon lange nicht mehr mit, dann wurde es der ganze Unterkörper, der nicht mehr mitmachte, worauf die Arme und die Hände folgten, ich mußte ihn also auch füttern und ihm den Tee zum Trinken hinhalten, er konnte dann bald auch immer weniger, immer leiser, immer langsamer und mühsamer sich verständlich machen, er sprach dann bald gar nichts mehr, er nickte nur noch mit dem Kopf oder schüttelte ihn; da waren noch Zeichen, daß er mich verstand, ob ich etwas richtig oder falsch gemacht hatte, die Augen dann, mit denen er Zeichen gab, oder minimale Bewegungen der Lippen, von denen ich ablesen konnte, was er meinte, wie auch an den Augen, den Kopfbewegungen; wenn ich ihm vorlas oder erzählte, blickte er mich immer ganz groß, starr und aufmerksam an, als wollte er mich nie mehr aus dem Blick verlieren; wenn ich ihm Tee vom Löffel zu trinken gab und etwas verkleckert wurde, schlug er die Augen nieder, als schäme er sich; wenn ich den Topf leerte, der an seinem Bett angebracht war, lag er ganz starr da, als ärgere es ihn, daß er selbst nicht mehr imstande sei, etwas für sich und mich tun zu können. Er schlief immer länger, dämmerte so vor sich hin, wachte nur auf, wenn ich ihm den Stoppelbart streichelte oder ihn auf die Stirn küßte, und lächelte wohl schwach dabei. An einem Morgen, ich war noch keine zehn Jahre alt, war er nicht mehr aufgewacht; meine Mutter, die die ersten Morgenbesorgungen für meinen Vater machte, ehe sie das Haus verließ, hatte es bemerkt und mich geweckt, dein Vater ist tot, hatte sie gesagt und mich mit ihm allein gelassen. Ich habe an seinem Bett gesessen, wie immer, aber ohne ihm etwas vorzulesen oder zu erzählen, ich habe statt dessen vor mich hin gedacht, mich daran erinnert, wie schön alles mit meinem Vater gewesen war, und daß ich vielleicht nicht genug für ihn getan hatte, aber was hätte ich tun können? Ich wußte es selbst nicht.

In all dem Trubel bin ich gar nicht zur Besinnung gekommen: als erstes kam bald ein Arzt, der einen Totenschein ausstellte und mit meiner Mutter ganz vertraut tat, aber ich hatte ihn nie zuvor gesehen; danach kamen gleich Frauen, die ich auch nicht kannte, die meinen Vater auskleideten, wuschen, wieder anzogen, ihm die Hände falteten und wieder aufs Bett legten. Es wurde so voll und so betriebsam in der Wohnung, wie es nie sonst gewesen war, und ich kam mir ganz überflüssig vor zwischen all den fremden Leuten; den Tischler, der wegen des Sarges gekommen war, hatte ich wiedererkannt, er mich aber nicht, er war mit den Leuten vom Beerdigungsinstitut gekommen, die alles regeln wollten und sollten; als dann noch ein Pfarrer von St. Magni kam, bäumte sich alles in mir auf, mein Vater war doch in keiner Kirche, das wußte ich doch, er wollte auch keinen Pastor an seinem Grab haben, davon hatte er oft genug mir Kenntnis gegeben, aber wem sollte ich das sagen? Meine Mutter war schon in Schwarz und wuselte überall herum, Onkel Theo fühlte sich nicht zuständig, und beim Pfarrer druckste ich nur so herum, alle anderen waren mir fremd, die Wohnung war mir fremd, ich selbst wurde mir auch ganz fremd, die Glocken von St. Magni klangen fremd und bedrohlich, die fremde Schule hatte ich vergessen, und dann fummelten noch fremde Frauen an mir herum, damit ich zu einem schwarzen Kleid käme, wovon schon die Vorstellung mich befremdete. Und als dann der Sarg kam, mein Vater hineingelegt wurde, oder jedenfalls das, was da noch von ihm übrig geblieben war, und der Sarg mit der Leiche die Treppe hinuntergetragen worden war, als es in der kleinen Wohnung ruhig wurde und ich mich allein darin fand, mich auf den Platz am Fenster setzte, den sonst mein Vater immer innehatte, da wurde es in mir sanft, ich konnte an meinen Vater denken, ich konnte ihn mir vorstellen, es war, als wäre er noch anwesend, als wäre es so, wie es immer gewesen war, nur vielleicht, daß er sich ein bißchen hingelegt hatte, gerade nicht im Raum war, ich ihn nicht sehen konnte. So war es mir auch möglich, mit meinem Vater zu reden, ihn zu fragen, seine Antworten anzuhören, ohne daß wir dabei gestört wurden; ich habe ihn gefragt, warum er mich verlassen hätte, worauf er erwiderte, ich müsse mich nicht beunruhigen, er hätte schon lange gehen müssen, hätte es aber jetzt erst geschafft; was denn aus mir werden solle, ohne ihn, habe ich ihn dann gefragt, ich sei doch ohnehin schon ein großes Mädchen, und er wäre mir doch eigentlich sehr zur Last gefallen, jetzt müsse ich das eben allein weiter durchstehen, wie ich das ja auch schon die ganze Zeit getan hätte; nein, nein, er wäre mir nie zur Last gefallen, das müsse er mir glauben, ich hätte ihn doch gebraucht, was ich denn jetzt ohne seinen Rat machen solle? Er sei ja da, ich könne ihn ja immer fragen, er wolle auch antworten, seine Zeit sei aber um gewesen, er habe gehen müssen, ob ich das verstehen wolle; in der Weise haben wir eine lange Zeit, jedenfalls kam es mir so vor, hin und her geredet, es war dunkel geworden, vielleicht habe ich auch geträumt und ein wenig geschlafen, jedenfalls kam meine Mutter, fragte, was machst du denn da, jetzt geh aber ins Bett, es ist spät, und wir haben morgen einen schweren Tag.

Der nächste Tag war wieder ein fremder Tag, mit fremden Leuten, fremder Kleidung, fremden Gerüchen, fremder Musik, fremden Wörtern, und ich hatte keine Zeit, mit meinem Vater sprechen zu können, hätte es gern getan, fand aber keinen Platz für mich allein, um ihn über all das fragen zu können. Schon früh scheuchte mich meine Mutter aus dem Bett, sie war schon angezogen, Onkel Theo war auch schon da, ihm wollte der schwarze Anzug gar nicht stehen, er war nervös, er rauchte eine Zigarette nach der anderen, er fühlte sich nicht wohl, das merkte man, er wollte gern aus unserer Wohnung, wollte aber auch mich und meine Mutter nicht gern allein lassen, so blieb er, ging auf und ab, rauchte eine Zigarette nach der anderen, während meine Mutter darauf achtete, daß ich das schwarze Kleid richtig anzog, die Strümpfe, die Schuh und auch den Hut aufsetzte, immer hatte sie an mir noch etwas auszusetzen, immer strich sie noch etwas glatt, zupfte an den Haaren, legte etwas richtig, was ihrer Meinung nach falsch gelegen hatte, kämmte, bürstete, putzte, ließ mich in den Spiegel schauen: ich sah aber nur ein blasses, sommersprossiges Kindergesicht mit großer Brille, roten Haaren und einem schwarzen Hut, das konnte ich aber nicht sein, denn ich hatte ein anderes Bild von mir, ein ganzes anderes, welches, das konnte ich natürlich nicht sagen, aber das war ich jedenfalls nicht, das muß jemand anderes gewesen sein. Onkel Theo zog immer wieder bei seinem Herumgehen seine Uhr aus der Tasche, zog sie auf, die offenbar nicht aufgezogen werden brauchte, horchte daran, klopfte, schüttelte sie, sagte, daß es so und so viel Uhr sei, dies auch dann zum letzten Mal, worauf meine Mutter erwiderte, mein Gott, schon so spät, dann müssen wir uns aber sputen, zog mich an der Hand zur Wohnung heraus, die Treppe hinunter und gab auch unten meine

Hand nicht frei, als alle Hausbewohner hinter uns herkamen, uns begrüßten, etwas murmelten, mit Kranz im Arm sich hinter uns aufstellten. Nun war es eigentlich selten, daß ich mit jemandem Hand in Hand gegangen war, früher, als ich mit meinem Vater noch spazierengegangen war, da mag er mein Patschhändchen in seiner großen Hand gehalten haben, was mir auch sehr angenehm gewesen sein mag, später bin ich wohl mit Erika Hand in Hand in die Schule gegangen und dann auch zurück, aber ich konnte mich nicht erinnern, je zuvor mit meiner Mutter Hand in Hand gegangen zu sein, dazu war sie immer zu geschäftig, daß es je dazu gekommen wäre, und so hatte ich den Eindruck, daß irgend etwas daran nicht richtig war, und ich versuchte, ihr meine Hand zu entziehen, aber sobald ich nicht aufmerksam war und an etwas anderes dachte, hatte sie meine Hand schon wieder geschnappt und hielt sie so fest in der ihren, daß ich ihr nicht entkommen konnte, darum gab ich bald diesen kleinen Kampf auf.

Dann kam der Leichenwagen vor unsere Haustür, mit schwarzen Pferden davor, zwei Männern mit schwarzen, langen Röcken und Zylinder auf dem Kopf, der Aufbau des Wagens war gläsern und durchsichtig, drinnen der Sarg, auf den die Kränze der Leute gelegt wurden; die Männer waren vom Bock gestiegen, hatten die hintere Tür zu dem gläsernen Verschlag aufgemacht, die Zylinder abgesetzt, sich verneigt, die Zylinder wieder aufgesetzt und die Kränze entgegengenommen, der eine hat sie angenommen, der andere war hochgestiegen und hatte sie auf dem Sarg geordnet, danach schlossen sie wieder die Tür, nahmen die Zylinder wieder ab, verneigten sich wieder vor dem Sarg, stiegen auf den Bock, knallten mit der Peitsche, drehten die Bremse los, nahmen die Zügel in die Hand, und die Pferde zockelten los. Der Wagen setzte sich in Bewegung, wir hinterher, meine Mutter immer ihre Hand in meiner, auf der anderen Seite Onkel Theo, der sich nicht um eine Hand von mir bemühte, hinter uns dann die ganze Nachbarschaft, viele Frauen, viele alte oder ältere Frauen, manchmal auch Männer, die ich früher mit meinem Vater gesehen zu haben glaubte, es waren jedenfalls sehr viele Leute, mehr als mir die Hand gedrückt hatten, der Sarg war auch ganz mit Kränzen verdeckt; so schuckelten wir dahin, manchmal war der Leichenwagen vor uns ganz schief und ich fürchtete schon oder hoffte vielleicht auch, daß er vielleicht umfallen würde, aber er fiel nie um, er richtete sich immer wieder auf, nur die Kränze rutschten immer ein bißchen hin und her, und von St. Magni schepperten die Glocken so blechern, wie ich sie nie zuvor gehört hatte, der Wagen vor uns holperte über das Kopfsteinpflaster, es war endlos, dieser Weg, er schien kein Ende nehmen zu wollen, die ganze lange Leonhardstraße entlang bis zum Magni-Friedhof, wo sich der Zug auflöste, unsere Verwandten aus Peine und Apelnstedt auf uns warteten und es dann in der Kapelle weiterging mit Orgelmusik und Reden, immer war meine Mutter dabei, mit ihrer Hand, und ich konnte mich auf gar nichts konzentrieren, hatte immer mit ihrer Hand zu tun; auch als wir dann zu dem Grab trotteten, war ihre Hand da, die mich, meine Hand, nie in Ruhe ließ, mich, meine Hand, nie zur Besinnung kommen ließ, nur als ich Erde in das Grab schaufeln sollte, ließ sie sie los, um sie gleich darauf wieder einzufangen. Meine Mutter lud alle ein, bei Onkel Theo in der Kneipe einen Kaffee zu trinken; unsere Verwandten aus Peine und Apelnstedt wollten oder konnten nicht bleiben, sie wollten oder mußten gleich wieder zurückfahren, jedenfalls blieben sie nicht zum Kaffeetrinken in Onkel Theos Kneipe und luden mich alle ein, doch zu ihnen zu kommen, um mich, wie sie sagten, von den Strapazen bei ihnen auszuruhen; das arme Kind, sagten alle, und tätschelten mich, aber ich wollte weder bedauert noch getätschelt werden, wäre gern mitgefahren, konnte mich aber nicht entscheiden, denn am liebsten wäre ich mit nach Apelnstedt gefahren, wollte aber auch niemanden beleidigen; meine Mutter entschied dann für mich: ich sollte noch bleiben, sie wollte mich aber in der Schule befreien, da die Ferien doch bald begännen, und dann könne ich dort hinfahren, und eine Zeitlang hierhin, eine Zeitlang dorthin fahren, wie ich es eben gern haben wolle; so war also für mich entschieden, ohne daß ich dazu gekommen wäre, ein Wort zu sagen. Die Verwandten verabschiedeten sich, Onkel Theo war schon vorausgegangen, meine Mutter hatte wieder meine Hand, alles hatte sich, wie mein Vater gesagt hätte, in Wohlgefallen aufgelöst, und so ging ich an der Hand meiner Mutter zu Onkel Theos Kneipe, in die ich nicht gern mitging; meine Mutter redete auf mich ein, ich sei jetzt ein großes Mädchen, ich dürfe das nicht so schwernehmen, meinem Vater wäre es doch schon lange nicht mehr gut gegangen, so wäre es jetzt wohl das Beste für ihn, er sei von seinen Leiden, seinen Schmerzen, seinen Plagen erlöst, und sie hoffe, daß ich nun auch etwas mehr Zeit für mich hätte, sie verspräche mir, in der nächsten Zeit mehr für mich dazusein. Auf all das habe ich geschwiegen, habe nichts gesagt, es ging so an mir vorüber, das hatte ich nun schon so oft in allen möglichen Variationen gehört, daß es mich nicht mehr sonderlich interessierte und auch nicht mehr aufregte, eigentlich hatte es mich ja gar nicht aufgeregt, das war alles so an mir abgeglitten, der Pastor hatte das gesagt, Onkel Theo hatte das gesagt, all die Frauen und Männer, die ich gesehen und doch nicht gesehen hatte, hatten das gesagt, und es war mir fremd, ich witterte etwas Falsches daran, wußte nicht, was falsch daran war, überlegte auch nicht, was denn wohl falsch an diesen so beiläufig zu mir gesprochenen Worten gewesen sein könnte, wußte aber von mir aus, ohne mit meinem Vater darüber gesprochen zu haben, daß alles falsch war daran, so daß es mich auch nicht kümmerte.

Unter diesen, auch von meiner Mutter Zunge falschen, aber doch auch freundlich gemeinten, ja, das habe ich doch herausgehört, Worten kamen wir zu Onkel Theos Kneipe, die Tische waren schon gedeckt, es roch nach gutem Bohnenkaffee, es war auch Kuchen da, alle anderen waren auch schon da, sogar der Pfarrer saß da, außer unseren Verwandten waren fast alle da, auch einige der Männer, die ich von früher zu kennen meinte, waren da, und ich setzte mich in eine Ecke; ich wäre gern allein gewesen, wäre gern in unsere Wohnung hinaufgegangen, hätte gern ein wenig mit meinem Vater gesprochen, aber ich wußte auch, daß ich das nicht durfte, ich war ja von der Hand meiner Mutter erlöst, die um die Tische herumging und Kaffee einschenkte, ihren Hut abgesetzt hatte, mit allen plauderte, allen dasselbe sagte, was sie mir auch schon gesagt hatte, daß mein Vater lange gelitten habe, daß es so wohl am besten für ihn sei, obwohl es schmerzlich sei, insbesondere für mich, die ich mich ja sehr lange um ihn habe kümmern müssen, weil sie ja hätte arbeiten müssen, um das Geld, das wir brauchten, dazu zu verdienen, ja, das wären schwere Zeiten gewesen, seien es gewiß noch, aber vielleicht würde es ja auch einmal etwas besser, für meinen Vater aber sei es gewiß besser jetzt so... Ich hätte gern ein Buch gehabt, ich hätte gern etwas gelesen, ich hätte mich gern in die hinterste Ecke verdrückt, ich habe mich geschämt und konnte doch nicht sagen, wofür eigentlich, und von überallher kam es dann, daß man sagte, nun komm doch mal zu mir, mein Kleines, setz dich mal zu uns, kennst du uns denn noch, wenn du etwas auf dem Herzen hast, kannst du immer zu uns kommen, jetzt aber mußt du vernünftig sein, bist ja auch schon ein großes, tapferes Mädchen. Ich habe nicht weinen können, weder als ich meinen Vater so still sah und man mir sagte, daß er nun nicht mehr lebe, noch auf dem Weg zum Friedhof, noch in der Kapelle, bei der Orgelmusik, noch am Grab, ich konnte nicht weinen, ich wollte auch nicht weinen, ich blieb stumm, ich ließ all das über mich ergehen, ich wußte ja, daß es freundlich gemeint war, wußte aber auch, ohne das im einzelnen sagen zu können, daß es falsch war, aber ich wußte nicht, was denn das Falsche an all dem war. Als dann die Schnäpse kamen, sich keiner mehr um mich groß kümmerte, als alles sich auflöste, als alles ins Erzählen kam, war ich erleichtert, war ich froh und hörte auch zu, weil alle anfingen, von meinem Vater zu erzählen: Hans war ein Guter, der hat viel geholfen, auch als er schon krank war, auch als er schon nicht mehr laufen konnte, als wir vorsichtig sein mußten, er war auch vorsichtig, aber er hat geholfen, wo es nur ging, wie er nur konnte, als wir uns nicht zeigen durften, da hat er geholfen, wie er nur konnte; so fielen viele ein, von meinem Vater zu erzählen, aus der Gartenkolonie, aus dem Gesangverein, und auch die, die ich nur noch so vage von früher zu kennen meinte; sicher, habe ich mir gedacht, von einem Toten soll man nichts Schlechtes reden, aber ich habe mich auch gefreut, all das, was ich noch nicht wußte, über meinen Vater von anderen, die ich kaum kannte, zu hören, und ich konnte nicht aufhören, zuzuhören; aber das ging bald zu Ende, man fing bald an, darüber zu reden, wie es denn weitergehen könne, wobei ich dann kaum noch zugehört habe, mir vielleicht nur noch selber zuhörte. Mädchen, träumst du denn hier, kamen dann die Frauen an, und brachten Suppe; einige hatten sich schon verabschiedet, es waren nur noch wenige in Onkel Theos Kneipe, und nach der Suppe ging ich allein hoch in unsere Wohnung in mein Bett, wo ich wohl gleich eingeschlafen bin.

Die nächsten Tage brauchte ich nicht in die Schule, wie meine Mutter zu unseren Verwandten gesagt hatte, ich blieb zu Hause, weiß nicht genau, was ich gemacht habe, wahrscheinlich habe ich gelesen oder auch nur herumgesessen, habe gar nichts gemacht, denn aller meiner Pflichten war ich nun ledig: meinen Vater brauchte ich nicht mehr zu umsorgen, einkaufen und den Haushalt machen, brauchte ich nicht mehr, ich ging immer in die Küche der Kneipe, um dort mit Onkel Theo und meiner Mutter zu essen, Schulaufgaben fielen nicht an, aber irgendwie, auch wenn sie nicht da war, war meine Mutter immer da und ließ mich nicht allein; einmal bin ich allein auf den Friedhof gegangen und habe das Grab meines Vaters gesucht, habe es auch nach einiger Zeit gefunden, ohne jemanden gefragt zu haben: ein Erdhügel, in dem ein Holzkreuz mit dem Namen meines Vaters steckte, die Kränze darauf begannen schon zu verwelken, meinen Vater habe ich da nicht gefunden, so bin ich durch die Stadt geirrt, ich weiß nicht mehr, wo ich überall war, ohne irgendwo gewesen zu sein; am Abend fragte mich meine Mutter, wo ich herkäme, wie ich aussähe, was ich hätte, und ich konnte ihr doch nicht sagen, daß ich geweint hätte, zum ersten Mal geweint, ohne zu wissen, worüber, daß es einfach so aus mir herausgeströmt sei, ich es nicht mehr hätte aufhalten können und es auch nicht gewollt hätte, dann verheult durch die Stadt gelaufen sei, ziellos, einfach so; so stand ich stumm herum, erwartete Vorwürfe, es kamen aber keine, stand stumm da, und meine Mutter sagte einfach nur Kind, Kindchen, mein Kind, nun komm doch mal her; und da spürte ich, daß es keine falschen Töne waren, die von ihr kamen, einfache, richtige Wörter, mit denen ich von ihr angenommen wurde, von ihr aufgenommen wurde in weiß nicht was. Wir haben nicht viel gesagt, wir haben zusammen gegessen, Onkel Theo war auch dabei, war auch ruhig, hat sich um das Essen gekümmert; meine Mutter hat mich gefragt, ob es gut sei, wenn ich jetzt in die Ferien fahren könne und wohin ich wolle; ich habe ihr gesagt, ich fühle mich hier in der Stadt so fremd und wolle gern nach Apelnstedt; ja, sagte sie, so wollten wir das machen, aber ich solle zum Schluß der Ferien auch noch nach Peine fahren, das sei auch wichtig, damit ich die Verwandten meines Vaters nicht vergäße und sie mich auch nicht, dann käme ich ja wieder über Braunschweig, und ich solle dann einen Tag bleiben, damit sie sich um meine Kleider in der Zeit kümmern könne, natürlich brauche ich das schwarze Kleid dann nicht mehr anzuziehen, könne etwas anderes anziehen, wenn ich wolle, die Trauer, das verstünde sie so, die sei inwendig, die brauche man nicht so nach außen zu zeigen, die sei nur für einen selbst da, das müsse man eben mit sich selbst abmachen und das brauche auch seine Zeit, und die anderen brauchten davon nichts zu wissen; das war wohl auch insgeheim meine Meinung darüber, und das, was von meiner Mutter zwischen uns zur Sprache gebracht wurde, bewirkte auch, daß ich ihr wieder ein wenig Vertrauen entgegenbrachte.

Und so geschah es dann auch, daß ich nach Apelnstedt fuhr. Meine Mutter und Onkel Theo brachten mich diesmal mit einer Autodroschke zum Bahnhof, ich hatte außer der Lederfleckentasche meines Vaters und ein paar kleineren Paketen noch einen Koffer, in dem sich unter anderem auch ein paar Bücher aus dem Besitz meines Vaters befanden, die nun, wie meine Mutter mir anvertraut hatte, alle mir gehörten, wie mein Vater ihr gesagt habe, sie käme ohnehin nicht zum Lesen, mir mache das ja Spaß, sie habe nichts dagegen, aber ich solle mit diesen Büchern vorsichtig sein, sie paßten nicht zur Zeit, und ich brauche sie ja auch noch nicht zu lesen, sondern könne sie mir aufheben, bis ich sie besser verstünde. Auf die Bücher meines Vaters hatte ich zuvor nie geachtet, ich hatte sie nie gesehen, nicht zur Kenntnis genommen, wußte nicht, was mein Vater las, wenn ich ihn daraufhin ansprach, antwortete er ausweichend, die Bücher haben im Schrank gestanden, vieles andere stand davor, keiner hat darauf geachtet, alle sind später verbrannt, und ich hatte kaum Gelegenheit, etwas davon zu lesen, noch mir zu merken, was das für Bücher waren; als mir meine Mutter von der Bücherhinterlassenschaft erzählt hatte, war ich neugierig geworden und schaute sie mir alle einzeln an, aber meine Mutter hatte es richtig erkannt, ich konnte mit den wenigsten davon wirklich etwas anfangen; für die Reise hatte ich mir einige Gedichtbände und Erzählungen ausgewählt, alles andere wurde wieder so hingestellt, wie es zuvor gestanden hatte, und wirklich konnte keiner ahnen, daß hinter all den Ziertassen auch noch Bücher verborgen waren.

So stieg ich also schwer bepackt in den Zug, meine Mutter hatte mich umarmt, hatte gesagt, ich solle bald wiederkommen, solle sie nicht so allein lassen, hatte mich gerührt, Onkel Theo winkte noch, meine Mutter schien wirklich zu weinen, und so gerührt, wie ich in den Zug gestiegen war, kam ich auch noch in Apelnstedt an, wo ich mit einem Pferdewagen und großem Hallo empfangen wurde, vom Kutschbock aus schaute ich um mich herum, sah alles an und meinte, auch alles wiederzuerkennen, mit allem schnell wieder vertraut zu sein; im Haus empfing mich die Tante, führte mich auf mein altes, auch noch vertrautes Zimmer mit den dicken Federbetten, half mir auspacken, erzählte viel, was sich geändert habe, was ich bald ansehen müsse, daß man nun auch, in dem mehr sandigen Boden, versucht habe, Spargel anzubauen, es gelungen sei, für dieses Jahr die Ernte aber schon vorbei sei, nun nicht mehr soviel zu tun sei, man mit den Rüben auch nicht mehr soviel zu tun habe, und wenn ich wolle, auch mehr für mich sein könne, alles ginge jetzt nämlich etwas ruhiger, sie werde mehr Zeit für mich haben, wenn ich wolle. Nach dem Essen sollte ich erst allein einen Gang durch das Haus, die Ställe, den Garten, das Dorf, das Holz, die Felder machen, damit ich mich ein bißchen einlebe, und morgen wollten wir gemeinsam ein bißchen mit dem Pferdewagen durch die Felder kutschieren, aber ich solle ihr sagen, was ich vorhätte, sie wolle sich danach richten, jetzt aber sollten wir zusehen, daß wir zum Essen kämen, alle warteten nämlich schon auf uns. So verhielt es sich auch, alle wurden begrüßt, ich wurde von allen begrüßt, kannte fast keinen wieder, außer dem Onkel, der mich vom Bahnhof abgeholt hatte.

Ich war lange nicht hier gewesen, alle waren größer geworden, hatten sich verändert, ich natürlich auch; jeder sagte etwas darüber, wie ich gewachsen sei, wie ich mich herausgemacht hätte, kaum wiederzuerkennen, wenn sie nicht gewußt hätten, daß ich es sei, aber dann doch auch wiederzuerkennen, weil ja alle Merkmale, die sie noch in Erinnerung hatten, geblieben seien, nein wirklich, was für ein großes und hübsches Mädchen ich geworden sei, aber natürlich müsse ich auch ordentlich essen, denn dünn sei ich, so dünn wie eine Bohnenstange, nein, fielen alle ein, nicht wie eine Bohnenstange, sondern wie Spargel, natürlich; natürlich, denn sie bauten jetzt Spargel an, der Spargel brachte mehr, es war zwar umständlicher, aber nicht eine solche schwere Arbeit wie mit den Rüben, ob ich das noch wisse mit den Rüben, das sei doch wirklich schwer gewesen. Ich konnte mich noch gut an die Rüben erinnern, vor denen es mir gegrault hatte, die mir aber auch geholfen hatten, ja, ja, die Rüben, und nach den Rübengeschichten kamen nun unweigerlich die Spargelgeschichten, die ich noch nicht kannte, wie ich auch keinen Spargel kannte, aber nun sei es zu spät, die Ernte sei vorbei, ja, im nächsten Jahr, wenn ich, zum Beispiel, zu Pfingsten käme, dann könnte ich bei der Spargelernte mithelfen, dann lernte ich auch, was denn Spargel sei, und damit ging es wieder los: Gut Kräuter von allerhand Arten, / die wachsen im himmlischen Garten: / gut Spargel, Fisolen / und was wir nur wollen; / Ein ganzer Ochs war's Tafelstück, / der Spargel, wie mein Arm so dick; / Es wachsen fast dir auf den Tisch / die Spargel und die Schoten. So ging das dann die ganze Zeit, jeder wußte etwas über Spargel wie ehedem über die Rüben, alles schrie, sang, dichtete, erzählte, mit allen anderen durcheinander über Spargel, und ich verstand gar nichts, aber es war lustig und unterhaltsam.

Am Nachmittag hatte doch ein jeder etwas zu tun, und ich ging, wie meine Tante vorgeschlagen hatte, durchs Haus, schaute auf den Hühnerhof, in die Ställe, kraulte die Tiere, fragte sie nach ihren Namen, worauf sie aber nicht antworteten, ging in den Garten, durchs Dorf, hob mir das andere für einen anderen Tag auf, setzte mich dann zu der Tante in die Heckenlaube, wo sie schon mit dem Kaffee und dem dicken Butterkuchen auf mich wartete; ja, ich habe alles unverändert vorgefunden, wie ich es in der Erinnerung behalten hatte, aber noch viel schöner, frischer, weiter, prächtiger, als es in meiner Vorstellung gewesen sei, so erzählte ich, und ich fragte meine Tante nach diesem und jenem, das aus meiner Erinnerung nun wieder hervortrat oder wozu mich die Tiere, der Garten, das Dorf, die Höfe, die Kirche angeregt hatten. Ja, sagte sie, dem Dorf ginge es wohl insgesamt gut, alle hätten auf Spargel umgestellt, wären von den Rüben abgekommen, könnten nun damit ihre Höfe ein wenig herrichten, sie hätten selbst auch dazugekauft, hätten etwas zurückgelegt, wären nicht mehr so von den anderen abhängig, obwohl ihr Hof klein sei, aber das mache sich mit der Zeit schon, der Onkel sei da ganz verständig, da hätten die Kinder ja dann auch etwas für später. Bald ließ sie mich wieder allein, ich solle mich ausruhen, sie müsse sich um das Viehzeug und das Abendessen kümmern, der Onkel und die anderen wollten, daß das Essen immer pünktlich auf dem Tisch sei, nach dem Essen hätten sie wieder mehr Zeit für mich, und morgen machten wir unseren großen Ausflug mit der Kutsche, da hätten sie alle frei, die ganze Familie käme mit, da solle es an nichts mangeln.

Ich ging dann auf mein Zimmer, schaute nach den Büchern, nahm das eine oder das andere mit, auch Schreibzeug, weil ich der Mutter versprochen hatte, bald zu berichten, und begab mich wieder in die Laube, setzte mich, rückte das Briefpapier zurecht, schaute ein wenig in die Gegend, ohne an etwas Bestimmtes zu denken, als ich die Stimme meines Vaters hörte: es sei richtig so, daß ich nach Apelnstedt gefahren sei, daß ich mich mit meiner Mutter ausgesöhnt habe, daß ich nun ein wenig Zeit habe, mich auszuruhen, aber, ich sollte ihn darüber nicht ganz vergessen. Ich habe ihm gesagt, daß ich mich freute, daß er mit mir spreche, daß ich ihn nicht vergessen hätte, daß er mir hier in der Heckenlaube ganz nahe sei, ich nun auch seine Bücher habe, mit denen ich gewiß doch ihm verbunden sei. Er sagte, daß er sich auch darüber freue, ich solle aber mit niemandem darüber reden, daß wir nun so vertraut miteinander sprächen, auch mit den Büchern sollte ich vorsichtig umgehen und niemandem sagen, woher sie seien; die, die ich mitgebracht hätte, seien ungefährlich, aber die anderen, die sollte ich so lange, bis er mir sagte, daß es Zeit sei, hinten im Schrank versteckt lassen, ob ich ihm das versprechen könne, andernfalls könne er auch nicht mehr so gut mit mir sprechen. Dann kam meine Tante zurück und holte mich zum Essen; ich konnte mich nur noch kurz von meinem Vater verabschieden, ihm sagen, daß ich mit ihm sprechen wolle, wenn ich allein in dieser Laube sei, er sagte noch, wenn ich Hilfe brauche, solle ich mit ihm sprechen; dann schaute die Tante auf die

Bücher und sagte, das freue sie, daß ich so schöne Bücher dabei habe, ob ich sie denn schon lesen und verstehen könne, und als ich das bejahte, bat sie, dann könne ich doch nach dem Essen ein wenig daraus vorlesen, wenn es mir nicht zu verdrießlich sei. Verdrießlich sei es mir nun gerade nicht, aber ich hätte immer nur aus diesen Büchern für mich gelesen, das sei aber mit dem Vorlesen in der Schule nicht zu vergleichen; dann solle ich eben heute Abend damit anfangen, und alle wollten auch ganz geduldig mit mir sein, und wenn es mir und den anderen keinen Spaß mache, dann wollten wir uns gegenseitig gar nicht bedrängen.

So habe ich dann also am Abend nach dem Essen, nachdem der Onkel sich seine Pfeife angesteckt hatte, einen Humpen Bier vor sich hatte (wie der Vater früher auch, als es ihm noch besser ging, aber nicht mehr gut, an jedem Sonnabend, den ich ihm frisch aus Onkel Theos Kneipe geholt hatte, bis wir umzogen und er nicht mehr wollte) und sagte, ich solle mal anfangen, die Tante habe ihm von meinen Lesekünsten erzählt, die anderen wollten auch etwas hören. Ich hatte vorher gar nicht geübt, hatte auch keine Angst davor, hatte unter den Büchern die Geschichte von Peter Schlemihl ausgewählt, wie er seinen Schatten verlor, das war natürlich eine sehr lange Geschichte, und ich mußte noch zwei weitere Abende vorlesen, bis wir zum Schluß kamen; tja, sagte da der Onkel, spuckte ein wenig aus, nahm seine Pfeife wieder in den Mund, sagte, tja, denn er sagte wenig, ein unglücklicher Mensch, wenn man das so bedenkt, aber du hast ja deinen Schatten noch, hoffentlich behältst du ihn auch (ich dachte daran, daß ich ja auch mit meinem Vater sprechen könnte); ich hatte das langsam und deutlich und auch gleichmäßig gelesen, in einem Singsang, als ob ich es wirklich singen würde, die Tante hatte mich später gelobt, was mich natürlich gefreut hatte, weil ich auch gern vorgelesen hatte. So las ich dann alle Abende vor, mal kürzer, mal länger, immer aus den Büchern, die ich mitgebracht und die ich vorher auch noch nicht gekannt hatte. Am Sonnabend machten wir aber erst alle, wie versprochen, eine Kutschfahrt ins Grüne, die Pferde waren gestriegelt, die offene Kutsche geputzt, der Onkel kutschierte und hatte seinen guten Anzug an, die Tante hob einen großen Korb mit Proviant in den Wagen, ich hatte mich auch hübsch angezogen und es ging zwischen dem Onkel und meiner Tante ein wenig hin und her, wo man denn eigentlich hinkutschieren solle. Der Onkel wollte ein wenig die Berge hoch, damit ich von der Ferne, wenn das Wetter es zulasse, den Brocken sehen könne, auf dem Rückweg hätten es die Pferde dann gut, da bräuchten sie nicht so viel zu ziehen, meine Tante wollte lieber mit mir nach Wolfenbüttel, um mir das Schloß und die Bibliothek zeigen zu können, sie wollte dort auch etwas einkaufen, anschließend könne man an der Oker Rast machen und auch so durch das Grüne zurückrollen. Es geschah natürlich so, wie es meine Tante wollte, mein Onkel fügte sich mit komischem Schnaufen; nachdem sie mir in der ehemaligen Residenz alles gezeigt hatte, gingen wir in ein Geschäft, und der Onkel mußte in einer Kneipe warten, die Pferde bekamen einen Hafersack umgeschnallt, dann suchte die Tante mir ein Kleid aus, was ihr und mir schließlich auch gefiel, die Mädchen waren auch dabei, während die Jungen bei den Pferden geblieben waren. Etwas anderes hatte die Tante gar nicht mehr einzukaufen, sie wollte mir nur etwas Gutes tun, ich habe es auch bemerkt und mich dementsprechend bedankt, dann holten wir alle gemeinsam den Onkel ab, suchten uns an der Oker einen angenehmen Platz, alles wurde ausgepackt, auf Decken ausgebreitet, die Jungen waren schnell am Fluß, wollten versuchen, Fische zu fangen, fingen aber keine, die Tante breitete Geschirr, Bestecke und Gläser aus, sogar Servietten hatte sie nicht vergessen; wir Kinder bekamen selbstgemachten Himbeersaft, der Onkel hatte einen Krug Bier, die Tante schüttete Himbeersaft und Bier zusammen, der Onkel sagte, wie man so etwas nur trinken könne, und schüttelte sich; dann kamen der Schinken, das Brot, die Butter, Käse, hartgekochte Eier, Butterkuchen und noch mehr. Der Onkel sagte seinen üblichen Spruch, daß ich mich auch tüchtig satt essen solle, so etwas bekäme ich so bald nicht wieder, mir schmeckte es; nachdem der Onkel gegessen hatte, holte er eine Mundharmonika aus seiner Rocktasche und spielte auf, alle sangen mit, nur ich nicht, ich konnte doch nicht, sing mal, sagte der Onkel, bei uns kommt das nicht so darauf an, Hauptsache, man hört etwas; und da habe ich wirklich aus Herzenslust zum erstenmal richtig befreit mitgesungen, und keiner hat gemeckert, keiner hat mir gesagt, ich könne nicht singen, alle haben gesagt, das war doch schön; dann fing der Onkel an, langsam und dröge zu erzählen: Ob wir denn wüßten (und er machte eine weite Handbewegung), daß vor noch nicht einmal dreihundert Jahren in Braunschweig noch eine alte Frau als Hexe verbrannt worden wäre? Das sei eine alte Kräuterwitwe aus Harleben gewesen, die Tempelanneke, die die Tiere und die Menschen mit ihren Kräutern geheilt hätte, der Mann habe den Tempelkrug gepachtet, sei aber schon früh von Kroaten erstochen worden, das sei im Dreißigjährigen Krieg gewesen, überall seien Horden von Soldaten herumgezogen, hätten gemordet, geplündert und verbrannte Häuser hinter sich zurückgelassen, die Tempelanneke sei da schon fast zwanzig Jahre Witwe gewesen, sie habe sich nur kümmerlich von ihren Heilkünsten ernähren können, aber es gäbe ja immer neidische Menschen, einer ihrer Brüder habe sie verklagt und dann sei alles zusammengekommen, ein weltliches Gericht sei das gewesen, ohne Not habe es das getan, aber die Pfarrer und die Richter hätten ja schon immer zusammengehalten gegen die kleinen Leute. Auf dem Hagenmarkt sei sie verbrannt worden, vorher sei sie noch gefoltert worden, ob wir uns das vorstellen könnten; aber niemand wollte sich das so gern vorstellen, ich schon gar nicht, die ich doch schon bei dem Namen Anneke aufgeschreckt war, mit dem mich die Kinder zu necken versucht hatten. Es war ein schöner Tag gewesen, aber nun fuhren wir ohne groß zu sprechen nach Apelnstedt zurück, uns allen war die Geschichte mit der Tempelanneke auf den Magen geschlagen, und jeder dachte wohl für sich allein darüber nach.

Ich blieb noch lange in Apelnstedt, fuhr nicht nach Peine, wollte erst in den Herbstferien dorthin fahren; alle umsorgten mich, die Zeit verging wie im Fluge, jeden Nachmittag redete ich in der Heckenlaube ein wenig mit meinem Vater, überall ging ich wieder allein herum, jeden Abend sollte ich vorlesen, machte ich auch gern, jeden Tag wollte ich helfen, wurde aber abgewiesen, weil ich doch eigentlich Ruhe brauchte, so kam es dann dazu, daß ich anfing, der Tante in der Küche und im Haushalt zu helfen, wobei ich auch etwas lernte; denn ich hatte früher auch bei uns im Magni-Viertel den Haushalt geführt, aber die Mutter hatte morgens immer alles vorbereitet, ich brauchte dort also nur das Essen auf das Feuer zu stellen und warm zu machen, das Geschirr abzuwaschen und ein wenig einzukaufen, richtige Mahlzeiten zuzubereiten hatte ich noch nicht gelernt, kleine Gerichte vielleicht, aber hier ging ich richtig bei der Tante in die Lehre, die dann sagte, für eine Suppe brauchst du halt ein gutes Stück Rindfleisch, das Gemüse soll frisch sein, und nur im Winter, wenn es nichts anderes gibt, nimmt man es aus einem Glas, zum Braten braucht man nicht unbedingt Mehl und viel Kartoffeln, eine Sauce macht man mit Sahne und Bratensaft, zum Nachtisch gehört etwas Frisches. Aber all das sagte sie nicht nur, sie erklärte es auch und ließ mich dabei helfen, manches dann auch gleich selber machen, worauf ich stolz war, weil sie bei Tisch immer gleich sagte, das hat die Johanna gemacht, und alle sagten, schmeckt prima, gar nicht von dem zu unterscheiden, wie es unsere Mutter macht, wie hast du das denn so schnell lernen können, da gehört doch jahrelange, was sage ich, jahrzehntelange Erfahrung dazu, du wirst bestimmt einmal eine gute Hausfrau. Daran dachte ich aber nicht, denn ich war eigentlich nur froh, daß ich hier nach meiner Lust lernen konnte und nicht nach den strengen Vorschriften der Schule. Natürlich wußte ich, daß ich von der ganzen Familie so umsorgt wurde, weil sie mir damit über den Tod meines Vaters hinwegzuhelfen hofften, daß das nicht nötig war, daß ich auf meine eigene Art mich damit vertraut gemacht habe; daß ich ständig im Gespräch mit meinem Vater stand, habe ich natürlich niemandem anvertraut, auch weil ich meinte, die Verwandten damit kränken zu können.

Dazu, daß man meinte, mich auf andere Gedanken bringen zu müssen, mich von meinem Vater ablenken zu müssen, gehörte auch, daß meine Tante an meinen Geburtstag gedacht hatte und mich damit überraschte: Sie hatte eine Torte gebacken, auf der groß eine 10 prangte, umgeben von zehn kleinen Kerzen, die angezündet waren, als ich zum Frühstück herunterkam, es gab kleine Geschenke und Aufmerksamkeiten, Glückwünsche von allen, Umarmungen, Küsse und auch ein paar Tränchen von meiner Tante; aber hübsch war, daß man extra für mich und meinen zehnten Geburtstag am Nachmittag einige Jungen und Mädchen von den benachbarten Höfen eingeladen hatte, manche größer als ich, manche kleiner, es war eine richtige kleine Geburtstagsgesellschaft, wie ich sie sonst nie gehabt hatte und auch danach nicht mehr, mit Spielen, Limonade, Gebäck, Ausgelassenheit, die in einem gemeinsamen Abendessen ausklang, alles hatte die Tante umsichtig geleitet, aber am besten hatte mir ein schlaksiger dreizehnjähriger Junge vom Nachbarhof gefallen, der seine Ferien dort verbrachte, aus Hannover gekommen war, *St* wirklich ganz steif und spitz sprach, aber eigentlich wenig sagte, ganz ruhig, ganz für sich blieb, sich alles anschaute, aber nicht verlegen oder scheu, sondern richtig sicher für sich, ohne auch nur eine Spur von Dünkelhaftigkeit. Wir haben uns sofort angefreundet, ich mußte zwar ein bißchen nachhelfen, aber dann waren wir alle Tage in den Ferien zusammen, haben zusammen gelesen, unsere Bücher getauscht, ich habe ihn ausgezankt, er hat sich das gefallen lassen, wir sind durch die Felder gelaufen, er hat Gedichte geschrieben, ich wollte alles von ihm wissen, aber er erzählte nicht viel, dann mußte ich halt von mir erzählen, damit es nicht so ruhig zwischen uns war, er hat aber auch dann nicht viel geredet; nach den Ferien haben wir uns Briefe geschrieben, lange Zeit noch, irgendwann hat das dann aufgehört, vielleicht hatte er meine Adresse nicht mehr, vielleicht ist er Soldat geworden und im Krieg geblieben, ich weiß es nicht ...

Ich weiß, ich wiederhole mich, ich habe das schon oft erzählt, ich mußte es schon oft erzählen, ich erzähle es noch einmal, so, wie ich es weiß, wie es in meiner Erinnerung ist, wie es mich geprägt hat, wie ich durch das, was ich war, das geworden bin, was ich bin; aber vielleicht erinnere ich mich auch falsch, vielleicht war alles ganz anders, vielleicht war ich das gar nicht, sondern irgend jemand ganz anderes, vielleicht, wenn ich mich anders erinnerte, wäre ich eine ganz andere, hätte ich eine ganz andere Erinnerung, ein ganz anderes Leben, wäre ich nicht ich, sondern, wer weiß wer. Es ist nicht mehr frisch, ich habe es oft erzählt, oft erzählen müssen, wie es gewesen ist, was daraus geworden ist, wie es gekommen ist, wie es war, nicht, wie es hätte sein können. Die Stimme, mein Vater, wir haben oft gesprochen, sprechen auch immer noch miteinander, ja, ich weiß; die Glocken, meine Melodie, St. Magni, alles gewesen, alles verloren, alles noch da, meine Erinnerung, meine Melodie; das Mädchen, das ich gewesen bin, rotes Haar, Brille, nicht häßlich, nicht schön, ein Mädchen, nichts anderes als ein Mädchen; die Tasche, meine Tasche, die Tasche von meinem Vater, jetzt nicht mehr da, aber ich hatte sie doch, sie war doch da, immer bei mir gewesen, nicht verloren, nicht abhanden gekommen, immer bei mir; die Freundin, Erika, war dann nicht mehr da, war irgendwann nicht mehr da, war sonst immer da, Hand in Hand gingen wir in die Schule, aber dann war sie mit einemmal nicht mehr da; die Rüben waren durch Spargel ersetzt, brachten mehr ein, Rüben waren keine mehr da; die Schule, mein Gott, mehr als sonst, schreckliche Schule, wie ich die gehaßt habe, nein, habe ich niemandem gesagt, habe ich mich nicht getraut, wem hätte ich das denn auch sagen können; die Verwandten, das Dorf, Apelnstedt, sagen sie, habe es geheißen, so fern, so weit weg, gar nicht mehr daran zu denken, nein; Peine, Großmutter, eine alte Frau, hat viel erzählt, ja, weiß ich noch, war schön, hat mich hervorgebracht, durchs Erzählen, ja. Von ihr wußte ich, wer ich war, wer ich sein sollte, wer ich gewesen bin, als ich noch klein war, als ich fast noch gar nicht da war, nicht auf der Welt war, nicht auf dieser Welt war, auch auf keiner anderen; Hexe Anneke, die Bücher, die Träume, der schlaksige Junge, alles so lange her, die Briefe, was daraus geworden ist, wo das alles ist, wann das war, so lange her, wie das geworden ist, nein, ich weiß nicht, ich wiederhole mich, ich weiß es nicht mehr, es ist alles schon so lange her.

Die Ferien gingen dann tatsächlich zu Ende, sie hätten nicht zu Ende gehen sollen, aber ich hatte ja auch noch die Mahnung, die Bitte, die Nötigung meiner Mutter im Ohr, daß ich sie nicht vergessen solle, daß sie mich brauche, mich nötig habe, die ja auch immer in ihren Briefen wiederholt worden waren, wenn auch sanft, wenn auch leise, aber doch unüberhörbar, unübersehbar. Der Zug rollte gegen Braunschweig, mein Gepäck war umfangreicher geworden, ich hätte das nicht alles allein tragen können, war wieder mit der Kutsche zum Bahnhof gefahren worden, alle waren mitgekommen, jeder hatte geholfen, das Gepäck zu verteilen, mir einen Platz zu suchen, dann mußten alle zusehen, wieder schnell aus dem Zug zu kommen, der schon im Abfahren war; lachend und winkend, die Tante weinend, standen sie alle noch lange auf dem Bahnsteig, ich sah sie, bis sie kleine Punkte geworden waren, sah ihnen noch nach, als ich sie schon längst nicht mehr sehen konnte, noch nicht einmal mehr ahnen konnte, sah nur noch Felder, Himmel, Blau, Korngarben, Stoppelfelder, die ersten Drachen, die in den Himmel stiegen. Der hannoversche Freund war nicht mit auf dem Bahnsteig, konnte er auch nicht, er war schon vor mir nach Hause gefahren, was mir auch lieber gewesen war, was sollte ein so schlaksiger, wortkarger, wortgeiziger Jüngling mir da, nein, der wäre fehl am Platze gewesen. Ich war wohl immer noch in Apelnstedt, als der Zug auf dem Hauptbahnhof Braunschweig zum Halten kam, war in meinen Gedanken noch dort, in meinen Träumen, hing daran, dachte daran, war noch nicht bereit, schon wieder in St. Magni zu sein; das stürzte aber auf mich herein, meine Mutter, Onkel Theo, stürzten herein, nahmen sich meines Gepäcks an, waren lustig, laut, lärmten, machten sich bemerkbar, so daß ich doch bald unter ihnen war. Hier war es dann eine Autodroschke, die uns nach Hause brachte, und unterwegs erfuhr ich, was ich aus den Briefen nicht wußte (das sollte eine Überraschung sein), daß wir wieder umgezogen waren, in unsere alte Wohnung, Kuhstraße, über Onkel Theos Kneipe, daß wir zusammenwohnen würden, daß ich ein Zimmer für mich haben würde, daß alles nun anders und besser werden und mir auch gefallen würde. Ja, warum denn eigentlich nicht, was war dabei, das war doch nicht schlimm, laß dich überraschen, ein eigenes Zimmer hatte ich immerhin in Apelnstedt auch gehabt, aber nur zum Schlafen, dann brauchte man es nicht mehr, dann war man zusammen oder allein, überall fand sich ein Raum, aber ein eigenes Zimmer, warum eigentlich nicht; und gegen Onkel Theo hatte ich doch auch nichts einzuwenden, den kannte ich doch schon lange, er war mir vertraut, er hatte sich bewährt, dem konnte man vertrauen, oder nicht, ach was, wir werden schon sehen. Während ich diese Überlegungen anstellte, kamen wir in der Kuhstraße an, meine Mutter hatte hinten neben mir gesessen, Onkel Theo vorn bei dem Chauffeur, hatte bezahlt, hatte alles dirigiert, war dann mit dem Fahrer beschäftigt, die Gepäckstücke auszuladen; meine Mutter hatte die ganze Zeit auf mich eingeredet, ich hatte nicht zugehört, hatte nichts verstanden, war mit mir, mit dem, was ich gehört hatte, beschäftigt gewesen, sie hatte meine Hand gehalten, ich hatte nichts dagegen, hatte sie ihr nicht entzogen, hatte mich gewundert, hatte nur grosses Mädchen, schon vernünftig, werden schon sehen, wird sich alles regeln, verstanden. Die Wohnung war hübsch, alles war neu hergerichtet, die Farbe roch man noch, frisch tapeziert, alles hell, alles farbig, neue Möbel, helle Lampen, auch die Küche und ein Bad, mein Zimmer Schleiflack, weiss, ein Bett, ein Tisch, ein Schrank, ein Regal, der alte Stuhl meines Vaters, der Kasper, den ich zum Schulbeginn bekommen hatte, auf dem Bett sitzend, an der Wand eine Fotografie meines Vaters, gross, ganz ernst, ganz still, hat er so ausgesehen, habe ich ihn so in Erinnerung, war er nicht anders, lustiger, witziger, weniger steif, Blumen auf dem Tisch, frisch, alles schön. Ich solle doch meine Sachen, die auf dem Flur stünden, auspacken und einräumen, wenn ich wolle, ins Bad gehen, und mich umziehen, danach könnten wir vielleicht gemeinsam etwas essen und dabei vieles, was ich noch nicht wüsste, was anders geworden wäre, besprechen, rief meine Mutter, ohne hereinzukommen.

Mir war es recht, ich hatte Zeit, ich wollte versuchen, mich wieder einzugewöhnen. Ich sass über den Koffern, dem Gepäck, vertrödelte die Zeit, hatte das Kleid von meiner Tante in der Hand, strich darüber, fragte mich, ob alles denn immer nur vergangene Zeit sei, alles immer gleich Erinnerung geworden, nie so richtig Gegenwart, nicht lebendig, daseiend oder auch vorausschauend, was werden würde, sollte man das wissen, wollte man das wissen, ja, Apelnstedt, das fühlte ich, war lebendig gewesen, Gegenwart; die Briefe, wohin mit den Briefen, die Bücher ins Regal, aber dieses war schön, als ich es zum ersten Mal vorgelesen habe, ich möchte es noch einmal lesen; was mache ich mit der vielen Wäsche, die hatte die Tante doch schon gewaschen, alles war sauber, roch gut, war glattgebügelt; der Junge, was mag der Junge wohl machen, ob er mir schreibt, ich habe doch seine Adresse, muss ich ihm meine neue, meine alte Adresse schreiben. Ich versuchte, mit meinem Vater zu sprechen, wollte ihn fragen, was er von all dem hielte, wie ich mich verhalten sollte, aber er meldete sich nicht. Ich war zu aufgeregt, war noch nicht hier, war nicht mehr dort, brauchte noch Zeit. Johanna, rief meine Mutter vom Flur, ich solle mich doch beeilen, es sei schon spät, sie warteten schon; war das mein Name, war das mein Name, das klang so fremd, so anders, hatte ich das je schon so gehört; ich fragte, ob ich auch nach dem Essen baden könne, dann wolle ich gleich kommen; aber zieh dich an, zieh etwas anderes an, schau in den Schrank, es ist alles darin; aber ich hatte doch etwas an, aber meinetwegen, wenn sie es wollte, dann würde ich auch noch schnell etwas anderes anziehen.

Der Tisch war gedeckt, es sah sehr hübsch aus, meine Mutter und Onkel Theo hatten schon auf mich gewartet, es gab kleine Delikatessen, die ich nicht erwartet hatte, beide tranken von einem Krug Bier, ich hatte dunkles, und während wir aßen und tranken, kamen wir ins Reden: das Zimmer mit der Einrichtung sei ein Geburtstagsgeschenk, ob es mir gefalle; ich lobte es, auch das Bild meines Vaters und daß man an den Kasper gedacht hätte, wo denn aber die Bücher meines Vaters seien, die doch jetzt die meinen geworden seien; die seien auf dem Dachboden in einer Kiste, es sei zu gefährlich, sie in der Wohnung zu haben; ob ich sie sehen könne; wenn ich wolle, selbstverständlich, aber vorsichtig sollte ich sein und auch nichts mit herunterbringen; was denn aus dem Schrebergarten geworden sei, fragte ich; ja, sie hätten lange überlegt, ob sie ihn nicht lieber verkaufen sollten, sie hätten dafür gute Angebote gehabt, auch hätten sie ja eigentlich gar keine Zeit für die viele Arbeit, sie hätten ja doch schon ohnehin soviel mit der Gastwirtschaft zu tun, aber sie hätten sich überlegt, daß es doch gut sei, für alle Fälle, ein wenig Obst und Gemüse haben zu können, so wäre er also noch da; und wie es auf dem Friedhof stünde, fragte ich; da wäre alles gepflegt, ich solle nur gleich, wenn ich Zeit hätte, hingehen, auch einen Stein hätten sie setzen lassen, ganz schlicht, sie hofften, daß er mir zusagen würde; dann hörte ich, was ich schon gehört hatte, daß ich nun groß sei, zu einem großen Teil selbstverantwortlich, sie arbeiten müßten, ihr Tag eingeteilt sei, sie aber auch für mich selbstverständlich da seien, schließlich hätten sie mir auch ein Taschengeld ausgesetzt, nicht sehr groß, auch nicht so ganz klein, hiermit könne ich umgehen, wie es mir beliebe, auch könne ich es natürlich sparen für eventuelle größere Gelegenheiten. Nach vielem Hin und Her sagte meine Mutter, und zog mich dabei ein wenig an sich, ich solle es zuerst wissen, das sei nämlich so, sie hätten sich überlegt, daß es für alle, auch für mich, richtig sei, und auch mein

Vater würde es gebilligt haben, nach einer angemessenen Frist, was sich von selbst verstünde, zu heiraten, ob ich etwas dagegen einzuwenden hätte; nein, absolut nicht, warum hätte ich etwas dagegen sagen sollen, es war ja ohnehin beschlossen, nur war es neu und mich überfallend. Dann kam die Rede noch auf die Schule, wann ich wieder hin müßte, was ich noch brauchte, ob ich nicht auch alles vergessen hätte; schließlich, ganz nebenbei, da sei eine Aufforderung, daß ich zum Dienst zu erscheinen hätte, von den Jung-Mädels, was sie damit machen solle, sie hätte die ohnehin vertrösten müssen, Vaters Tod, auf dem Land; ich hatte dazu keine Neigung und sagte das auch, meine Mutter wußte das auch, sie brummte, dann wollten wir es erst einmal auf sich beruhen lassen, Onkel Theo sagte noch dazu, Dienst sei Dienst und Schnaps sei Schnaps, aber wir konnten nicht darüber lachen. Der Tag war lang, es war spät, ich war müde, ich wollte ins Bett, mir drehte sich der Kopf, die Mutter sagte dann auch, nun geh schon.

Am nächsten Morgen wachte ich in dem neuen Zimmer, das mein Zimmer sein sollte, in der Kuhstraße auf und mußte erst einmal versuchen, ein Gefühl der Fremdheit, das von dem Raum in mir hervorgerufen wurde, zu verstehen, anzugucken, vielleicht auch irgendwie zu bewältigen: ich schlug die Augen auf, sah Weiß, überall nur Weiß, das Bett, den Schrank, den Tisch, den Stuhl, das Regal, alles nur weiß, dazwischen der Kasper und das Bild meines Vaters, ein paar Blumen, wenige Bücher, die ich wieder mitgebracht hatte, Koffer, Tasche, Kleidung, die herumlag, alles war mir fremd, alles war neu, alles war anders, als ich es bisher gekannt hatte; ich stand auf, spazierte zwischen den Sachen im Nachthemd herum, hob da etwas auf, sah dort etwas an, schüttelte den Kopf, war ratlos, wußte wohl, daß das mein Zimmer sein sollte, aber das war es ja noch nicht, noch lange nicht, sollte es erst werden, sollte es vielleicht werden, an jenem Morgen jedenfalls stolzierte ich darin herum wie ein Storch, der sich nicht mehr zurechtfinden kann, und wußte nicht warum. Dann, ja, so erinnere ich mich, dann begannen die Glocken von St. Magni zu klingen, ganz langsam, ganz vorsichtig und zögerlich erst, als sollten sie ausprobiert werden, als wüßten sie auch selbst noch nicht recht, wie ihnen geschah, geschehen sollte, langsam erst, vorsichtig, zögerlich und dann immer sicherer, selbstverständlicher, voller, das Zimmer ausfüllend, mich ausfüllend, mich mitreißend, in ihre Schwingungen, in ihr Dröhnen, in ihren großen Gesang hinein, bis ich endlich mitsang, mitschwang, alles, alle Bewegungen der Glocken auch in mir waren, auch meine Bewegungen waren, nichts anderes mehr übrig ließen, mich zu sich herüberzogen, herübersogen, förmlich anzogen, ansogen, mich nicht aus diesem Sog herausließen, mich darauf stießen, mich daran erinnerten, daß ich schnell zum Friedhof müßte, meinen Vater besuchen müßte, jedenfalls das, was von ihm übrig war, beziehungsweise was zu seinem Gedenken errichtet worden war, was ich nur als Erdhügel mit verwelkten Kränzen in Erinnerung hatte, was jetzt vielleicht anders geworden war, was ich noch nicht gesehen hatte, was ich aber, so hatte ich es mir den Abend zuvor fest vorgenommen, gleich nach dem Aufstehen als erstes besuchen wollte, wozu die Glocken von St. Magni ja auch noch extra gemahnt hatten, es nicht zu vergessen, nicht zu unterlassen.

Hastig zog ich mich an, flüchtig nur kämmte und wusch ich mich, flüchtig aß und trank ich (meine Mutter war nicht da, Onkel Theo war nicht da, in der Küche war alles hergerichtet, daneben ein Zettel), schnell verließ ich die Wohnung, das Haus, schaute nicht nach der Kneipe, bog ein zu der Kirche, erhob meinen Blick, schaute zum erstenmal mein Viertel wieder an: hatte ich mich verändert, hatte sich unser Viertel verändert, alle Häuser, so schien es mir, traten einzeln vor mir zurück, waren abweisend, wollten nichts von mir wissen, wollten mich nicht wiedererkennen, von Apelnstedt her war ich es ja gewohnt, daß alles weit auseinanderlag, daß überall Luft, Raum zwischen den Häusern, den Höfen war, aber hier, ich meinte mich zu erinnern, daß die Häuser eng beieinander stünden, daß die oberen Etagen sich zueinander neigten, daß man Wäsche von Haus zu Haus trocknen konnte, was man sicher auch getan hatte. Und nun schien mir mein altes, liebes, enges, gemütliches, verwinkeltes, ineinandergeschachteltes St. Magni-Viertel ganz anders: weiter, breiter, luftiger, sonniger, die Häuser viel weiter voneinander entfernt, die Türen geschlossen, die Fenster ebenso und geputzt, alles blinkte, aber alles war auch abweisend, wies mich ab, sagte mir, du gehörst nicht mehr zu uns, du bist eine andere, geh wieder in dein Dorf zurück, wo du dich wohl gefühlt hast, laß uns aber hier in Ruhe, wir jedenfalls kennen dich nicht mehr. So mag es gewesen sein, ich ließ mich davon nicht beirren, ich ging meinen Weg, den ich noch kannte, den ich noch zu kennen meinte, zum Magni-Friedhof hin; keiner grüßte, keiner, den ich kannte, alles still, alles leer, ob es Sonntag war, ich weiß es nicht mehr, überall war es jedenfalls so, als ob gerade geputzt worden wäre, als ob es verbreitet und verschönert worden wäre, woran keiner zu rühren wagte, eine leere Stadt, eine schöne Stadt, eine schön leergefegte Stadt. Auf dem Friedhof herrschte eine andere Art von Stille, die vom Rauschen der Bäume, vom Geruch der vermodernden Blätter, vom Gewisper des unter dem Blattbelag herumhuschenden Getiers, vom Grün, vom Schatten, vom Knirschen des Kieses, vom Plätschern des Wassers mitbestimmt war; ich mußte lange suchen, ich wollte niemanden fragen, es war auch niemand zu sehen, den ich hätte fragen können, bis ich das Grab meines Vaters endlich gefunden hatte: ein kleiner Rasenplatz, mit Blumen, die auch blühten, bepflanzt, mit Steinen eingefaßt und einem Eisengitter, das eine Tür hatte, die mich durchließ, und einer Bank, auf die ich mich setzte, und einen Stein, den ich betrachtete; der Name darauf, das Geburts- und Sterbedatum, breit genug, um noch einen anderen Namen aufzunehmen, den meiner Mutter wahrscheinlich. Ich blieb lange dort sitzen, jedenfalls mag es mir so vorgekommen sein, ich habe gar nicht versucht, jedenfalls war es mir nicht in den Sinn gekommen, ein Gespräch mit meinem Vater anzufangen, ich habe versucht, mich zu erinnern, all die Zeit, die ich mit meinem Vater verbracht hatte, zog an mir vorüber, war es schön, war es gut, es war so lange her, es mußte so lange zurückliegen, daß ich darauf schauen konnte, wie auf etwas, das nun vorbei war, das gewesen war, was nicht mehr kommen würde, was ich in mich einschließen mußte, was nur noch mich allein etwas anging. Ich ging langsamer, als ich gekommen war, den Weg wieder zurück, oft sah ich mich um, versprach mir selbst, bald wieder zu meinem Vater zu gehen, aber war da wirklich mein Vater, fand ich ihn dort, hatte ich ihn dort gefunden oder hatte ich ihn dort verloren, war er dort nicht mehr für mich zu finden, würde ich ihn anderswo finden, in mir vielleicht oder anderswo, jedenfalls, dessen wurde ich sicher, nicht hier, hier jedenfalls nicht. Das erste, was ich machte, als ich in unsere Wohnung zurückkam, war, daß ich das Bild meines Vaters von der

Wand nahm und in die Schublade des Tisches legte, ich fand das richtig, dachte dabei nicht daran, daß es vielleicht meine Mutter kränken könnte, die es mir doch extra hatte einrahmen lassen; aber meine Mutter grämte sich nicht darüber, hatte nichts dazu gesagt, nicht daran gerührt, nie davon gesprochen, auch später nicht, als es möglich gewesen wäre.

Ich zögere, ich zaudere, ich zittere, das Folgende möchte ich am liebsten nicht erzählen, es bringt mich in Wut, in Zorn, macht mir Kummer und läßt mich immer noch vor Scham erröten, vielleicht hören Sie mein Schluchzen, beachten Sie es nicht, vielleicht sehen Sie eine Träne meine Wange hinunterkullern, beachten Sie sie nicht; ich weiß, ich muß es berichten, ich sollte davon erzählen, alles in mir drängt danach, daß es aus mir herauskommt, aber ich schäme mich dessen doch, noch immer, auch jetzt, gerade jetzt.

Am Montag war Schule; wie gewohnt, um acht Uhr ging ich dorthin, der Weg war mir noch vertraut, auch wenn er mir fremd geworden war und ich ihn nicht gern ging, aber es war ja Pflicht, und darüber durfte ich nicht klagen, der Pflicht mußte man eben klaglos Genüge tun; aber wie anders war diese Schule geworden, obwohl sie sich gar nicht verändert hatte, kein Lärmen, kein Herumtollen, kein Ärgern, Prügeln, Raufen, Necken, nichts von alledem, alle Klassen standen stumm in Reihen (sollte ich mich verspätet haben, sollte ich gebummelt haben, nein, ich war doch zeitig von zu Hause fortgegangen, es war doch noch Zeit, ich war doch eigentlich noch früh, fast zu früh auf dem Schulhof angekommen), als warteten sie ausgerechnet auf mich, als hätte ich etwas verbrochen, als hätte ich ihnen etwas angetan, und ich huschte irgendwo in die letzte Reihe meiner Klasse, dann wurde von Schülern die Fahne unseres Staates mit dem Hakenkreuz entfaltet, angeknüpft und am Fahnenmast hochgezogen, der Rektor sagte einen Spruch auf, wir mußten singen, dann mußten wir klassenweise in unsere Räume marschieren; all das war mir neu, ich hatte es wohl versäumt über den Tod meines Vaters und den Aufenthalt in Apelnstedt, nun fühlte ich mich irgendwie an einem falschen Platz, drei Mädchen in einer Reihe marschierten wir in die Schule hinein, eine neue Lehrerin, die ich nicht kannte, kontrollierte das, auf der Treppe ging das nicht mehr, und es gab

Stockungen, zu denen sie schimpfte. In der Klasse blieben alle neben ihren Bänken stehen, ich hatte keine mehr, mein ehemaliger Platz war von einem anderen Mädchen besetzt, ich blieb neben der Tür stehen; begib dich auf deinen Platz, wurde ich von der neuen, jedenfalls mir unbekannten Lehrerin angeherrscht; ich habe keinen, erwiderte ich; stell dich irgendwohin, aber werde nicht auch noch frech, war die Antwort, und ich suchte mir also einen Platz ganz hinten, wo ich allein war, wo ich keine Nachbarin hatte, wo ich Abstand zu den anderen Mädchen hatte; du sollst dich nicht so nach hinten verdrücken, verstanden, komm ein bißchen näher, damit ich dich im Auge habe, so tönte es von der Lehrerin, und ich rückte also weiter nach vorn auf; stehenbleiben, mit Haltung, die Hände vor, die vorderen Mädchen kontrollieren die Hände der Mädchen hinter ihnen und melden mir die Beanstandungen, keine Beanstandungen? Dasselbe mit den Schuhen und Strümpfen, nun die Schulsachen (das Mädchen vor mir wollte mir etwas zuflüstern, aber schon rief die Lehrerin, geflüstert wird hier nicht, und alles war wieder ruhig, wie erstarrt), dann ging sie selbst herum, schaute die Hände der Mädchen an, die Schuhe, die Schultaschen, schüttelte den Kopf, sagte aber nichts, kam dann zu mir, fing an zu mäkeln und zu fragen,

und wer bist du Rote:	Johanna Braunschweiger
jüdisch:	nein, nicht daß ich wüßte
deine Mutter:	evangelisch
dein Vater:	tot
warum kommst du erst jetzt:	Ich bin früher, nach der Beerdigung, in die Ferien gefahren, meine Mutter hatte um die Erlaubnis gebeten und sie auch bekommen
was ist das für eine Tasche: komm gefälligst mit einer anderen, hast du mich verstanden, antworte:	von meinem Vater gemacht ja
na also	
bist du bei den Jungmädels:	noch nicht
dann beeil dich:	ja.

Nach einer Ansprache und einem Lied durften wir uns setzen und unsere Sachen auspacken, das war nun also wieder die Schule, die Pflicht, dachte ich so bei mir, als mein Vater darauf antwortete, ich solle mir nichts daraus machen, das wären ja nur einige Stunden, die andere Zeit wäre ich doch frei davon, Schule, das wüßte er, wäre nie schön, aber so wäre das nun einmal; plötzlich fuhr die Stimme der Lehrerin dazwischen, komm doch mal her, du Rote, mit wem sprichst du da denn eigentlich, weißt du nicht, daß hier das Sprechen verboten ist, hier spreche nur ich, und ihr habt auf Befehl zu antworten, verstanden; und dabei hatte sie mich am Ohrläppchen hochgezogen, nach vorn gezerrt, gefragt, wer hat mit der gesprochen, ohne daß sich jemand gemeldet hätte, ich hatte ja auch wirklich nur mit meinem Vater gesprochen, was ich aber nicht sagen durfte; sag, sag, sag schon, Rote, mit wem hast du gesprochen, du kommst hier nicht weg, wenn du das nicht sagst; schließlich sagte ich, ich hätte mit niemandem gesprochen, ich hätte nur mit mir selbst gesprochen; auch Selbstgespräche seien hier verboten, Träumerinnen wolle sie keine in ihrer Klasse, wenn das noch mal vorkäme, dann passiere mir etwas. Es passierte noch sehr oft, und immer, wenn ich dabei erwischt wurde, auch wenn die Lehrerin nur meinte oder behauptete, ich hätte wieder geträumt oder Selbstgespräche gehalten, mußte ich nach vorne kommen, mich auf dort ausgebreitete trockene Erbsen knien, einen Vers auf den Führer aufsagen und die ganze Stunde bis zum Schellen dort knien bleiben; die Schule war mir gründlich verleidet, was gelehrt wurde, weiß ich nicht mehr, die Mädchen hielten sich von mir zurück, die Lehrerin hatte an allem von mir etwas auszusetzen, ob es nun meine Schularbeiten waren, meine Haare, meine Tasche, meine Brille, wie ich angezogen war, fand auch Dreck unter einem Fingernagel, wenn sie wollte, oder die Schuhe nicht gut genug geputzt, es war mir nicht vergönnt, von ihr gelobt oder nicht beachtet zu werden, es hagelte jeden Tag Strafen, und immer öfter bat ich meine Mutter, mir eine Entschuldigung zu schreiben, in die Schule wollte ich nicht mehr, ich blieb dann auch ohne Entschuldigung von dort weg und war die meiste Zeit auf dem Friedhof zu finden, wohin ich mir eines von meinen bzw. meines Vaters Büchern mitgenommen hatte; ich weiß nicht mehr, wie oft ich nicht zur Schule gegangen bin, mir schien es sehr häufig gewesen zu sein, häufiger jedenfalls, als ich hingegangen war, was daraus werden sollte, wußte ich nicht, unbehaglich war mir schon dabei zumute, immer mußte ich aufpassen, daß ich keinem Mädchen aus meiner Klasse begegnete, auch Mädchen aus anderen Klassen, die ich nicht kannte, konnten mich verpetzen, so mußte ich immer möglichst ungesehen auf den Friedhof verschwinden und genauso ungesehen wieder nach Hause gehen, wobei ich nicht weiß, ob mir das gelungen war oder ob die Mädchen, die mich gesehen und erkannt hatten, einfach den Mund gehalten hatten; meine Mutter bekam eine Vorladung, sie mußte zur Schule gehen, sie bekam dort vorgehalten, wie oft ich unentschuldigt gefehlt hatte, als sie damit zu mir kam, mußte ich ihr einfach sagen, wie widerwärtig mir die Lehrerin war, wie ich geprügelt, wie ich täglich gegenüber den anderen Mädchen verächtlich gemacht worden war, was ich nicht mehr ertragen konnte; meine Mutter erreichte, daß ich in eine andere Klasse kam, ich war froh, daß mich keiner beachtete, ich machte mein Pensum, mehr nicht, ging aber wieder regelmäßig hin, ohne zu murren.

Freundinnen, Mädchen, mit denen ich zur Schule gehen konnte oder von der Schule zurück nach Hause, hatte ich auch hier nicht gefunden, Mädchen, mit denen ich hätte manchmal über dieses und jenes sprechen können, über die Hausaufgaben zum Beispiel, aber ich hatte auch nicht danach gesucht, hatte mich irgendwie damit abgefunden, daß es so war; meine Mutter und Onkel Theo sah ich selten, wenn ich aufstand, waren beide schon weg, der Frühstückstisch war gedeckt, manchmal lag ein Zettel neben meinem Teller, ebenso mittags und abends, wenn beide hochkamen, lag ich schon längst im Bett, nur sonntags sah ich sie manchmal morgens, dann machten beide einen abgespannten Eindruck und mußten auch bald wieder in ihre Kneipe hinunter, aus der sie spät wieder hochkamen; daß ich nicht in die Kneipe kam, hatten wohl beide stillschweigend akzeptiert, hatten jedenfalls nichts darüber gesagt, hatten nicht gedrängt, auch keine Verärgerung geäußert. Ich bin dann öfter in den Garten gegangen, habe dort meine alten Arbeiten wieder aufgenommen, Onkel Theo und meine Mutter schienen ohnehin nicht dazuzukommen, bis ich den Garten beinahe ganz für mich übernommen hatte; ich ging in der

Woche sofort nach der Schule dorthin, machte gleich, so wie ich es mir selbst beigebracht hatte, meine Hausaufgaben, redete dann, wenn es möglich war, mit meinem Vater, schrieb meinem hannoverschen Freund oder las seine Briefe, machte mich in den Beeten zu schaffen, blieb manchmal auch über Nacht dort; bald hatte ich die Laube so ausstaffiert, daß es meine war, daß ich gern dort war, daß ich alles, was ich gern hatte, sich in der Laube befand, dann blieb ich auch übers Wochenende im Garten, ohne daß es jemandem auffiel, ohne daß jemand sich über mich beklagt hätte, ohne daß meine Mutter mir das verboten hätte, ich war dann schon am Sonnabend da, ging am Montag von dort aus gleich in die Schule.

So hätte es bleiben können, denn den Garten hatte ich ja unterdessen mir zu eigen gemacht, wenn mich nicht an einem Sonntagnachmittag die Lust gepackt hätte, ins Kino zu gehen, in die Kindervorstellung, meine Mutter hatte mich schon oft aufgefordert, ich solle doch ins Kino gehen, das sei lustig, das sei unterhaltsam, das könne mich ablenken; und ich war ja auch wirklich gern, wenn ich nicht in den Garten konnte, in die Flohkiste auf dem Bohlweg gegangen, wo die Witzefilme liefen, die ich gern mochte, Pat und Patachon, Charlie Chaplin, Buster Keaton und andere, an deren Namen ich mich nicht mehr erinnere; ich saß dann unter einer Kindermenge, die, ganz anders als in der Schule, nicht gerade saß, nicht stumm war, nicht steif sein mußte und Angst hatte, die, ganz im Gegenteil, durcheinanderschrie, mit Bonbonpapier knisterte, über die Stuhlreihen kletterte, nach vorn rannte, die Hände in den Lichtstrahl hielt, bei allem und jedem laut mitlachte, ich fühlte mich darin aufgehoben, die Nähe der Kinder tat mir gut, obwohl keines mit mir sprach und ich auch nicht versuchte, mit einem zu sprechen, aber es war warm, es freute mich alles, ich fühlte mich angerührt und so warm aufgehoben in der Menge der Kinder, die mich überhaupt nicht beachteten, die alle so sehr mit sich selbst zu tun hatten. In einer der Vorstellungen traf ich mit Erika zusammen, die in ihrer Vorstadt kein solches Kino hatte, von ihren Eltern Geld für die Vorstellung bekommen hatte und zu der ich mich dann setzte; während der Vorstellung kamen wir nicht zum Sprechen, zum Garten, wohin ich sie einlud, mitzukommen, wollte sie nicht, dann sind wir also in eine Eisdiele gegangen, um noch ein bißchen miteinander sprechen zu können; da kamen wir in eine Kontrolle, größere Jungen, in Uniform, fragten uns nach unseren Ausweisen, und wo wir bei den Jungmädels gemeldet seien, und ob wir auch regelmäßig hingingen, Erika hatte einen Ausweis und beantwortete alles, so wie die Jungen das wohl wollten, ich hingegen hatte keinen Ausweis, wußte auch nicht, wie ich mich sonst herausreden konnte, ich sagte meinen Namen, wo ich wohnte, was meine Mutter machte, wann ich geboren war und alles, was sie noch wissen wollten, Erika redete dazwischen, daß ich vom Dienst befreit sei, weil ich so kurzsichtig sei, sie sagten, das wollten sie aber genau wissen, meine Mutter bekäme eine Vorladung, und wenn ich dann nicht zum Dienst erschiene, dann passiere was; was genau passieren würde, haben sie nicht gesagt, daß es aber eine Drohung war, die nicht einfach so dahingesprochen war, das habe ich schon verstanden. Ich erzählte alles meiner Mutter, die meinte, daß das alles wohl nicht so schlimm würde, aber dann kam auch ein Brief, meine Mutter mußte zum Bann oder wie das heißt, sie kam ganz ernst zurück, nun müsse ich wohl doch erst einmal zum Dienst, und sie wolle unterdessen versuchen, ein Attest zu bekommen, daß ich eben nicht dorthin müßte, aber einstweilen müßte ich wohl oder übel doch zu diesem Dienst. Dieser Dienst war jeden Mittwoch und Sonnabend am Nachmittag, man mußte sich vor St. Magni einfinden, dann hieß es wieder, sich in Gruppen aufstellen und ganz militärisch entweder in das Gemeindehaus marschieren, wo sogenannte Heimabende stattfanden, oder, das lag wahrscheinlich am Wetter, wir marschierten auf den Sportplatz, um irgendwelche Wettkämpfe zu machen. Ich fiel natürlich sofort wieder auf: ich hatte keine Uniform, hatte einfach das angezogen, was ich sonst auch immer anhatte; ich konnte nicht marschieren, keinen Schritt halten, wie man das nannte; auch das, was man singen mußte, während man marschierte, konnte ich nicht, ich sang ständig falsch, und bei all den sportlichen Übungen war ich irgendwie auch falsch am Platze; ich war da die Kleinste, lief immer hinten, überlegte auch immer, ob ich nicht einfach zurückbleiben sollte, um dann ganz zu verschwinden; die Führerinnen waren nur wenig älter als wir, sie taten aber noch viel strenger als unsere Lehrerinnen, sie dachten sich schreckliche Strafen für mich aus, und alle anderen Mädchen mußten immer im Kreis um mich herumstehen, während ich diese Befehle ausführen mußte. Und es gab kein Entrinnen, meine Mutter bekam kein Attest für mich, vielleicht hatte sie sich auch nicht so darum gekümmert, wie sie mir das versprochen hatte, ich weiß es nicht; jedenfalls mußte ich da immer hin, stand unter einem Zwang, bin nie gern hingegangen, habe immer überlegt, wie ich es anstellen konnte, nicht hingehen zu müssen, auch mein Vater, mit dem ich öfter darüber gesprochen hatte, wußte keinen Rat, und ich ging immer wieder hin unter der Fuchtel der noch größeren Strafe, wenn ich von mir aus fernbleiben würde. Einmal marschierten wir zum Schwimmen, und als sich herausstellte, daß ich nicht schwimmen konnte, mußten mich die Mädchen so, wie ich war, ins Wasser werfen; ich war wütend, ich war zornig, ich wußte aber nicht, wohin mit meinem Zorn, mit meiner Wut: da konnten andere einfach mit mir machen, was sie wollten, und ich hatte einfach überhaupt nicht mehr über mich zu bestimmen, so eine Demütigung, so eine Beschämung.

Ich verkroch mich in meinem Garten und wollte nirgendwo mehr hingehen, wollte niemanden mehr sehen, auch meine Mutter und Onkel Theo nicht, meinem Freund in Hannover konnte ich nicht darüber schreiben, und mein Vater konnte mir da auch nicht beistehen; was nun? In die Schule konnte ich nicht mehr gehen, das war klar, da hätten mich die Mädchen gefragt, warum ich denn nicht zum Dienst käme und ich wäre von den anderen geschnappt worden; nach Hause konnte ich nicht mehr, auch da konnte ich mich nicht mehr blicken lassen, denn da hätten die Häscher vor der Tür auf mich gewartet und mich ohne weiteres gefangen; zu diesem Dienst wollte ich nicht mehr, das war klar, denn, wäre ich noch einmal hingegangen, so wären noch schlimmere Dinge mit mir passiert; den Weg zum Friedhof konnte ich nicht nehmen, weil überall auf der Straße jemand auf mich lauern würde; an Apelnstedt oder Peine, muß ich offen gestanden zugeben, habe ich nicht gedacht; also blieb mir wirklich nur noch der Garten, aber auch im Garten konnten sie mich schnappen, die Häscher, meine Feinde, so mußte ich vorsichtig sein, durfte mich tagsüber draußen nicht blicken lassen, nur manchmal habe ich durch die Fenster gelugt, um zu sehen, ob meine Laube noch nicht umstellt sei, habe in alle Büsche gespäht, um zu sehen, ob sich niemand versteckt halte, aber so genau ich auch geguckt habe, ich habe nie jemanden gesehen, obwohl es manchmal verdächtig geraschelt hat, im Laub, im Gras, im Gebüsch; sie beobachten dich, habe ich gedacht, sie wollen dich noch nicht fangen, sie beobachten dich erst und erst, wenn sie deiner ganz sicher sind, fangen sie dich auch ein, so habe ich mir das wohl alles zusammengedacht. Meiner Mutter hatte ich von all dem erzählt, sie hat erst gelacht, sie wollte mir das ausreden, aber als sie merkte, daß es nicht ging, hat sie mir erlaubt, allein im Garten zu bleiben; sie kam immer nachmittags, brachte etwas zu essen und zu trinken, blieb nie lange, mußte gleich wieder weg, sagte mir, sie habe mich krankgemeldet, habe ein Attest, habe mich nach Apelnstedt abgemeldet, wo ich in der Landwirtschaft angeblich mithülfe, habe auch geschrieben, daß sie nun wieder heirate und ihre Tochter dafür frei haben müsse, alles habe sie gemacht, mehr könne sie nicht machen, jetzt müsse ich aber allmählich wieder sehen, wie ich zurechtkäme. So erfuhr ich auch, daß Onkel Theo und meine Mutter geheiratet hatten, was sie mir ja schon früh angekündigt hatten, ich habe es nicht miterlebt, habe ihnen Glück gewünscht, war aber mit mir und meinen Feinden weitaus mehr beschäftigt, als daß ich die Hochzeit groß hätte beachten können; aber es kam keiner, um mich abzuholen, meine Aufmerksamkeit ließ nach. Irgendwann kam Erika, die mich wohl hatte zu Hause besuchen wollen und von meiner Mutter geschickt worden war, um mich aufzuheitern; Erika erzählte, daß sie zwar zu diesem Dienst ginge, aber nicht gern, daß sie aber nicht auffallen wolle, deswegen ginge sie regelmäßig hin, aber sonst kümmere sie das alles nicht; Erika war ein wenig älter als ich, sie war auch größer, sie konnte das alles scheinbar einfach so hinnehmen, ohne sich groß Gedanken darüber zu machen, an ihr schien das alles abzutropfen, ohne Spuren zu hinterlassen; Erika sagte dann noch, daß sie manchmal mit Jungen Schallplatten anhöre, Musik, die wir sonst nicht kannten, keine Schlager, ob ich da nicht manchmal mitkommen wolle, es mache auch nichts, daß ich nichts von Musik verstünde, diese sei ganz anders, die würde ich sofort verstehen; wir redeten noch eine Weile, dann sagte ich ihr zu, und sie nannte mir die Straße, die Hausnummer, den Namen, Tag und Stunde, wo wir uns treffen sollten.

Ich war in meinem zwölften Jahr, meine Blutungen hatten eingesetzt, worüber ich mit Erika und meiner Mutter geredet hatte, vielleicht etwas früh, aber nicht ungewöhnlich, mein Busen hatte zu wachsen begonnen, sich zu entwickeln begonnen, ich wurde keine andere dadurch, jedenfalls bemerkte ich es nicht; zu der Verabredung ging ich in die Altstadt, Name, Straße und Haus habe ich vergessen, war es ein Keller, war es ein Dachboden, die Jungen waren älter als wir, Erika war schon da, machte mich bekannt, manche nickten nur, wir tranken Tee, unaufhörlich wurden Platten aufgelegt, und wenn die Musik ein wenig lauter wurde, rief schon jemand, dreh das leiser, willst du, daß die das mitbekommen und uns hochnehmen; die Musik war in der Tat ungewöhnlich, ich hatte eine solche Musik noch nie zuvor gehört, ich kannte nur die Glocken, die Leierkästen, das aus der Kneipe, erinnerte mich noch daran, daß mir das gefallen hatte, wenn meine Mutter und ich zu Weihnachten in St. Magni waren, dann den Gesang in der Schule und bei den Jungmädels, dies aber war wirklich anders, man konnte (und sollte und brauchte wohl auch nicht) danach marschieren, man sollte nicht danach tanzen, es war keine erhabene Musik, ein schneller Rhythmus durchpulste sie, wir saßen auf Kissen, auf Bänken, manche ahmten mit Schnalzen, mit Klatschen, mit Fingergeräuschen den Rhythmus nach, andere schüttelten darüber den Kopf, alle bewegten, kaum merklich, ihren Oberkörper nach der Musik; ich sah mir alles an, hörte zu, versuchte wahrzunehmen, was wahrzunehmen war, war darin vertieft, war so, auch durch die Musik, auf andere, auf neue Weise für mich, was ich gern hatte, so auch, als Erika mich fragte, ob ich ein Fahrrad haben wolle. Ein Fahrrad hatte ich nie besessen, ich hatte auch nie daran gedacht, eines haben zu wollen, ich hatte auch nie probiert, auf einem zu sitzen, mit ihm mich zu bewegen, und hatte Erika wohl dementsprechend angestarrt; jetzt könne ich eines haben, das stünde draußen, ich könne es gleich haben, sie bekäme ein neues, dieses sei noch gut, ich müsse es nur putzen, aber ansonsten sei es noch gut, ich könne sie damit dann auch öfters draußen besuchen, damit habe es sich, basta, sie müsse jetzt gehen, ob ich auch gehen wolle; ich sagte ihr, da ich außer ihr hier niemanden kenne, wolle ich auch gehen, die Musik habe mir, auch wenn sie mir ganz ungewohnt sei, doch gefallen, sie sei so in mich hineingegangen, ich würde, wenn ich dürfe, auch gern wiederkommen; unterdessen waren wir draußen angelangt, Erika half mir auf das Fahrrad, ich schwankte ein bißchen, sie schob mich an, dann fuhr ich schon, mußte sehen, daß ich damit zurechtkam, konnte Erika nicht winken, saß wohl auf dem Rad, wie mein Vater gesagt haben würde, wie ein Affe auf dem Schleifstein, hörte noch, daß ich bald zu ihr kommen sollte, radelte dann in den Garten hinaus, was auch ging, was immer besser ging, aber vor dem Anhalten und Absteigen hatte ich Angst, aber das ging auch, ich bremste und stoppte einfach an der Gartenhecke, ließ mich da so hineinfallen beinahe und konnte dann ungehindert absteigen, das Rad hinter die Laube schieben und mich ins Bett begeben; die Musik hörte ich noch im Traum, besonders ein helles, trompetenähnliches Instrument, das die Jungen Saxophon genannt hatten.

Ich ging wohl wieder zur Schule, ich hatte wohl ein Attest, wonach ich zu keinem Dienst brauchte, ich ließ mich auch wieder in der Wohnung sehen, alles machte ich jetzt mit dem Rad, aber alles ließ mich auch mißtrauisch, abweisend, kalt sein, selbst wohl gegen meine Mutter; zu den Jungen mit der Musik fuhr ich nun öfter, außer der Musik fiel mir nicht viel an ihnen auf, sie trugen vielleicht ihre Haare ein wenig länger als sonst die Jungen in ihrem Alter, sie taten auch nicht so zackig, so schneidig, wie viele andere das taten oder tun mußten, sie gaben sich ganz locker, rauchten wohl ein bißchen, aber nicht viel, tranken keinen Alkohol, sondern Tee, man konnte sie alle fragen, sie hatten immer eine Antwort, und keine patzige, es gefiel mir in ihrer Nähe; auch zu Erika fuhr ich oft, das war schon fast in Volkmarode, ein kleines Haus mit Garten, ihre Eltern arbeiteten, machten auch Überstunden, waren nicht da, die Brüder schon lange aus dem Haus, so konnten wir reden; ich weiß nicht mehr genau, über was alles wir geredet hatten, aber doch wohl alles, was uns interessierte, wir kannten uns doch von klein an, waren zusammen in die Schule gekommen, waren getrennt worden, hatten uns zufällig wieder getroffen unter für mich unglücklichen Umständen und hatten schließlich so viel miteinander zu bereden, wie das bei Mädchen in diesem Alter wohl üblich ist. Erika war älter, redete mehr, ich hörte mehr zu, sie war auch die Überlegene, jedenfalls hier in Braunschweig, in dieser Zeit, ich ließ mich auf ihre Vorschläge ein, bald fanden wir uns mit den Jungen und ihrem Grammophon an dem kleinen See hinter ihrem Haus im Schilf, die Püster, die Schilffruchtgewächse, versuchten zu rauchen, der Musik, die ganz leise war, lauschend, mit den Jungen redend, die älter waren; von Küssen wollte ich nichts wissen, das schmeckte mir irgendwie nicht, auch in das Wasser wollte ich nicht, so saß ich manchmal allein da, während Erika mit den Jungen im Wasser herumtollte. Meinen Garten ließ ich indessen nicht im Stich, ich war gern allein dort, ich las dort, ich sprach dort mit meinem Vater, ich schrieb meine Briefe nach Hannover über all die kleinen Begebenheiten, ich las die Antworten, machte mich in den Beeten zu schaffen, jätete, grub um, zupfte Unkraut, harkte, erntete und trug dann die Ernte nach Hause; aus dem Garten, aus dem Alleinsein, aus all den Zwiegesprächen bezog ich meine Kraft, die mich all das aushalten ließ, was ich nicht gern aushalten wollte, aber mußte; in der Schule hatten wir einen Lehrer, einen alten Mann, der erinnerte mich ein bißchen an meinen Vater, er beachtete mich zwar auch nicht, was mir ganz recht war, aber er wies mich auch nicht ständig zurecht, wie vor ihm die Lehrerinnen, die grausam waren, jedenfalls nach meinem Empfinden.

Es war unterdessen Herbst geworden, es war kalt geworden, der Garten war ganz kahl geworden, ich sollte nicht mehr in der Laube wohnen, ich wäre gern dort geblieben, hatte ja einen Ofen da, mit dem man heizen konnte, auch mit all dem Holz, all dem Gezweig, das herumlag und sonst nur in einem großen Haufen angezündet wurde, aber ich sollte nicht, ich habe mich auch nicht gewehrt, vielleicht nur ein bißchen, habe mich jedenfalls kaum gewehrt, bin umgezogen, um des lieben Friedens willen, um meine Mutter nicht zu kränken, um von Onkel Theo nichts darüber hören zu müssen, habe aber alles so gelassen, habe kaum etwas mitgenommen, habe gedacht, ich komme oft genug, wenigstens einen Tag, einen Nachmittag, da will ich es so vorfinden, wie ich es verlassen habe, so gemütlich, so kuschelig, gegen alle Anfeindungen gesichert. Es hat dann gebrannt in der Stadt, überall hat es gebrannt, und Geschäfte sind wieder zertrümmert worden, und Fensterscheiben, und Leute sind auf Lastwagen geladen worden, und Sachen sind auf die Straße geflogen, und Züge von Leuten sind durch unsere Straßen getrieben worden; die Synagoge habe gebrannt am Kuhmarkt, das jüdische Gemeindehaus aus der Steinstraße, die Juden seien aus ihren Wohnungen, ihren Geschäften vertrieben worden, so habe ich das gehört, unter dem Siegel der Verschwiegenheit, es ja nicht weiterzusagen, aber alle wußten das, alle haben mir davon erzählt, meine Mutter, Onkel Theo, die Jungen mit ihrer Jazzmusik, alle wußten davon, und wollten, daß man nichts davon sage. Ich weiß nicht, ob mich das berührt hat, ob ich mir darunter etwas vorstellen konnte, ob ich das, was ich gesehen hatte, und ich hatte nicht viel gesehen, in einen Zusammenhang bringen konnte, ich weiß es nicht mehr. Ich bin weiter zu den Jungen in den Keller oder auf den Dachboden in der Altstadt gegangen und habe mit ihnen und mit Erika und mit anderen Mädchen und Jungen, Musik gehört, Jazzplatten, die nicht erlaubt waren, die wir nur im geheimen hören konnten, mit Jungen, die ihre Haare länger hatten, als es erlaubt war, die nicht zum Dienst gingen, zu keinem Dienst, die in die Schule gingen, die älter als wir waren, die sich stolz vorkamen, die keinen Alkohol tranken, Tee tranken, die rauchten; woher sie die Schallplatten hatten, das weiß ich nun wirklich nicht. Und eines Tages, eines Abends, eines Nachts, als wir wieder Musik hörten, als wir an nichts weiter dachten, als wir redeten, wie wir immer geredet hatten, schnödes, merkwürdiges Zeug, an einem dieser Abende waren wir umstellt, umzingelt, eingekreist, alles ging ganz schnell, keiner von uns hatte eine Ahnung davon, einzeln mußten wir den Dachboden oder Keller verlassen, die Hände erhoben, einzeln wurden wir abgeführt wie Schwerverbrecher, einzeln wurden wir weggefahren, in ein Heim, in ein Gericht, in ein Gefängnis; keinen habe ich dann mehr gesehen, außer Erika, später, keiner war dabei, als ich gefragt wurde, was wir gemacht hätten, ob wir uns verschworen hätten; auf keine der Fragen konnte ich richtig antworten, dann kam meine Mutter, nahm mich mit, nahm mich bei der Hand, war ganz blaß, fragte auch, was ich denn gemacht, was ich ausgefressen, was ich verbrochen hätte, sagte immer, zwischendurch, so nach jeder Frage, nach jedem Weiß-ich-Nicht, Kind, sagte unentwegt Kind, mein Kind, ach, mein Kind, was soll daraus werden, mein armes Kind.

Ich habe indessen immer nur gedacht, meine arme Mutter, wie wird sie das überstehen, aber sie überstand das besser als wir alle, sie war die tapferste von uns dreien, Onkel Theo ließ sich nicht sehen, ich wollte flüchten, wußte aber nicht, wohin, blieb also da; die Mutter immer in der Nähe, ging nicht weg, ging nicht in die Kneipe, ging auch nicht einkaufen, behandelte mich wie ein krankes Kind, umsorgte mich, pflegte mich, redete auf mich ein, ohne mir weh tun zu wollen, schimpfte auf die anderen, nicht die Jungen, nicht auf Erika, ich brauchte mal wieder nicht zur Schule; und dann kam eine Vorladung für meine Mutter und mich auf das Gericht, zum Jugendgericht, oder wie das hieß, wir sollten dann und dann dort sein, in jenem Zimmer, in dem und dem Stockwerk, um diese und jene Uhrzeit. Nein, meine Mutter war noch nie vor Gericht gewesen, hatte sich nie etwas zuschulden kommen lassen, war immer anständig und brav geblieben, oder war das ein Versehen, daß sie noch nie dort gewesen war, aber ich, was sollte ich erst sagen. Das war eine neue Zeit, keiner verstand diese neue Zeit, alles war so anders, sie habe sich noch gar nicht daran gewöhnt, so meine Mutter; und Onkel Theo, wenn er mal da war und das hörte, gebot ihr zu schweigen, sie wisse doch, wie das sei, immer höre das jemand mit, immer verstünde das jemand falsch, immer, wenn darüber geredet würde, würde das falsch ausgelegt werden; aber wer hörte uns zu, wir waren doch nur drei, traute nun keiner dem anderen mehr, war alles schon mißtrauisch gegen mich gestimmt; was meine Mutter mir gab, jedenfalls zu geben versuchte, was ich die letzten Jahre nicht mehr gewohnt war, dessen ich mich nicht erinnern konnte, das nahm Onkel Theo mir wieder weg.

Wir gingen dann den Weg zum Gericht, meine Mutter und ich, Onkel Theo mußte ja die Kneipe machen, meine Mutter hatte sich sorgfältig zurechtgemacht, ganz dezent, O ja, dafür hatte ich schon einen Blick entwickelt, auch ich wurde so zurechtgemacht, die Haare waren geschnitten worden, ich war auf so unauffällig wie möglich zurechtgemacht worden, aber es ging eben nicht alles wegzumachen, ich war nicht zu ändern, die Farbe meiner Haare ließ sich nicht ändern, all das Ungebärdige, das ich vielleicht an mir hatte, ließ sich nicht einfach so ausradieren, ich solle jedenfalls ganz höflich, ganz freundlich, ganz sanftmütig sein, keine frechen Antworten geben, nur sprechen, wenn ich gefragt würde, nur meine Mutter sprechen lassen, wenn das nur anginge. Ich wurde gleich angeherrscht, als ich hereinkam, warum ich denn nicht in Uniform gekomen wäre; meine Mutter antwortete darauf, daß ich vom Dienst befreit sei, weil ich schlecht sehen könne, deswegen auch nicht in Uniform aufträte; warum ich denn nicht den deutschen Gruß entboten hätte; was meine Mutter damit beantwortete, sie dächte, in einem bürgerlichen Gericht sei das nicht angebracht; ich solle antworten und nicht meine Mutter; die Fragen nach meinem Namen, Geburt und so weiter beantwortete ich dann selbst, wobei ich wirklich bemüht war, so vorsichtig zu sein, wie es eben möglich war; manchmal sollte ich dann etwas wiederholen, lauter sprechen, nicht so herumstehen, mich ordentlich benehmen, Haltung annehmen, ich stünde ja vor einem Gericht, ob mir das etwa nicht bewußt sei; aber ich ließ mir nichts anmerken; dann erklärte meine Mutter den Tod meines Vaters, wie ich mich um alles gekümmert habe, daß ich jetzt auch noch im Haus und im Garten helfen würde, sie ja arbeiten müsse, kein Vermögen habe, wieder geheiratet habe, daß aber auch mein Stiefvater für mich eintreten würde; als dann der Richter erfuhr, daß meine Mutter und Onkel Theo das Alt Brunsvig betrieben, auch wenn da ein SA-Sturm verkehre, war alles vorbei: ich sei ein verwahrlostes Kind, meine Mutter habe offenbar keine Zeit, dafür zu sorgen, daß ich wie ein richtiges deutsches Kind aufgezogen würde, dafür müsse nun er, der Richter sorgen, er müsse also für meine Erziehung sorgen und müsse mich auf den Birkenhof geben, da würde für meine Erziehung gesorgt werden, und wenn ich mich bessere, dann könnte man weitersehen. Meine Mutter kämpfte um mich wie eine Löwin um ihr Kind (ich weiß nicht, wie sie es tut, aber ich finde diese Vorstellung so schön), aber alles, was sie für mich vorbrachte, wurde ihr in das Gegenteil verkehrt, alles, so schien es mir, wurde um so schlimmer, je mehr meine Mutter redete ...

Wie meine Mutter und ich nach Hause gekommen sind, weiß ich nicht mehr; ich mußte aber mehr meine Mutter trösten als sie mich, ihr war das alles doch sehr nahegegangen, und sie fand nun wohl auch, daß sie sich zu wenig um mich gekümmert hätte, aber was war da zu kümmern, ich war doch von klein auf meiner Wege gegangen, ohne daß sich jemand hätte groß um mich kümmern müssen; war ich denn nicht groß, wurde ich nicht schon bald dreizehn Jahre alt, war ich nicht selbständig genug, hatte ich nicht bisher alles selbst erledigt, über diese Fürsorge jetzt mußte ich nur den Kopf schütteln, aber ich nahm es hin, weil ich meine Mutter nicht beleidigen wollte; was aus den anderen, den Jungen und Erika geworden war, wußte ich nicht, ich sah auch niemanden von ihnen wieder, außer sehr viel später Erika. Irgendwann, einige Tage nach dem Gerichtstag, kam ein Brief von dem Gericht, ein Beschluß, ein Urteil, daß ich, da ich verwahrlost sei, die Familienverhältnisse zerrüttet, keiner sich um mich kümmere, ich in schlechte Gesellschaft geraten sei, auch schon öfter aufgefallen sei, sowohl die Schule als auch den Dienst bei den Jungmädels vernachlässigt habe, nun, um mich zu bessern, mich im nationalen Sinne zu erziehen, für eine unbestimmte Zeit in den Birkenhof eingewiesen werden solle, gezeichnet, ausgefertigt, Stempel, Unterschrift, fertig. Meine Mutter war wieder ein heulendes Elend, ich versuchte sie wieder zu trösten, sagte ihr, daß das doch alles nicht so schlimm sei, man schon sehen werde, ich ja nicht aus der Welt sei usw. usw., aber das nützte alles nichts, je mehr ich redete, um so mehr flossen ihre Tränen, auch als ich dann gar nichts mehr sagte, weinte sie noch, beinahe mehr als zuvor. Wir hatten noch einige Tage Zeit, es gab eine Liste, was ich alles mitzubringen hatte und was ich absolut nicht mitbringen durfte, es war auch beschlossen, daß meine Mutter mitfahren solle, mich hinbringen, sich gleich erkundigen, wann sie mich besuchen dürfe, wie alles lief, ob Päckchen erlaubt seien und vieles andere noch; wir kauften ein, packten zusammen, wuschen, bügelten, nähten, wo noch etwas auszubessern war. Meine Mutter wich nicht von meiner Seite, obwohl ich gern gelegentlich einmal allein gewesen wäre, um für mich alles überdenken zu können, aber auch in meinem Zimmer fand ich keine Ruhe vor der Besorgtheit meiner Mutter, nur einschlafend und aufwachend fand ich mich allein, aber da war ich schon oder noch zu müde, um für mich meine Angelegenheiten zu beraten, wo es eigentlich gar nichts mehr zu beraten gab: Tag und

Uhrzeit der Ablieferung in dem Mädchenheim durch meine Mutter standen fest, über alles andere gab ich mich keiner Hoffnung hin, das heißt, ich fürchtete das Schlimmste und wünschte nur, daß ich es durchstehen würde.

Dann wurde eigentlich alles noch viel schlimmer, als ich es befürchtet hatte, und ich weiß heute noch nicht, wie ich das alles überstehen konnte: Bücher waren keine erlaubt, die mußte meine Mutter gleich wieder mitnehmen (wir hatten gehofft, sie einschmuggeln zu können); der Koffer, den ich mitgebracht hatte, blieb in dem Büro, meine Sachen, die ich anhatte, kamen hinzu, es gab graue Kleider, graue Schürzen, graue Kopftücher, graue Strümpfe, Holzschuhe, alle Mädchen sahen so aus, waren so gekleidet, Anstaltskleidung, Uniform; meine Haare wurden geschoren, ich wurde gewogen, gemessen, gebadet, desinfiziert (als ob ich Ungeziefer hätte, als ob ich ein Ungeziefer sei), fotografiert, alles wurde in Karteien eingetragen, und als man sah, daß ich schon menstruierte, gab es ein großes Geschrei: so ein verlottertes Mädchen, in diesem Alter, ein verworfenes Geschöpf, mir wollten sie aber schon noch Ordnung beibringen und so weiter; ich habe gar nicht hingehört, es gehörte wohl dazu, daß man beschimpft wurde, von meiner Mutter durfte ich mich nicht mehr verabschieden, schreiben durfte ich erst nach einer langen Zeit, die ersten Besuche dauerten noch länger, mich mit meinem hannoverschen Freund in Verbindung zu setzen, was ich eine Zeitlang gemeint hatte, daß es möglich sei, kam natürlich überhaupt nicht in Frage, die Briefe an meine Mutter wurden vorgegeben, auf Anstaltspapier, in Standardformulierungen, die Briefe wurden auch noch kontrolliert, natürlich auch die, die von meiner Mutter kamen. Es gab einen Raum mit acht Mädchen, mit acht Betten, je zwei übereinander, in den ich kam, die Mädchen waren gleichaltrig oder ein wenig älter als ich, Gespräche oder gar Freundschaften schienen schier unmöglich, überall war gleich eine Stubenälteste, die dafür zu sorgen hatte, daß nicht gesprochen wurde, die alles weitersagen mußte, die, wenn sie nichts zu melden hatte, dafür selbst bestraft wurde. Strafen gab es für alles und jedes, es gab keinen Tag, an dem nicht gestraft worden wäre: das begann mit Essensentzug, Freistundenentzug (wenn von Freistunden überhaupt geredet werden konnte), dann gab es Strafen im Karzer (Dunkel- und Einzelzelle bei Wasser und Brot), unbeschränkt, Prügel, Fesseln und ähnliches, im Ausdenken von Strafen war man hier sehr phantasievoll; als ich zum erstenmal meine Tage im Birkenhof bekam (zu früh), keine Binden hatte und das Bettuch ein wenig mit Blut beschmutzt hatte, wurde ich einen Tag lang auf dem Hof gefesselt, und alle Mädchen mußten mich mittags anspucken. Der Tag begann um fünf Uhr, da wurde zum Aufstehen auf einer Trillerpfeife gepfiffen, dann mußten wir uns richtig ums Waschbecken drängen, um pünktlich angezogen zu sein, zur Musterung dann vor der Tür zu stehen, wo wir dann abgeholt wurden in den Essenssaal, und es gab keinen Tag, wo nicht ein Mädchen zurückgewiesen wurde, weil angeblich ihre Fingernägel nicht sauber waren oder etwas anderes war, dann mußten alle anderen aus dem Raum auf sie warten und bekamen an dem Morgen natürlich nichts mehr zu essen und mußten mit knurrendem Magen in den Tag gehen; der begann nach dem Frühstück, das aus einem Blechnapf Haferschleim, einem Kanten Brot und einem Blechtopf voller Pfefferminztee bestand, damit, daß wir in die Kapelle geführt wurden, ob wir nun in der Kirche waren oder nicht, ob wir evangelisch waren oder nicht; und der Anstaltspfarrer war einer der Schlimmsten von denen, die uns peinigten, er peinigte uns jeden Morgen mit Wörtern, warf uns vor, daß wir gefallene Mädchen seien, schlimme, verdorbene, nicht mehr zu rettende, denen er und Jesus auch nicht mehr helfen könne: jeden Morgen also begann der Tag mit Beschimpfungen, dazu mußten wir beten, dann zu der Orgel singen, wer nicht sang, wer nicht betete, war schon wieder einer Strafe verfallen, das Auge des Pfarrers sah alles, beziehungsweise pickte sich ganz willkürlich Mädchen heraus, die dann einer von ihm gewünschten Bestrafung verfielen. Nicht anders dann in der Schule, in die wir geführt wurden, auch dort wurde nur darauf geachtet, einige der Mädchen zu Strafen überführen zu können, so daß wir uns alle nach der nachmittäglichen Arbeit sehnten, wo weniger darauf gesehen wurde, wer nun einer Strafe verfallen könne, als darauf, daß hart gearbeitet wurde; da ich an die Rüben gewöhnt war und es hier wieder in die Rüben ging, tagaus, tagein in die Rüben, machte es mir nicht allzuviel aus, hier konnte man sogar noch ein wenig nebenbei mit den anderen Mädchen schwatzen, ohne daß es auffiel, und ich konnte den Mädchen zeigen, wie sie sich über die Rübenäcker hermachen mußten, um schnell genug zu sein und ohne sich überzustrapazieren; ich war jedenfalls am liebsten auf dem Acker, wo mich keine der lächerlichen und ärgerlichen Strafen erreichte, wo ich wenigstens eine kleine Illusion von Freiheit haben konnte und wo der Tag verging, ohne daß andauernd jemand hinter mir stand und auf mich einredete, auf mich einprügelte, ich meldete mich so auch gern, wenn gefragt wurde, wer schon frühmorgens auf den Acker, in die Rüben, wollte, wer auf Kirche und Schule verzichten wolle, außerdem gab es dazu dann noch Extrarationen, und abends fiel ich von der Arbeit müde ins Bett.

Meine Mutter hatte so früh wie möglich angefangen zu schreiben, auch so früh, wie es nur irgendwie ging, den Versuch gemacht, mir Briefe und Päckchen zukommen zu lassen, vieles davon erreichte mich gar nicht, viele Briefe waren teilweise unleserlich gemacht worden, bei manchen mußte ich den Sinn herauszufinden suchen, schließlich hatte sie auch früh auf Besuche gedrängt und offenbar auch früh Gesuche losgeschickt, die mich aus diesem mit Stacheldraht umzäunten, von Hunden und Polizisten bewachten Lager loseisen sollten, ich konnte dann auch bald einmal im Monat einen der Standardbriefe schreiben (mir geht es gut, wie geht es dir, liebe Grüße Deine Tochter usw.), aber all das, wovon ich teilweise ja keine Kenntnis hatte, verbesserte meine Lage nicht, sondern, wenn ich das richtig sehe, verschlimmerte sie eher noch, als wollte man mir vor meiner endgültigen Entlassung noch einmal richtig zeigen, was man alles mit mir machen könnte: Essensentzug für schmutzige Schuhe, keine Freistunde wegen Unbotmäßigkeit, Karzer, weil ich in der Kapelle nicht mitgesungen hatte, nicht aufs Feld dürfen, weil ich zu wenig leistete, Prügel wegen gar nichts. Als meine Mutter zum erstenmal zu Besuch kommen durfte, sagte sie: Kind, wie siehst du nur aus; dann versprach sie mir, sich sehr stark darum zu kümmern, daß ich so schnell wie möglich herauskäme, erzählte davon, daß nun Krieg sei, daß Onkel Theo hätte gleich Soldat werden müssen, daß sie das Alt Brunsvig verpachtet hätten, sie nun von Pacht, Mieteinnahmen aus dem Haus und was einer Soldatenfrau zustünde lebe, daß das aber nicht reiche, sie sich nach einer Arbeit umsähe; unter Krieg konnte ich mir nichts vorstellen, von meinem Vater hatte ich nur gehört, daß das schrecklich sei, daß Menschen dann sinnlos stürben, für nichts und wieder nichts, Kasernen hatten wir in Braunschweig genug, Uniformen, marschierende Kolonnen hatte ich genug gesehen, auch ohne daß ich das wollte, jetzt marschierten sie also gegen Polen, jetzt hatte Onkel Theo auch eine Uniform an, ein Gewehr über der Schulter, einen Tornister auf dem Rücken und marschierte mit, mußte mitmarschieren, ob er das gern tat, fragte ich mich, wußte ich nicht, wahrscheinlich tat er das auch nicht gern, wahrscheinlich wurde er auch so, wie wir hier, angeschrien, herumdirigiert, kommandiert, hatte nie Zeit für sich, mußte auch immer mit vielen anderen auf einer Stube schlafen, stand immer unter Befehl, unter Beobachtung, unter Kontrolle, und wenn er etwas tat, was denen nicht paßte, verfiel er der Bestrafung, wie wir auch, alle also in Uniform, angeschrien, bestraft, alle Jungen, alle Mädchen, alle Männer und Frauen, überall, in den Schulen, bei den Soldaten, bei den Jungmädels, überall, schrecklich; nur meine Mutter schien sich nicht zu fürchten, hatte keine Uniform an, ging noch so herum, versuchte mich zu befreien, versuchte auch, so sagte sie jedenfalls, Onkel Theo wieder zu befreien, wie sie das nur machte, ob ihr das gelingen würde, ich glaubte nicht daran, die Uniformierten waren zu gefährlich, herrschten auch die Mutter an. Wir hatten uns nur wenig gesagt, ich hatte kaum etwas gesagt, meine Mutter hatte mehr gesprochen, hatte leise gesprochen, die Uniformierte, die neben uns stand, hatte immer wieder sagen müssen, lauter bitte, hier darf nicht leise gesprochen werden, dann sprach meine Mutter eine Zeitlang lauter, wurde aber bald darauf schon wieder leiser, worauf der Befehl erklang, sie müsse lauter sprechen und immer so weiter, bis dann gesagt wurde, die Zeit sei um, meine Mutter müsse jetzt gehen; meine Mutter umarmte mich noch, das sei aber verboten, flüsterte mir zu, sie habe mich lieb, sie versuche alles, um mich schnell herauszuholen, bis der Zerberus uns trennte, mich abführte, ich meiner Mutter nicht mehr winken, sie nicht mehr sehen konnte, auf die ich aber meine Hoffnung setzte, sofern ich noch eine hatte, noch eine haben konnte. Mit diesem Wort, mit diesem Satz, mit diesen einigen wenigen Wörtern ging ich um wie mit einer Wegzehrung, daß sie mich liebhabe, daß sie mich befreien wolle, war meine Hoffnung, machten all die Quälereien, denen ich hier ausgesetzt war, ein wenig weniger schlimm, als sie es waren, machten mich weniger verloren, als ich mich bis dahin gefühlt hatte, hier, an diesem Ort, von dem man nicht fliehen konnte, an dem ich mit Hunden gehetzt wurde, wo es niemanden gab, der einem sagte, daß er einen liebhabe, wo es zu keinen Freundschaften zwischen den Mädchen kommen konnte, noch nicht einmal zu Möglichkeiten des Verständnisses, der Verständigung, des Einverständnisses, wo alles nur Hader war, wo der Zwist gefördert, wo Zwietracht genährt wurde, wo jedes der Mädchen das Gefühl haben mußte, sich nirgendwo auch nur einer Spur von Beliebtheit zu erfreuen, ein Gefühl, das auch ich hatte. In dieser Situation waren die wenigen Worte meiner Mutter für mich Nahrung genug, um lange davon zehren zu können; denn Gespräche mit meinem Vater stellten sich hier nicht ein, die Glocken von St. Magni konnte ich hier nicht hören, der hannoversche Freund durfte weder schreiben, noch mich besuchen, all die kleinen Dinge, die mir Erinnerung waren an etwas Fernes, anderes, waren mir genommen worden, so lebte ich hier auch von mir selbst entfernt, beinahe daran zweifelnd, ob ich das war, ob das nicht eine entmenschte Maschine gewesen sein könnte, aber die wenigen Worte meiner Mutter machten mich wieder ein wenig lebendig, nährten das Leben für eine lange Zeit, so lange, bis ich durch meine Mutter wirklich befreit werden konnte.

Meine Mutter hatte von Anfang an Eingabe auf Eingabe verfaßt, sie hatte jeden, den sie kannte, der ein Amt hatte, der auch nur jemanden kannte, der Fürsprache leisten konnte, für sich, für mich in Anspruch genommen, sie war zäh, sie war schlau vorgegangen, sie hat sich nirgendwo abwimmeln lassen, wenn man sie nicht vorließ, kam sie immer wieder, so lange, bis sie vorgelassen wurde, sie trug alles immer wieder vor, in immer neuen Variationen, in immer anderen Zusammenstellungen, aber alles lief immer auf das gleiche hinaus: sie brauche mich, sie sei eine alleinstehende Frau, der erste Mann, mein Vater, sei gestorben, was sie nur schwer verwunden habe, der zweite Mann im Krieg, und auch die Tochter, die einzige, mehr habe sie nicht bekommen können, durch die Krankheit ihres Mannes, aus einem Versehen, einem dummen Zufall, einer Dummheit, die sie gemacht habe, ganz unbescholten, verführt dazu, nun also auch die Tochter, die einzige, für sie, die sie schwer krank sei, allein sich nicht zu helfen verstünde, nicht da, die ihr aber helfen könne, die das verstünde, die schon immer zur Hand gegangen sei, eine brave, liebe Tochter, auf die, wenn man sie ihr zurückgäbe, sie aufpassen wolle wie auf ihren Augapfel, sie nicht mehr in schlechte Gesellschaft kommen lassen wolle, sie stünde dafür ein, würde auch etwas sagen, wenn es nötig wäre, aber sie brauche sie sehr, ihre einzige Tochter, sie, als alleinstehende, schwer herzkranke Frau. Sie stand vor jeder Tür, bettelte sich Empfehlungen zusammen, hatte vor niemandem Angst, fand aber doch immer noch die richtigen Worte, oder fiel vielleicht auch allen auf die Nerven, machte sie ungeduldig und bekam sie die endlich so weit, daß sie nachgiebig wurden, all das hat es endlich, nach einer, wie mir schien, unendlich langen Zeit, dazu gebracht, daß ich doch endlich durch meine Mutter befreit werden konnte, die wie ein rächender Engel vor dem Tor stand, mich in Empfang nahm, keine der Beamtinnen eines Blickes würdigte, den Entlassungsschein hoch erhoben in den Händen hielt, darauf achtete, daß ich das graue Zeug los wurde, daß ich alle meine Sachen wiederbekam, daß ich etwas anderes anzog, daß ich so schnell wie möglich mit ihr mitging.

Tatsächlich zog mich meine Mutter, als sie mich endlich aus dem Birkenhof, in dem ich nie eine Birke gesehen habe, geholt hatte, so fest und hart an der Hand fassend hinter sich her, daß ich dachte, sie ließe mich nie mehr los, immer müsse ich jetzt angeschmiedet, angekettet, festgebunden mit ihr Hand in Hand gehen, und ich wußte nicht genau, ob mir das gefiel, wohl tat, oder ob es mir unbehaglich dabei wurde, gerade eben aus dem Kerker befreit, schon mäkelte ich wieder herum, auch das dachte ich bei mir, wurde ganz beschämt, wagte daran nun nicht mehr zu denken, ließ meine Hand ganz und gar in der Hand meiner Mutter, ließ mich willig hinter ihr herziehen, hörte, wie in alten Kindertagen, ich möge doch ein bißchen schneller gehen und mich nicht so sehr von ihr ziehen lassen, was ihr ja auch keinen Spaß mache; so aneinander gebunden, ich schon wieder in Träume versunken, die ich mir gar nicht hätte erlauben können, liefen, rannten, eilten wir aus der Bannmeile dieses Lagers, als fürchteten wir noch einen Fluch, eine Beschwörung oder gar ein Zurückholen, als könnte man sich das noch einmal überlegt haben und mich wieder dorthin zurückschleppen, wohin ich nicht wollte, nie wieder wollte, aber wer ist denn schon aus freien Stücken dorthin gegangen, niemand, wahrscheinlich noch nicht einmal das Lagerpersonal, was gewiß darüber so grantig und boshaft geworden war, daß es dorthin mußte, und seinen Ärger darüber an uns ausließ. Meiner Mutter mußte ich dann während der Bahnfahrt, auf dem Weg nach Hause, zurück nach Braunschweig, in das Magni-Viertel, in die Kuhstraße, versprechen, nie mehr in eine Situation zu geraten, die mich in ein solches oder ähnliches Lager bringen könnte; ich habe es ihr mehrmals versprochen, ich war auch sicher, daß ich das halten könnte, ich konnte da noch nicht wissen, wie schwer es sein würde, ein solches Versprechen halten zu können, da beinahe an jeder Straßenecke etwas lauerte, was mich wieder dort oder anderswo hinbringen konnte, ohne daß ich etwas Schlimmes getan hatte, ohne jeden Grund und jede Ursache, einfach, weil es dem jeweiligen Denunzianten gefiel, beziehungsweise weil er es einfach hatte, wenn ich oder meine Nase, meine Brille oder Haare ihm nicht gefielen, dann war ich verloren, dies alles wußte ich damals noch nicht, ich sollte es aber bald erfahren. Meine Mutter berichtete nun davon, wie sie um meine Entlassung gekämpft hatte, und mir fiel wieder die Löwin ein, die um ihr Junges kämpft, ohne daß ich wußte, ob die Löwin wirklich so verzweifelt wie meine Mutter um mich, nichts fürchtend, alles auf eine Karte setzend, kämpfte, gekämpft haben würde; gewiß verschwieg sie mir dabei mehr als die Hälfte, gab sich den Anschein, als sei alles kinderleicht gewesen, machte auch noch Witze darum, nie zuvor hatte ich gewußt, daß meine Mutter witzig sein konnte, aber nun erfuhr ich es, nun erlebte ich es, eine witzige Mutter, die ihre Tränen hinter den Witzen verbarg, die froh war, ihre Tochter wieder zu haben, und fürchten mußte, sie ohne Grund immer wieder verlieren zu können, sie jedenfalls für gefährdet hielt und nicht sagen konnte, wo die Gefahr lauerte und wie die Tochter dieser ausweichen konnte, da die Gefahr offenbar allenthalben lauerte und niemand ihr ausweichen konnte, es sei denn, er hatte so etwas wie einen Schutzengel, eine Gnade, eine Naivität, die ihn dem, dem man eigentlich nicht ausweichen konnte, immer im richtigen Moment ausweichen ließ, diese nachtwandlerische Sicherheit aber schien mir abhanden gekommen zu sein, vielleicht hatte ich sie auch nie besessen, jedenfalls schien die Vorsicht, zu der mich meine Mutter anhielt, die ich ihr versicherte, die ich jedenfalls üben wollte, nicht ausreichend zu sein, um den Gefährdungen zu entgehen, immer wieder stapfte ich geradewegs blindlings in eine hinein, wie in ein dunkles, tiefes Loch, mehrfach wurde ich nur dadurch gerettet, daß mich meine Mutter oder jemand anderes, aber hauptsächlich immer meine Mutter, im letzten Moment vor dem Sturz in den Abgrund bewahrte.

Nun war ich zwar entlassen worden und auch wieder in Braunschweig, im Magni-Viertel, in der Kuhstraße, in unserer Wohnung über der Kneipe, wo es still war, wo die Zeit stillzustehen schien, wo die Zeit still gestanden hätte, wenn nicht jede Viertelstunde von St. Magni das Glockenzeichen ertönte, um zu sagen, daß nun schon wieder fünfzehn Minuten vorbei seien; entlassen ja, aber mit Auflagen, ich mußte mich also regelmäßig einmal in der Woche auf dem Jugendamt melden, wozu meine Mutter zumeist mitkam, weil sie davon nichts Gutes, sondern eher etwas Schlimmes erwartete, weil sie mich von Anfang an vor allen Fährnissen schützen wollte, weil sie drohendem Unheil von vornherein entgegentreten wollte, das war zwar eine unangenehme, aber auch kurze Prozedur, die nach und nach beinahe schon zur Gewohnheit geworden war; als nächstes wurde mir ein Vormund zugewiesen, ein amtlicher, der nach dem Rechten bei uns sehen sollte, der regelmäßig einmal im Monat auftauchte, nicht ohne sich vorher angemeldet zu haben, worauf meine Mutter immer die Wohnung, die nie unsauber war, auf Hochglanz brachte, einen Kuchen buk, ein wenig Alkoholisches für den Herrn amtlichen Vormund vorrätig hatte und mit ihm plauderte und schäkerte, bis jener sich überzeugt hatte, daß es mir an nichts mangele; zum Dienst brauchte ich nicht mehr, davor bewahrte mich dieser Birkenhof, durch den ich gebrandmarkt war, was offensichtlich sein mußte für jedermann, so daß man mir auswich, mich nicht haben wollte, mir aus dem Weg ging; auch zur Schule brauchte ich aus demselben Grund nicht mehr, man fürchtete, daß ich die armen kleinen Schulmädchen mit meiner Anwesenheit anstecken würde und jene von dem Gift, das ich ausatmete, erkranken würden, an derselben Krankheit dann leiden würden wie ich, wobei keiner sagen konnte, an was für einer bösen Erkrankung ich denn nun litt, aber alle die Ansteckung, die Ausbreitung, die Pest fürchteten, die ich übertragen könnte. So kam es, daß auch ich ein ziemlich zurückgezogenes Leben führte, sehr zur Freude meiner Mutter, die nun jede Mahlzeit mit mir einnahm, die mit mir nach den Mahlzeiten plauderte, von sich, dem Vater, Onkel Theo, der Kneipe, ihren Eltern, Apelnstedt, wie sie es erlebt hatte, und vielem anderen erzählte, auch von mir, als ich klein war, als ich noch nicht laufen konnte, noch nicht sprechen konnte, noch auf ihrem Schoß gesessen, an ihrer Brust gehangen hatte; ich hörte gern zu, hörte vieles, was mir neu war, was mir zu denken gab. Ich hatte aber auch wieder Zeit zum Lesen, alles, was ich schon einmal gelesen hatte, nahm ich in die Hand und begann es noch einmal zu lesen, als wollte ich mich dessen versichern, daß es auch noch dasselbe Buch geblieben war, was natürlich nicht sein konnte, weil all die geliebten Bücher sich mit mir gemeinsam verändert hatten, gewachsen waren, jedenfalls von mir anders gelesen, anders gesehen, erlebt und verstanden wurden, so waren mir aus den alten geliebten Büchern neue erstanden, die ich ebenso liebte, wenn nicht noch mehr, weil es ja sowohl eben die alten waren, als nun auch neu, ich mußte sie also mindestens doppelt so sehr lieben wie zuvor, was ich gewiß auch tat, weil mich kaum etwas von ihnen ablenkte. Gewiß habe ich mit meinem Vater gesprochen, regelmäßig, ihn von allem unterrichtet, mir seine Ansichten darüber angehört, die weitgehend mit denen meiner Mutter übereinstimmten, sie noch bestärkten und verdeutlichten, wenn er dann sagte, du mußt deine Mutter verstehen, sie meint es gut mit dir, sie will dich beschützen, natürlich kann man ein Mädchen in deinem Alter in dieser Zeit nicht mehr so gut schützen, wie das möglich war, als du kleiner warst, aber deine Mutter versucht das, so gut wie sie kann, und du mußt sie darin unterstützen; wie und wo ich das tun sollte, sagte er zwar nicht, aber ich verstand das eigentlich schon und versuchte, mir Mühe zu geben. Die Glocken, ich weiß nicht, das war schwer, ich fand keinen Zugang zu ihnen, beziehungsweise sie nicht zu mir, ich hörte sie zwar, aber ich hörte sie einfach so äußerlich, alles hörte ich, aber alles ließ mich kalt, versetzte mich nicht in Schwingungen wie früher, rann an mir herunter wie Regen, wenn ich einen Kleppermantel anhatte. Die Tasche von meinem Vater hing an meinem Stuhl, der Kasper saß auf dem Tisch, ich mußte dazu lächeln, das war alles so lange her, schmerzlich lächeln, wie lange das alles her war, wie klein ich gewesen war, paßte das noch zu mir, gehörte das noch zu mir, ich wußte es nicht mehr, ich fand, es war eine Erinnerung, an lange, lange verflossene Zeiten, es war nicht mehr recht lebendig, es gehörte irgendwie einer Vergangenheit von mir an, die ich für abgestorben hielt, nicht mehr lebendig zu machen, schön, aber vergangen, nur noch die Möglichkeit, schmerzlich darüber zu lächeln, mehr nicht, mehr war das da nicht mehr für mich. Was nun die Briefe meines hannoverschen Freundes betrifft, so lagen, als ich nach Hause kam, viele davon für mich da, aber als ich mich besonnen, mich wieder mit allem vertraut gemacht hatte, dann begann, all die liegengebliebenen Briefe zu lesen, ganz verwundert darüber, daß mir in den Briefen durch den Freund eine alte Zeit entgegentrat, und schließlich anfing, daran zu denken, darauf zu antworten, mich dann auch wirklich hinsetzte, anfing zu schreiben, mich erinnerte, noch einmal, auch in den Briefen, die ich ihm dann schrieb, die Zeit der Gefangenschaft in mir wieder aufsteigen ließ, da wurde es mir doch sehr traurig zumute, und ich heulte über das Mädchen, das ich gewesen war, das dort unter einer Knute gestanden hatte, die meinen Willen bezwingen wollte, aber vielleicht doch nicht bezwungen hatte, all das floß auch in die Briefe, Mutters Ermahnungen nicht vergessend, daß ich in allem vorsichtig sein sollte, natürlich nur andeutungsweise und so, daß er verstehen konnte, warum ich ihm so lange nicht hatte schreiben können. Auf eine Antwort auf diese Briefe habe ich lange vergeblich gewartet, es kam keine, aber ich habe mit Sehnsucht auf eine Antwort gewartet, ich weiß nicht warum, ich hätte gern etwas von diesem Jungen gehört, der mir noch von ferne vertraut war, an den ich mich als eine freundliche Ferienbekanntschaft erinnerte, in einer Zeit, als ich eine Aufheiterung, einen Trost auch notwendig hatte, und er ihn mir gab, einfach dadurch, daß er da war. Nun hoffte ich vielleicht auf etwas Ähnliches, aber nichts dergleichen trat ein, und ich wartete ein bißchen enttäuscht und fragend, warum es denn keine Antwort gäbe, mir Sorgen, Gedanken machend, wie meine Mutter das wahrscheinlich um mich getan hatte, mir vergeblich den Kopf zerbrechend, weil ich für mich keine Antwort fand und auch der Briefträger keine brachte, so lange ich auch warten mochte.

So habe ich also diesmal die Wohnung wiedergefunden, auch mich vielleicht, auch wenn ich nicht wußte, ob ich mich überhaupt jemals noch wiederfinden würde; meine Mutter war ständig da, die Arbeit, die sie hatte, hatte sie schnell wieder zurückgegeben, ihre Tochter sei krank, sie brauche sie jetzt, sie müsse ganz und gar für ihre Tochter da sein, aber sie hat mich nicht behelligt mit unsinnigen Anträgen, mit ständiger Nähe, ganz still und scheu, so daß ich es kaum merkte, war sie ständig um mich; und gewiß hatte sie damit recht, wenn sie sagte, ich sei krank, aber sie hatte auch wieder nicht recht damit, denn mir fehlte ja nichts, mir war kein Haar gekrümmt, kein Bein gebrochen, kein Zahn fehlte mir, nichts, gar nichts, rein gar nichts fehlte mir, höchstens, daß ich ein bißchen abgemagert war, ständig hungrig, bestimmte Sachen nicht mehr mochte, keine Buttermilch trank, keinen Pfefferminztee mochte, weil mir das zum Halse heraushing, weil mich das an etwas erinnerte, woran ich nicht gern erinnert sein wollte; aber mir fehlte im Grunde doch alles, einfach alles, irgend etwas fehlte mir, und ich konnte nicht sagen, niemanden sagen, schon gar nicht meiner Mutter, obwohl sie sich doch solche Mühe mit mir gab, was es denn sein könnte, ich wußte es selbst nicht. Erika fehlte mir nicht, nach ihr hatte es mich nicht verlangt, nach den Jungen, mit denen ich Musik gehört hatte, verlangte mich nicht, die hatte ich glatt vergessen, weder erinnerte ich mich an ihre Namen, noch wußte ich, wie sie ausgesehen oder gar, wo sie gewohnt hatten, aber irgend etwas fehlte mir; nach dem hannoverschen Jungen, das ist wahr, hatte ich eine kleine Sehnsucht, ein Verlangen, ihn zu sehen, ihn zu treffen, oder doch wenigstens von ihm auf meine Briefe eine Antwort zu bekommen, die ich aber nicht verlangen konnte, weil seine ja bei uns so lange unbeantwortet herumgelegen hatten, ohne daß er den Grund erfahren hatte; daß mir etwas fehlte war klar, was es war, wußte ich nicht, meine Mutter spürte wohl etwas, sagte aber nichts, behandelte mich nach wie vor als Kranke, die ich ja auch im gewissen Sinne war, keiner von uns beiden wagte jedenfalls in irgendeiner Weise über dieses zu reden, was wir spürten, was wir nicht wußten, was in der Luft lag, was es schwermachte zu sprechen, zu atmen, sich zu öffnen, sich zu vertrauen; auch mein Vater, mit dem ich immer noch sprach, aber nur allgemein, wußte keinen Rat, konnte aus der Entfernung, aus der er sprach, auch nichts dazu sagen. Es war dann das monatliche Kommen des amtlich bestellten Vormunds, für den die Wohnung, die ohnehin glänzte, wieder auf Hochglanz gebracht wurde, für den Kuchen gebacken wurde, obwohl es schon schwer war, Zutaten dafür zu bekommen, für den Alkoholika besorgt wurden, obwohl es die auch nur noch selten gab; er kam, er saß da, er redete mit meiner Mutter, er aß, trank, rauchte, richtete an mich ein paar belanglose Worte (ich saß dabei), schließlich sagte er, es sei wohl für mich an der Zeit, daß ich wieder etwas täte, natürlich war das garniert mit Wörtern, die ich nicht verstand, die ich nicht kannte, die ich auch nicht hören wollte, die ich oft genug in anderen Zusammenhängen gehört hatte, anhören mußte, bei denen ich weggehört hatte, aber in diesem Fall hatte ich richtig gehört, Hauswirtschaftsjahr, Arbeit, nicht immer so herumsitzen, davon wird man doch erst krank, ist doch ein gesundes Mädchen, ich weiß da etwas, ich höre mich mal um, ich lasse von mir hören, ich gebe Bescheid, schon die nächsten Tage, das wird schon was, wird nicht so schlimm, bis dann, auf Wiedersehen ...

Es war genau der 1. Juli 1941, mein vierzehnter Geburtstag, als ich meinen Dienst in dem Haus des Gerichtsdirektors antrat, den Geburtstag hatten wir schon einen Tag vorher gefeiert, meine Mutter und ich, auch am Morgen lagen noch einige Geschenke für mich auf dem Tisch; bevor ich wegging, konnte ich sie zwar nicht mehr auspacken, aber ansehen konnte ich sie noch, dann mußte ich aus dem Haus gehen; die deutschen Truppen hatten unterdessen fast alle europäischen Länder, außer Großbritannien und Rußland besetzt, der Gerichtsdirektor und seine Familie bewohnten ein Seitenhaus von Salve Hospes am Lessingplatz, so hatte ich auch nicht weit zu gehen von uns in der Kuhstraße, kam, wenn ich wollte, sogar an meiner alten Schule vorbei, was ich aber nicht wollte und den umständlicheren Weg über den Ägidienmarkt nahm. Alles andere war zuvor schon durch meine Mutter und den Vormund geregelt worden, wann ich anfangen sollte, wie meine Dienststunden aussehen sollten, ob ich dort schlafen sollte, brauchte ich nicht, mein Zeugnis war angeschaut worden, ich hatte mich vorgestellt, man wußte alles über mich, ich hatte die Familie schon ein wenig kennengelernt: Es waren drei kleinere Kinder im Haus, wozu ein feineres Kindermädchen gehörte, die Köchin war schon älter und kam aus Königslutter, der Herr Direktor war nur wenig da, und wenn er da sein würde, würde er sich in sein Arbeitszimmer zurückziehen, seine Frau, zu der man gnädige Frau sagen mußte, stand erst spät auf, ein Automobil und einen Garten hinter dem Haus gab es auch, so hatte mir das alles die Köchin erzählt, die schon älter war und ihr ganzes Leben in diesem Haus beziehungsweise bei dieser Familie verbracht und den Gerichtsdirektor schon gekannt hatte, als er noch ein kleiner Junge war. Ich durfte nicht den vorderen Eingang benutzen, sondern mußte gleich den Eingang nehmen, der in die Küche führte, das alles wußte ich schon, hatte mir die Köchin gesagt, die gnädige Frau und den Herrn Direktor hatte ich nur kurz gesehen, mußte später bei der Köchin, zu der ich gebracht wurde, noch den richtigen Knicks lernen und was man sagt und was man lieber nicht sagt; daß ich mit ihr und dem Kindermädchen in der Küche essen würde, was ich mitzubringen hatte, daß es ganz gemütlich würde und ich hauptsächlich mit dem Saubermachen zu tun hätte, die Wäsche würde weggegeben, zum Großputz einmal in der Woche käme noch eine Frau, ich hätte Staub zu wischen, auszufegen, Kleinigkeiten zu waschen und überall zur Hand zu gehen. So machte ich den Weg zu dem Haus des Gerichtsdirektors, das ich schon einmal gesehen hatte, durch das mich die alte Köchin geführt hatte, gesagt hatte, dieses sei das Arbeitszimmer, dieses das Herrenzimmer, das der Salon, danach das Eßzimmer, oben waren es dann die Zimmer der Kinder, des Mädchens, des Herrn und seiner Frau, darüber, das hat sie mir auch noch gezeigt, war das Zimmer der Köchin, zum Schluß haben wir noch in der Küche gesessen, und mich haben alle die großen Zimmer mit den vielen Teppichen, Lampen und dunklen Möbeln doch sehr verwirrt, die ich alle sauber halten sollte; aber es wäre sicher auch besser als die Schule, an die ich nicht mehr gern denken wollte, viel besser als der Dienst, der mich gequält hatte, und selbstverständlich war dieser Dienst noch viel besser als der schreckliche Birkenhof, an den ich überhaupt nicht mehr denken wollte, aber von dem ich immer wieder träumte, ohne daß ich das verhindern konnte. Und Geld, ein klein wenig eigenes Geld gab es auch wieder, ich war aus dem Haus, konnte endlich wieder heraus, entrann meiner Krankheit, meinem Nichtstun, der liebevollen Fürsorge meiner Mutter, die im übrigen auch wieder eine Arbeit angenommen hatte, weil alles nicht mehr so richtig reichte. So, unter dem, was mir alles durch den Kopf huschte, kam ich an die Tür, in die Küche, stieß auf die Köchin, die schon auf mich gewartet hatte, sie hatte schon Kaffee gekocht, für uns den Tisch in der Küche gedeckt, wir haben geredet, sie hat mir noch einmal gesagt, was ich machen mußte, und hat auch gefragt, wie ich denn gerufen werden wolle, ob mir Hanni oder Hanna recht sei; nein, so mußte ich ihr erst wieder erklären, daß ich Johanna heiße und auch gern so genannt werden möchte, daß mir nichts anderes recht wäre, auch wenn es eine Abkürzung darstelle, auf Johanna bestünde ich eben, wenn auch auf nichts anderem. Wir kamen dann überein, daß sie das auch im Haus deutlich machen wolle, daß ich einzig und allein Johanna gerufen werden wolle; aber ob sie mich denn duzen dürfe oder ob sie denn Sie sagen müsse, fragte sie noch, natürlich durfte sie du sagen, so alt war ich ja noch nicht, und sie war ja schon um vieles älter als ich, aber alle anderen, so versicherte sie mir, würden Johanna und Sie zu mir sagen, daran müsse ich mich gewöhnen. Nachdem wir noch viel hin und her geredet hatten, stand sie auf und sagte, daß wir nun mal an die Arbeit gehen wollten, drückte mir einen Staubwedel und ein Tuch in die Hand, hieß mich umziehen und dann die unteren Zimmer in Ordnung bringen; wenn ich etwas nicht wüßte, sollte ich es sagen, sie würde später auch noch schauen, nur wenn jemand in den Zimmern sei, dann dürfe ich nicht darin herumwirtschaften, später, wenn die gnädige Frau nach unten gekommen sei, die Kinder mit ihrem Mädchen spazieren seien, dann solle ich auch oben Ordnung machen, ihr Zimmer allerdings, in der zweiten Etage, das bringe sie schon allein in Ordnung, darum solle ich mich nicht kümmern, und wenn ich mit allem fertig sei, dann wollten wir in der Küche zu Mittag essen.

Ich habe mich also an die Arbeit gemacht, die mir nicht schwer wurde, habe die vielen Bücher im Arbeitszimmer angestaunt, die Sessel zurechtgerückt, habe da, wo es notwendig war, neue Decken aufgelegt, oder die, die auf dem Tisch lagen, zurechtgerückt, habe Staub gewischt und gewedelt, die Böden gefegt, auf ein Zeichen der Köchin bin ich nach oben gegangen, habe dort, so gut ich konnte und es verstand, alles in Ordnung gebracht, was die Köchin noch einmal anschaute und ein wenig nacharbeitete, so daß ich dann auch wußte, wie es zu sein hatte, das war alles nicht schwer und dauerte nicht lange; doch mittendrin dröhnten laut und voll Kirchenglocken, ich blieb stehen, hielt in meiner Arbeit inne, hörte zu, nein, das konnte St. Magni nicht sein, ja richtig, das war St. Ägidien, die Glocken klangen anders, voller, schwerer, dunkler, aber ich hatte lange keine Glocken mehr klingen gehört, hatte vielleicht nicht darauf geachtet, hatte es nicht gemerkt, wenn St. Magni mich rief, hatte nicht darauf gehört, nun hörte ich es wieder, zwar eine andere Kirche, andere Glocken, aber sie hatten mich wachgerüttelt, sie erinnerten mich an meine Glocken, die von St. Magni, denen ich nun, wenn ich konnte, auch wieder zuhören wollte, das versprach ich jedenfalls mir und den Glocken von St. Ägidien. Nachmittags, nach dem Essen, mußte ich das Silber putzen, was ich erst lernen mußte, aber auch das ging leicht, danach versammelten wir uns wieder in der Küche zum Kaffeetrinken, dann ging ich einkaufen, das meiste wurde zwar bestellt und gebracht, aber etwas Besonderes, etwas Wichtiges, das, was vergessen worden war, mußte ich noch besorgen, tat es gern, kam dadurch wieder in die Stadt, sah sie neu, mit neuen Augen, von einem anderen Haus her, fand sie schön und kam beglückt zurück, nach dem Abendessen durfte ich dann auch gehen. Das ging so regelmäßig, jeden Tag, am Sonntag hatte ich frei, in der Woche auch noch einen Nachmittag, wenn die Familie in die Ferien fuhr, und das tat sie oft, dann blieb die Köchin allein zurück, hütete das Haus, und ich schaute nur so bis zum Mittagessen hinein, machte Kleinigkeiten, leistete der Köchin ein wenig Gesellschaft, blieb manchmal ihretwegen noch zum Kaffee dort und trollte mich dann wieder; wenn Gesellschaft war, und das war sehr häufig der Fall, mußte ich auch abends noch in der Küche helfen und blieb so lange, bis der letzte Gast das Haus verlassen hatte und der Gerichtsdirektor und seine Gnädige nach oben gegangen waren. Danach haben die Köchin und ich wenigstens noch grob Ordnung wiederhergestellt, alles weggeräumt, hatten dann aber den nächsten Vormittag damit zu tun, das Geschirr zu spülen, die Räume wieder auf Hochglanz zu bringen und natürlich auch das Silber zu putzen; den Gästen half ich manchmal aus der Garderobe und später, wenn sie gingen, auch wieder hinein, wofür ich manchmal ein kleines Trinkgeld erhielt, das ich mir mit der Köchin teilte, sie wollte zwar nichts, sagte, sie habe alles, aber ich wollte es doch nicht leiden, denn die meiste Arbeit hatte sie ja gehabt, das Essen war immer sehr gut, es gab viele Gerichte nacheinander, wir haben in der Küche natürlich auch davon probiert, und die Tafel, die wir gedeckt hatten, sah, bevor die Gäste kamen, immer sehr schön aus, so festlich, so feierlich, mit Blumen und vielen verschiedenen Tellern und Gläsern, während sie am Schluß immer, wie die Köchin sagte, wie ein Schlachtfeld aussah. All diese Arbeit, die mit der Zeit mehr wurde, machte mir nichts aus, ich machte sie sogar ausgesprochen gern, ich hatte die Köchin gern, ich war gern in dem Haus, wenn ich auch von der Familie kaum jemanden zu sehen bekam, immer gleich, wie die Köchin mir geraten hatte, hinweghuschte, wenn ich bemerkte; daß die Herrschaften oder die Kinder kamen; in die Küche indessen kam nie jemand, das war unser Reich, die Köchin wurde dort manchmal mit dem Haustelefon angerufen, und zu den Abrechnungen und Vorbereitungen wurde sie immer zu der gnädigen Frau gerufen, wo lange beraten wurde und ich nicht dabeisein durfte, so daß ich schon annahm, beide Frauen verbände ein Geheimnis, was ich mir wohl eingeredet hatte, weil die Köchin immer sehr lange bei der gnädigen Frau verbrachte und dann auch sehr ernst und verschlossen zurückkam.

Die gnädige Frau war übrigens, wenn ich sie von weit her oder bei den Gesellschaften mal zu sehen bekam, wenn sie die Gäste begrüßte oder verabschiedete, eine sehr elegante Frau, mit langen, blonden, gepflegten Locken, zart gekleidet, immer frisch, immer adrett, immer wie aus dem Ei gepellt, wie mein Vater gesagt haben würde, und jung noch, sehr jung, gar nicht viel älter als ich, so sah das jedenfalls aus; mich sah sie gar nicht, durch mich sah sie hindurch, als wollte sie fragen, wer ist das eigentlich, was hat die in unserem Haus zu suchen, wo kommt die her, was will sie hier, während der Gerichtsdirektor, den ich ja sonst auch nicht zu sehen bekam, mich nach den Gesellschaften schon mal in den Po kniff und dabei lachte, ansonsten war er schon in seinem Amt, wenn ich morgens kam, kam mittags zum Essen, ging dann schnell wieder und war manchmal noch nicht wieder zu Hause, wenn ich abends ging; er war schon älter, hatte einen Schnurrbart, sah sehr würdig aus, wenn er in Hut, Paletot und Stock einherschritt, sein Diener ihm die Akten hinterher transportierte; die Kinder und das Mädchen habe ich eigentlich nie gesehen, an die kann ich mich gar nicht richtig erinnern, sie haben keinen Eindruck bei mir hinterlassen. Sonntags, so sagte die Köchin, gingen alle miteinander in die Kirche, jeder hatte sein Gebetbuch mit, und alle gemeinsam hatten eine Bank nur für sich; der Vater von der Gnädigen soll Pfarrer sein, und der Gerichtsdirektor sollte auch etwas mit der Kirche zu tun haben, außer seinem Amt bei Gericht, so die Köchin, was er aber genau bei dem Gericht machte, das konnte sie mir auch nicht sagen. Manchmal, so schien es mir, kam dann wohl meinetwegen der Herr Gerichtsdirektor in die Küche, stand verlegen herum, erkundigte sich, was es denn wohl diesmal Gutes gäbe, und ging bald wieder. Abends, wenn ich ging, packte mir die Köchin immer ein kleines Paket mit Eßsachen zusammen, das ich für meine Mutter mit nach Hause nehmen sollte, denn es hatte schon damit begonnen, daß die Lebensmittel knapp wurden, es auf den Marken nicht allzuviel mehr gab; woher in diesem Haushalt alles kam, der vor Nahrungsmitteln, Getränken, guten Sachen schier überzuquellen schien, konnte oder wollte mir niemand verraten; aber ich habe immer alles mitgenommen, was mir eingepackt wurde, und die Mutter schien es zufrieden zu sein. Die deutschen Truppen standen auch schon in Rußland wie überall anderswo auf dem Kontinent, als unsere Köchin krank wurde und nicht mehr so konnte, wie sie wollte, zwar kam sie jeden Morgen herunter aus ihrem Zimmer, aber sie konnte kaum noch laufen, kaum noch stehen, hatte geschwollene Beine und setzte sich immer gleich hin, wenn sie nur einen Augenblick gestanden hatte; Kind, sagte sie, ich kann nicht mehr so richtig, du mußt mir ein bißchen helfen; natürlich machte ich alles, was sie sagte, und auch so, wie sie es gesagt hatte, machte wohl auch alles zu ihrer Zufriedenheit, aber ich mußte auch zu den Herrschaften, mußte ihnen vorlegen, sie bedienen, was ich wohl sehr ungeschickt gemacht habe, jedenfalls zischte mich die gnädige Frau immer an, aber der Direktor versuchte sie zu beruhigen, daß ich das eben noch lernen müsse, es sicher auch bald besser könne, was offensichtlich sie noch unwilliger, noch ungnädiger mir gegenüber werden ließ. Ich kam dann früher, machte auch für den Herrn Gerichtsdirektor das Frühstück, ging später, machte all das, was auch ansonsten die alte Köchin zu tun gehabt hatte, die mich, jedenfalls mit Rat, so gut unterstützte, wie sie nur konnte, ohne sich aus ihrem Stuhl erheben zu können; ich machte das alles nicht ungern, auch der lange Tag mit der vielen Arbeit wurde mir nicht verdrießlich, wenn ich nur nicht hätte mittags und abends im Eßzimmer bedienen müssen; aber auch das ging vorüber, denn die Kinder wurden bald auf das Land geschickt, in der Stadt sei es für sie nicht mehr gut, hieß es, das Kindermädchen blieb aber und hatte nun die Aufgabe, die ich nicht mochte, die Herrschaften zu bedienen; die Köchin rappelte sich auch bald wieder hoch, und so blieben mir nur die kleinen Aufgaben, die ich auch schon anfangs gehabt hatte, mit denen ich vollauf zufrieden war.

Meine Mutter sah ich in der Zeit selten, sie hatte Schichtdienst in ihrer Fabrik, mußte auch Überstunden machen, so kam es wohl, daß sie noch schlief, wenn ich morgens zu meiner Herrschaft ging, und abends noch nicht zurück war, wenn ich nach Hause kam und mich gleich ins Bett legte; die Sonntage indessen haben wir wohl beide zusammen gemütlich verbracht, gingen dann gemeinsam in den Garten auf dem Nußberg, machten uns da noch zu schaffen, so daß der Garten in Schuß war, wie mein Vater immer gesagt hatte, saßen dann ein bißchen vor der Laube, tranken unseren mitgebrachten Kaffee aus der Thermosflasche, hatten auch ein Stückchen Kuchen dazu, waren aber wohl ein bißchen einsilbig und hingen jeder unseren Gedanken nach. Von Onkel Theo kam manchmal eine Karte oder ein Feldpostbrief, meine Mutter packte Päckchen für ihn, die Kneipe, das Alt Brunsvig war geschlossen worden, vielleicht, weil es kein Bier mehr gab oder der Pächter auch eingezogen worden war oder in einen Rüstungsbetrieb mußte, was weiß ich, jedenfalls war es geschlossen, und unser Viertel, unser Quartier, das St. Magni, die Kuhstraße machten einen leeren, stillen, vereinsamten Eindruck; auch die Glocken von St. Magni klangen anders, schepperten, klangen blechern, nicht mehr so weit, so innig, so eindringlich, irgendwie klangen sie traurig, als erfüllten sie nur mühsam ihre Pflicht, was mich mehr erschreckte, als traurig stimmte; ich weiß auch nicht, ob sie zu dem Zeitpunkt schon abgenommen, eingeschmolzen worden waren, die großen Glocken jedenfalls, für einen kriegswichtigen Zweck, oder ob sie einfach nur abgestellt oder sichergestellt worden waren, wegen der Bomben, ich weiß es nicht mehr. Verdunkeln mußten wir schon lange, das heißt, vor jedem Fenster mußte ein Rollo mit dunklem Papier sein, das mußte auch abends, wenn man das elektrische Licht anknipste, heruntergezogen sein, kein Schimmer von Licht durfte durch das Rollo fallen, das auch noch an den Seiten festgeklemmt wurde, sonst kam der Luftschutzwart, bemängelte das, konnte wohl auch eine Strafe festsetzen oder das irgendwo melden. Manchmal gab es abends oder in der Nacht auch schon Fliegeralarm, und wir mußten mit unserem gepackten Köfferchen hinunter in den Keller, der schon lange als Luftschutzkeller mit Stahltüren, verstärkten Decken, dicht verschließbaren, bombensicheren Kellerfenstern ausgebaut worden war; Sandsäcke, Feuereimer, Feuerpatschen standen und lagen da in den Ecken, Pritschen und Bänke waren da, aber selten saßen viele Leute da, meistens waren es meine Mutter und ich allein, die auf die Entwarnung warteten, das Haus schien ausgestorben zu sein, wir waren wohl irgendwie allein darin. Auch am Lessingplatz bei meiner Herrschaft gab es einen solchen Luftschutzkeller, in dem die ganze Familie, wenn es Alarm gab, wenn ich da war, und ich mit ihnen dort hinunter mußte, schweigend saß und wartete, gewiß war er ein wenig besser ausgestattet, und manchmal, wenn der Hausherr da war, schenkte er für alle, auch für mich, ein wenig von seinem Wein aus, der ja auch in diesem Keller lag, wozu er meinte, daß wir nicht so traurig sein müßten, es würde schon alles wieder gut werden, aber jeder von uns, so schien es mir, hing anderen Gedanken nach und achtete überhaupt nicht auf das, was der Gerichtsdirektor sagte.

An meinen freien Nachmittagen besuchte ich das Grab meines Vaters, holte vorher noch ein paar Blumen aus unserem Garten, hatte ein Buch mit und blieb dort sitzen, wenn nichts anderes, wie beispielsweise Fliegeralarm, mich zwang, nach Hause oder in einen Bunker zu eilen; in einen der neu gebauten Bunker aus Beton ging ich nicht so gern, da waren mir zu viele Menschen, die ich nicht kannte, es war zumeist eng, gedrängt, ich versuchte dann, bei dem Voralarm noch schnell nach Hause zu laufen, manchmal war ich dann in unserem Keller, wenn die Mutter nicht da war, allein, was mir nichts machte, Hauptsache nicht unter so vielen Menschen; mein Fahrrad benutzte ich nicht mehr, das stand unbenutzt im Keller, seit damals, ich ging lieber zu Fuß, auch wenn es länger dauerte, das Rad war irgendwie komisch, und wenn ich etwas nicht wollte, dann wollte ich es auch nicht, dann konnte keiner mich dazu zwingen, auch ich selbst nicht. Mit meinem Vater redete ich jetzt immer, wenn ich ihn besuchte, ich kam sonst nicht mehr dazu, es war immer jemand um mich, ich war beschäftigt, es waren fremde Räume, oder ich war, wenn ich nach Hause kam, todmüde; mit ihm redete ich mehr über seine Bücher, die ich gelesen hatte, die ich nicht verstand, die ich aber gern gelesen hatte, zu denen er mir immer noch etwas sagen konnte; unsere Zeit, so sagte er, verstünde er nicht mehr, dazu habe er gar nichts zu sagen, und er wäre auch ein bißchen froh darüber, daß er noch rechtzeitig gestorben sei, so sagte er manchmal, und ich fragte nicht weiter. Freunde oder Freundinnen hatte ich in dieser Zeit keine, wie hätte das auch gehen sollen, da ich ja kaum Zeit hatte, kaum weg kam, kaum vor die Haustür gekommen bin. Manchmal gab es bei dem Gerichtsdirektor im Haus Abende, an denen musiziert wurde, da spielte jemand auf dem Klavier, ein anderer auf der Geige, und die gnädige Frau sang, das war eine

Musik, wie ich sie nie zuvor gehört hatte, die Köchin und ich hörten immer von der Küche aus zu, konnten es auch gut hören, weil bei solchen Abenden oft die Türen offen blieben, die Köchin jedenfalls war an solchen Musikabenden immer ganz gerührt und mußte sich die Augen ausreiben, nahm mich manchmal hinterher in ihre Arme, drückte mich gegen ihren weichen, warmen, dicken Busen.

Und dann mußte ich gehen. Das Jahr war um. Der Hausherr und die Köchin hätten mich wohl gern behalten, aber beide, das merkte ich, hatten nichts zu sagen, es galt nur, was die gnädige Frau wollte, und die gnädige Frau wollte mich nicht mehr, wollte jemanden anderes; nun war es wohl auch so, daß bei dem Hauswirtschaftsjahr der Lohn relativ gering war und wenn ich nun weiter hätte beschäftigt werden sollen, mein Lohn etwas heraufgesetzt werden mußte, aber das war gewiß nicht der Anlaß, warum ich gehen mußte, viel eher meine ich, daß die gnädige Frau gesehen hatte, wie der Direktor mir schöne Augen gemacht hatte und das nicht leiden konnte, was ich ja auch verstehen kann, wenn ich verheiratet wäre und mein Mann schaute hinter anderen Frauen her, dann würde ich mich wohl auch darum kümmern. Gewiß habe ich es bedauert, gehen zu müssen, es war schön, ein angenehmes Jahr, in dem ich dank der Köchin auch viel gelernt habe, aber es war ja auch von vornherein abgemacht gewesen, daß es nur ein Jahr dauern sollte, und da konnte ich mich nicht allzusehr darüber grämen, daß es gerade so lange gedauert hatte. Am Montag, 30. Juni 1942, war mein letzter Arbeitstag, ich ging wie üblich hin, begann aber gleich nach dem Mittagessen meine Sachen zusammenzupacken und mich überall zu verabschieden: bei der Hausfrau mit einem, nun gekonnten Knicks, bei dem Hausherrn bekam ich meinen letzten Lohn, ein Zeugnis und ein kleines Geldgeschenk dazu, das ehemalige Kindermädchen habe ich gar nicht mehr gesehen, die Köchin hatte mir noch ein wirklich großes Paket mit Eßsachen zusammengepackt, das ich beinahe gar nicht tragen konnte, sie war gerührt, ich war es auch, ich versprach ihr, sie oft zu besuchen, was ich aber leider nicht gehalten habe, sie schaute dann noch aus ihrer Küchentür, als ich ging, winkte und rief und brach wohl auch in Tränen aus, ich drehte mich noch einige Male um und winkte, dann bin ich meiner Wege gegangen, ausgefüllt von diesem Jahr, aber irgendwie auch ganz leer, ganz entleert, weil ich nicht wußte, wie es denn jetzt weitergehen könnte. Es ist richtig, daß ich mir eigentlich nie Vorstellungen darüber gemacht habe, was denn, wie es so schön heißt, meine Zukunft sein könnte, ich habe zwar vielleicht auch nicht in den Tag gelebt, aber Vorstellungen für eine Zukunft hatte ich für mich nicht, weder dachte ich je daran, daß ich größer und älter werden könnte, noch habe ich daran gedacht, wie ich denn diesen Lauf der Zeit für mich nutzen sollte, ich habe nicht an Heiraten gedacht, ich habe nicht an Jungen gedacht, ich habe an keine zukünftige Arbeit gedacht, leer, nichts, gar nichts, alles ließ ich irgendwie auf mich zukommen, alles interessierte mich, wenn es da war, aber nichts ergriff ich von mir aus. War ich lethargisch, passiv, krank, irgendwie nicht normal, ich kann mir das nicht vorstellen, ich war wohl eher in meinen Träumen gefangen, aber die Träume waren auch keine deutlichen, keine klaren, sie verschwammen immer, wenn ich sie greifen wollte, so blieb alles bei mir ganz vage ...

Am nächsten Tag, am Dienstag, haben dann meine Mutter und ich meinen fünfzehnten Geburtstag gefeiert, es waren kleine Geschenke da, meine Mutter hatte einen Kuchen gebacken und Blumen aus unserem Garten geholt, auch ein Brief von Onkel Theo war gekommen, der unterdessen Soldat in Rußland war, aber das alles war gar nicht so wichtig, viel wichtiger war, daß meine Mutter sich den Tag frei nahm und Zeit für mich hatte; ich fand, wir hatten uns so lange nicht gesehen, wußten gar nicht richtig mehr etwas voneinander und es war schön, Zeit füreinander zu haben, einfach so mit meiner Mutter herumzusitzen, Kaffee zu trinken, mit ihr zu erzählen, nicht nur ein paar Worte so nebenbei nur, sondern lange und gemütlich einfach herumzusitzen. Am Nachmittag sind wir dann auf den Friedhof gegangen und haben das Grab des Vaters zurechtgemacht, dabei haben wir angefangen, von meiner Zukunft zu reden, das heißt, meine Mutter hat davon angefangen, sie wollte wissen, was ich zu werden gedächte, das Beste sei doch wohl, so redete sie dann gleich weiter, ich würde eine Lehre beginnen, da hätte ich doch noch Zeit, da bräuchte ich nicht gleich an die harte, schwere

Arbeit, da könnte sich doch noch etwas entwickeln, ergeben, und sie begann auch alles gleich aufzuzählen, was möglich wäre: Verkäuferin kam ihr als erstes in den Sinn, in einem kleinen Geschäft, nicht in einem Kaufhaus, da müßte ich zwar mehr arbeiten, aber andererseits wäre es doch auch möglich, daß ich dort Anschluß fände und auch etwas mehr zu essen bekäme. Nein, an eine Lehre als Verkäuferin hatte ich überhaupt nicht gedacht, das stellte ich mir ganz schrecklich vor, immer die Frauen zu bedienen, denen nichts recht zu machen war, die klagen würden, daß es nichts gäbe, die immer alles haben wollten, was es schon lange nicht mehr gab, nein, Verkäuferin, das sagte ich meiner Mutter auch, käme für mich nicht in Frage; meiner Mutter fiel als nächstes Friseuse ein, aber auch dagegen hatte ich eine Abneigung, ich wollte nicht anderen in den Haaren herumgrapschen und mir dabei alles anhören müssen, was sie dabei erzählen würden; auch Schneiderin, was meine Mutter dann vorschlug, wollte ich nicht werden, den ganzen Tag herumsitzen und prünen, das stellte ich mir schrecklich vor; alle meine Ablehnungen ärgerten aber meine Mutter, und sie wurde heftig, sagte, so viel könne ich mir ja wohl auch nicht aussuchen; das sah ich dann ein und wurde zurückhaltender, fragte bescheiden, was denn für mich noch in Frage käme; nun, meinte meine Mutter, wir könnten es ja einmal mit der Gärtnerei probieren, ich hätte doch den Garten immer ganz gut und fast selbständig gemacht, ob das denn nichts wäre, oder auch Landwirtschaft, ich wäre doch immer so begeistert aus Apelnstedt zurückgekommen, ob sie nicht einmal ihre Schwester fragen solle, das wäre doch vielleicht etwas für mich, und da sei ich auch gut untergebracht, sie brauche keine Sorge um mich zu haben. Ich hatte an nichts von allem gedacht und wollte mich auch gar nicht damit beschäftigen, mein Vater spottete dazu, als ich allein war und mit ihm reden konnte, ich müsse doch wohl nichts mehr werden, ich sei doch wohl schon etwas, aber lernen sollte ich durchaus etwas, aber was, das konnte er mir auch nicht raten; so schrieben wir dann Briefe und gingen, wenn meine Mutter frei hatte, überallhin, um zu fragen, ob es eine Lehrstelle für mich gäbe, manchmal zeigte jemand auch einiges Interesse, aber sobald wir meine Zeugnisse vorzeigten, war die Stelle immer schon vergeben und ich war für die nächste vorgemerkt, man wollte mir schreiben, aber nie kam dann auch wirklich ein Brief, der eine Lehrstelle anbot; ich war also ein schwer erziehbares Mädchen, ein Mädchen, das in ein Heim gemußt hatte, ein Mädchen, von dem man nicht wußte, was an ihm war, ein gebrandmarktes Mädchen, eines, das einen Stempel trug, mit dem man, wenn man von dieser Heimerziehung erfuhr, nichts mehr zu tun haben wollte, dem alle Lehrstellen versagt wurden, dem man freundlich kam, aber zu dem man hart und unerbittlich war, so stellte mir sich das dar, und ich wurde darüber ganz gleichgültig zu den ganzen Lehrstellenvorstellungen meiner Mutter.

All die Bewerbungen und Vorstellungen hatten viel Zeit in Anspruch genommen, es war darüber Herbst geworden, ich war einige Zeit nach Apelnstedt gefahren, aber auch da war es nicht mehr wie früher, der Onkel war im Krieg, die Söhne waren Soldaten geworden, die Tante hatte Ausländer, die ihr halfen, war auch nicht mehr so freundlich, so zugänglich wie ehedem, sie war eher nervös, laut, hastig, fahrig, als sei sie krank und ihr alles zuviel, dort konnte ich, das hatte die Tante mir schon deutlich genug zu verstehen gegeben, auch nicht bleiben, und ich wollte es dann auch nicht mehr. Als ich im Spätherbst aus Apelnstedt zurückkam, die Taschen zwar voll gepackt mit Eßsachen, wußte ich genauso wenig wie zu meinem Geburtstag, was denn nun eigentlich aus mir werden sollte; in Braunschweig, so schien es mir, war es ganz dunkel, die Straßenbeleuchtung brannte nicht mehr oder nur so bläulich, daß man gar nichts dabei sehen konnte, überall waren die Verdunkelungsrollos heruntergelassen, von nirgendwoher ein Lichtschimmer, es wurde spät hell und früh wieder dunkel, die Glocken schienen von allen Kirchen abgenommen worden zu sein, nicht nur von St. Magni, immer gingen die Luftschutzsirenen, ich kümmerte mich um unseren kleinen Haushalt, weil ich nichts Besseres zu tun hatte und die Mutter ja vierzehn Stunden am Tag unterwegs war, sie mußte jetzt zwölf Stunden am Tag arbeiten, brauchte auch immer eine Stunde, um zur Arbeit zu kommen und eine Stunde zurück, sie war dann ganz verbittert, auch ganz ausgemergelt, von Onkel Theo hörten wir nichts mehr, wir wußten nicht, was aus ihm geworden war. Weihnachten war freudlos für uns, kein Tannenbaum, karge Geschenke, auch mit

Tannenbaum und Geschenken wäre uns nicht wohler gewesen, keiner sprach mehr viel, jeder ging seiner Wege, Silvester haben wir gar nicht groß beachtet, wir waren froh, daß es keinen Alarm gab, daß wir uns ausschlafen konnten, es war ohnehin kalt in der Wohnung, Kohlen gab es nur noch wenige und die reichten nicht mehr, um unsere Stube jeden Tag heizen zu können, da haben wir versucht, wenigstens den Herd in der Küche unter Feuer zu halten und haben uns manchmal am Küchenherd aufgewärmt; mir war ohnehin immer kalt, gleichgültig, ob ich mich warm angezogen hatte oder unter dem Federbett lag oder am Herd saß, gefroren hat es mich immer, das wurde auch nicht besser. Kind, sagte meine Mutter dann manchmal, du hast ja gar nichts mehr zuzusetzen, wie dünn du geworden bist, ich weiß auch nicht, was ich machen soll, ich esse doch kaum noch was. Und das stimmte auch, denn alles steckte meine Mutter mir zu, sie selbst aß kaum noch etwas, sagte immer, ihr schmecke es gar nicht mehr; aus Apelnstedt kamen keine Pakete, wie früher manchmal, zu der Familie meines Vaters in Peine hatten wir kaum noch Kontakt, außer daß wir und sie zu Geburtstagen und ähnlichen Anlässen hin und wieder noch eine Karte schrieben, zu der Köchin im Salve Hospes traute ich mich nicht, so mußten wir von den kargen Rationen leben, die es auf den Marken gab, es war auch gut, daß ich Zeit hatte, mich anzustellen, denn, wenn man nicht aufpaßte, waren die Marken schnell verfallen, und es gab nichts mehr dafür; Geld hatten wir wohl genug, jedenfalls zum Leben, aber dafür gab es ja kaum noch etwas zu kaufen.

Ich ging manchmal, wenn die Mutter abends noch bei der Arbeit war, ins Kino, ohne daß es mir sehr wichtig erschienen oder ich süchtig danach geworden wäre, die Filme rauschten an mir vorüber, und wenn ich aus der Vorstellung kam, wußte ich kaum noch, was ich gesehen hatte; manchmal wurde ich vor oder nach der Vorstellung von Flakhelfern oder Soldaten angesprochen, ob ich nicht noch mit ihnen etwas trinken wolle, was ich auch manchmal gemacht habe, aber die müssen mich alle als so langweilig oder dumm empfunden haben, daß sie mich schnell wieder gehen ließen und froh waren, mich wieder los zu sein. Und bei irgendeiner dieser Gelegenheiten stieß ich auf Erika, oder sie auf mich, denn ich hatte sie gar nicht erkannt, sie hing am Arm eines Soldaten, ein anderer war auch noch dabei; Erika freute sich, mich zu sehen, ich weniger, sie machte mich mit den jungen Männern bekannt und zog mich einfach mit, sie wollten noch tanzen gehen, auch mein Einwand, daß ich das doch gar nicht könne, nie gelernt hätte, zog nicht, ich wurde einfach mitgeschleift. Der zweite Soldat hatte sich schon bei mir eingehakt, wir gingen zu viert in die Altstadt, ein großes Lokal, voll, laut, lärmig, voller Rauch und Stimmengewirr; als die Kapelle einsetzte, zog mich der Soldat auf die Tanzfläche, er hieße Hans, ich sollte du sagen (alle Männer heißen Hans, dachte ich bei mir, und fand das gar nicht komisch), dann hatte er mich schon fest umschlungen, und wir bewegten uns nach der Musik, ich weiß gar nicht, wie ich meine Füße gesetzt habe, alles ging irgendwie von allein; wir haben dann viel getrunken und getanzt, geraucht habe ich nicht, es wurde spät, ich wurde unruhig, Erika erzählte zwischendurch, daß sie auch, wie ihre Mutter und ihr Vater, in der Fabrik arbeite, sich, als wir geschnappt worden waren, so durchgemogelt habe, Ausreden, das habe geholfen, sie sei noch einmal so durchgekommen, ob wir uns sehen wollten, sie wohne jetzt da und da, sie käme mal vorbei. Ich bin dann allein durch die dunkle Nacht nach Hause gegangen, wie alle anderen auch, eine Leuchtplakette am Mantel, meine Mutter war schon da, hat aber nichts gesagt. Erika hatte sich anschließend nicht sehen lassen, was ich auch besser fand und worüber ich erleichtert war, ich bin noch manchmal allein tanzen gegangen, ohne einen Freund, einen Galan, einen Flakhelfer oder Soldaten, anschließend bin ich immer allein nach Hause gegangen, habe mich von niemandem begleiten lassen; aber wenn die Kapelle aufspielte, dann bibberte einem doch schon der Hintern, dann ging die Schwirrtcherei los, und ich blieb den Abend auf der Tanzfläche, ohne einmal auszusetzen, ohne was zu trinken, ohne mit einem der vielen Jungen anzubandeln.

Und dann wurde der totale Krieg ausgerufen; das hieß, Tanz gab es nicht mehr, alle diese Lokale wurden dichtgemacht, Kino gab es schon noch, die Lebensmittelrationen wurden noch einmal herabgesetzt, und alle Frauen und Männer mußten sich zur Arbeit melden, ich fiel zwar noch nicht darunter, aber meine Mutter meinte, es wäre wohl besser, wenn ich bei ihr in der Fabrik mitarbeiten würde, als noch ein halbes Jahr zu warten, wer weiß, was dann sein würde; sie würde mal fragen, es wäre vielleicht eine leichte Beschäftigung noch zu haben, und ich müßte ja wohl auch keine zwölf Stunden am Tag arbeiten, sonnabends nur halbtags und sonntags gar nicht, so daß ich doch noch ein bißchen Zeit für mich hätte, was ein junges Mädchen natürlich brauche, auch in diesen Zeiten. Ich war überrascht, daß meine Mutter doch noch soviel Verständnis für mich aufbrachte, das hatte ich ihr auch gar nicht zugetraut; jedenfalls hatte ich gegen ihre Vorschläge auch nichts einzuwenden, so daß wir bald gemeinsam mit der Straßenbahn morgens in die Fabrik fuhren. Was sie eine leichte Arbeit genannt hatte, sah so aus, daß ich den ganzen Tag, von zwei kleinen Pausen unterbrochen, an einem Apparat stand, an dem die gefüllten Konservendosen zugelötet wurden; ich nahm die ganze Zeit eine gefüllte Konservenbüchse von der linken Seite, stellte sie unter die Presse, nahm den Deckel von der rechten Seite, legte ihn auf die Dose, drückte den Hebel der Presse herunter, die Dose mit Deckel wurde einmal herumgedreht und wurde dabei luftdicht, wasserdicht verschlossen, dann nahm ich die Büchse heraus, stellte sie unter mir ab, begann das alles von vorn, und das machte ich den ganzen Tag. Meine Haare hatte ich unter einem Kopftuch, ich hatte einen grauen Kittel an, lief in dicken Holzpantinen herum und kam mir vor, als sei ich niemals aus dem Birkenhof wieder weggekommen, alles war hier so ähnlich: eine Aufseherin, die uns antrieb (neben mir standen Mädchen, die auch an einer solchen Presse arbeiteten und ähnlich gekleidet waren), am Ausgang waren Kontrollen, bei denen wir abgetastet wurden, ob wir auch nichts mitgenommen hatten und auch gar nichts an unserem Körper verborgen hielten, ekelhaft, wenn wir zuviel Dosen hatten, die nicht gut verschlossen waren, wurde uns das vom Lohn abgezogen, von diesen Büchsen konnte man aber etwas kaufen, ohne Lebensmittelmarken dafür abgeben zu müssen, und ich hatte den Verdacht, daß manche doch deswegen schlecht verschlossene Büchsen abgeliefert haben, um davon etwas mit nach Hause nehmen zu können. In den Büchsen waren Gemüse oder Fleisch, Erbsen, Bohnen, Karotten, dicke Bohnen, Schmalz, Schweinefleisch, Leberwurst und alles mögliche, wir waren ein kriegswichtiger Betrieb (deswegen brauchte ich auch nichts anderes zu machen), und als ich sechzehn Jahre alt geworden war, mußte ich genauso lange arbeiten wie die anderen Frauen auch, jeden Tag zwölf Stunden, von morgens sechs bis abends sechs, allerdings brauchte ich keine Nachtschicht zu machen, mußte aber auch wie die anderen am Sonnabend und Sonntag arbeiten; ich weiß nicht, wie ich das ausgehalten habe, aber sonntags mußten wir wohl nur sechs Stunden arbeiten und hatten auch jeden zweiten Sonntag frei, aber dann mußte ich mich ja auch noch um den Garten kümmern, der sonst ganz verwildert wäre und der uns zusätzlich noch ein bißchen an Essen verschaffte, es war gar nicht auszuhalten, aber ich habe es ja ausgehalten, die anderen Frauen auch, meine Mutter auch. Meine Mutter habe ich in der Zeit ganz selten gesehen, sie hatte manchmal nicht dieselbe Arbeitszeit wie ich, hatte auch an anderen Sonntagen frei, sie arbeitete in der Abteilung, in der die Büchsen gefüllt wurden, sagte manchmal, sie sei auch schon ganz ramdösig davon. Erika, so sagte meine Mutter, arbeite jetzt auch in der Konservenfabrik und sei in der Packerei, wo die Büchsen in Kartons getan würden, später habe ich sie auch manchmal gesehen, wenn wir am Tor unseren Ausweis vorzeigen mußten, beim Stempeln oder wenn wir kontrolliert wurden, wir haben wohl auch manchmal gesagt, wir sollten uns sehen, aber dabei ist es geblieben, wir waren wohl beide zu müde von der eintönigen Arbeit; gelegentlich bin ich wohl noch ins Kino gegangen, aber als ich immer öfter bei den Filmen einschlief, bin ich weggeblieben, denn schlafen konnte ich bei uns zu Hause, in der Kuhstraße, immer noch besser. Aber im Grunde konnte man das auch nicht mehr sagen, denn die Luftschutzsirenen heulten in einer Tour: Voralarm, Alarm, Entwarnung, manchmal ging das die ganze Nacht so, und man kam überhaupt nicht zum Schlafen.

Und dann ist uns ja das Haus über dem Kopf zusammengebombt worden: wir saßen im Keller, der ja tief war, ein altes Gewölbe, es hat lange gedauert, es hat lange keine Entwarnung gegeben, immer haben wir die Flakgeschosse gehört, dann hörten wir ein Grummeln und Rumbsen, wie bei einem Gewitter, das näherkam, näher und näher, dann tat es einen Schlag, Staub wirbelte auf, die Wände wackelten, meine Mutter sagte, ach, Gott, mehr sagte sie nicht, ich sagte gar nichts, und dann war es auch vorbei, wir hatten unsere Taschentücher vor den Mund gepreßt, saßen noch so da, eng beieinander, hatten uns wohl bei den Händen gehalten, dann kam auch bald die Entwarnung; die Eisentüren mit den festen Verschlüssen bekamen wir auf, draußen war alles staubig und dunkel, mit unseren Taschenlampen kamen wir nicht durch, wir mußten uns die Kellertreppe hochtasten, wir gingen Schritt vor Schritt, ganz langsam, alles befühlend, ob wir auch noch weiterkonnten, das Geländer war noch da, die Treppe war noch da, und, o Wunder, auch die Kellertür ließ sich noch öffnen, von da kamen wir ganz leicht aus dem Haus, denn die Haustür stand sperrangelweit offen. Wir sind also hinaus, um uns alles erst einmal von außen zu besehen: gebrannt hat es nicht, aber von dem Haus war nichts mehr da, außer der Kneipe, die beinahe von allem verschont war, aber von unserer Wohnung gleich darüber standen nur noch ein paar Mauern, der Schutt, der Müll, die Überreste des Hauses waren in den Hof gerutscht, alles weg, alles futsch, nichts mehr da, kein Zimmer, keine Stube, keine Küche, nichts, gar nichts; ob wir mal hinaufsteigen sollten, fragte meine Mutter, lieber nicht, meinte ich, denn man könne ja nicht wissen, was noch da sei; das wird wohl eine Luftmine gewesen sein, meinte meine Mutter, beinahe fachmännisch, alles so sauber abgesäbelt; jedenfalls keine Brand- oder Phosphorbomben, entgegnete ich genauso; und was wir denn jetzt machen sollten, fragte meine Mutter mich, worauf ich allerdings keine Antwort wußte; sollen wir gucken, wie es in unserer Kneipe aussieht, fragte sie, und wartete keine Antwort ab, sondern bahnte sich einen Weg dahin. Es lag viel Schutt darin, die Fensterscheiben waren kaputt, die Möbel waren durcheinandergeworfen wie nach einer großen Schlägerei, die Theke stand noch; dann wollte meine Mutter in die Küche, wo Onkel Theo auch immer ein Sofa stehen hatte, damit er sich zwischendurch ein bißchen ausruhen konnte von dem vielen Stehen hinter der Theke, und: das war alles so, wie wir es das letzte Mal, was schon einige Zeit her war, gesehen hatten. Hier bleiben wir, entschied die Mutter, und morgen werden wir weitersehen, jetzt holen wir erst einmal unsere Klamotten aus dem Keller, und dann versuchen wir, uns von dem Schrecken ein wenig zu erholen, so gut wir können; in die Firma gehen wir nicht, sagte sie weiter, du kannst ja, wenn es irgendwo noch einen Fernsprecher gibt, morgen dort anrufen.

Ich weiß nicht mehr genau, ob wir schlafen konnten, aber ich denke mir, daß wir vor Erschöpfung eingeschlafen sind und lange geschlafen haben. Anderntags haben wir alles noch einmal richtig angesehen, sind auch nach oben gewandert, haben das mit in die Kneipe genommen, was wir brauchen konnten, auch über die Schuttberge im Hof sind wir gewandert und haben noch Kleinigkeiten gefunden, die wir mit in die Kneipe trugen, aber alles, was mir wichtig war, war weg: meine Bücher, die Bücher meines Vaters, all die kleinen Geschenke, das Zimmer und die Möbel fand ich nicht so wichtig, aber kein Foto meines Vaters mehr da, keine Nachricht von Onkel Theo, keine Fotos mehr, keiner der Briefe des Freundes aus Hannover hat sich finde lassen, nicht der Kasper, den ich zur Einschulung geschenkt bekommen hatte, damit ich mich nicht ängstigte, nichts von alledem war mehr da; wir haben dann angefangen, die Kneipe, das Alt Brunsvig für uns als Wohnung herzurichten, zuerst haben wir den Schutt heraustransportiert, dann haben wir Pappen vor die Fenster genagelt (Glas gab es keines mehr), wir haben alles von der dünnen, fettigen Staubschicht gesäubert, aber nie bekamen wir den Dreck ganz hinaus; und als wir uns das alles so halbwegs hergerichtet hatten, sagte meine Mutter, das wäre doch gelacht, wenn die das nicht auch noch kaputt bekämen – womit sie recht behielt, was aber auch gar nicht so schwer war.

Ich bin dann aus dem Haus gegangen und habe alles erledigt, was zu erledigen war, auf den Ämtern, mit der Fabrik, versuchte, etwas einzukaufen, was es gar nicht mehr gab. Um uns herum war das ganze Viertel zerstört, kein Haus stand mehr ganz, alles war mehr oder weniger beschädigt, auch St. Magni, wovon nur noch ein Turm stehengeblieben war (wenn jetzt die Glocken anfangen würden zu klingen, wie sich das wohl anhören würde, dachte ich bei mir, traurig, wehmütig, weit hallend, klagend, aber es gab sie ja schon nicht mehr, sie waren auch schon zerstört, waren eingeschmolzen, für den Krieg gebraucht worden), ich nahm den Weg zum Friedhof, ich wollte sehen, wie es um das Grab meines Vaters stand, auch auf dem St. Magni-Friedhof waren überall Bomben gefallen, waren Bombentrichter, die davon zeugten, aber das Grab meines Vaters fand ich unversehrt, und ich beschloß, sooft ich konnte, zum Grab zu gehen, Frieden zu suchen, meinem Vater nahe zu sein, mit ihm zu sprechen, seinen Rat zu hören, aber doch wohl am meisten, um Frieden zu finden in einer unfriedlichen Zeit. Meine Mutter und ich haben uns dann einigermaßen in der Kneipe eingerichtet, wir mußten dann auch wieder arbeiten gehen, ich war nur um Urlaub eingekommen, der auch gewährt worden war, aber wir waren ja beide unterdessen dienstverpflichtet, was genauso schlimm war, wie Soldat zu sein, vielleicht wurden wir sogar noch ärger herumkommandiert und hatten weniger dabei im Magen; jedenfalls machten wir uns gemeinsam wieder auf den Weg in die Fabrik, Straßenbahnen fuhren keine mehr, jedenfalls war der Verkehr auf dieser Strecke unterbrochen, die Bahnen fuhren nur unregelmäßig, waren überfüllt, immer hingen noch Leute auf dem Trittbrett, und der Perron war proppenvoll, da wollten wir uns nicht auch noch drängeln, so hatten wir immer einen langen Fußmarsch hin und zurück, die Arbeit mußte im Stehen gemacht werden, nur in den kurzen Pausen konnten wir uns ein wenig sitzend ausruhen. Meine Mutter wurde über alledem ernstlich krank, mußte zu Hause bleiben, sich ausruhen, aber wo und wie sollte sie Ruhe finden, der Arzt schrieb sie selbstverständlich krank, wollte sie sogar in eine Kur schicken, aber bei dem Vertrauensarzt, zu dem sie bald vorgeladen wurde, wurde sie gleich wieder gesundgeschrieben, worauf meine Mutter anfing zu schimpfen, wie ich es noch nie von ihr zuvor gehört hatte, so daß ich sie bitten mußte, leiser zu sein, denn wenn das jemand gehört hätte, wäre sie sofort abgeholt worden und wohl nie wiedergekommen; aber sie hat in der Fabrik wenigstens um eine leichtere Arbeit gebeten und auch um weniger Stunden am Tag, auch daß der Sonntag generell für sie frei wäre, alles ist ihr gewährt worden, ohne daß sie sich besonders anstrengen mußte, nur fragen mußte sie, und auf ihren Gesundheitszustand hinweisen.

Ich habe mich dann mit einem jungen Ausländer ein wenig angefreundet, der immer die Dosen, die von mir und auch den anderen Mädchen geschlossen worden waren, mit einem Karren in die Packerei fahren mußte; er mochte in meinem Alter sein, ein wenig jünger, ein wenig älter, ich wußte es nicht, habe nicht danach gefragt, das war mir egal, auch seine Nationalität kannte ich nicht, konnte ich nicht erkennen, wollte ich auch nicht wissen; aber er war freundlich, lachte immer, sang, war vergnügt, steckte mich mit seiner Vergnügtheit an, erzählte immer, machte sogar Komplimente, was ich beinahe noch nie gehört hatte, und, jedenfalls von ihm (dessen Namen ich auch nicht wußte), gern hörte; in den Pausen habe ich mich immer abgesondert, ich wollte allein sein, wenn ich zwölf Stunden in dem Krach, dem Dreck mit den anderen Mädchen zusammensein mußte, dann wollte ich es nicht auch noch in den wenigen Minuten der Pause, wobei ich ohnehin wußte, was sie sich untereinander zu erzählen hatten. Außerhalb der Hallen hatte ich ein kleines Raseneckchen gefunden, wo ich mich gern niederließ, auch wenn es noch nicht so warm war, dahin folgte mir eines Tages der ausländische Junge, er blieb auch da, ich teilte mein Brot mit ihm, er teilte sein Wort, seinen Charme mit mir, und so konnten wir beide ein wenig aufatmen; aber der Frieden dauerte nicht lange, sobald meine Kolleginnen etwas davon spitz bekommen hatten, tratschten sie das auch weiter, und der Junge kam in eine andere Abteilung, eine ältere Frau holte darauf statt seiner die Büchsen ab; ich habe nicht gefragt und habe mich auch um keine anderen Freundschaften mehr bemüht, ich aß wieder allein, auf einem anderen Fleck, mein Pausenbrot.

Was meine Mutter vorausgesagt hatte, traf auch ein, bei einem der nächsten Angriffe, bei dem wir beide in der Fabrik waren, war das ganze Haus weg, kein Alt Brunsvig, kaum noch eine Kuhstraße, und wo wir unser Lager aufgeschlagen hatten, da war nur noch ein riesengroßes Loch und sonst gar nichts mehr; wir sind dann in unsere Gartenlaube auf dem Nußberg ausgewichen, das war angenehm, es war ja schon Frühjahr, es war warm, überall im Garten sproß und blühte es, die Natur scherte sich gar nicht um unsere Bomben und Häuser, es sah so aus, als wollte es ein warmer, heller Sommer werden, und da war es doch besser, im Garten zu wohnen als zwischen all den Schuttbergen, in Kellerlöchern oder klitzekleinen Mansarden. Wir waren unterdessen geübt im Ausgebombtwerden und wieder irgendwo provisorisch ein Lager Aufrichten, der Garten schien nun auch meiner Mutter Spaß zu machen: wir wachten im Grünen auf, wurden durch Vogelgezwitscher geweckt, hatten eine gute Luft, die auch gut roch, sahen uns die Bombenangriffe von ferne an, uns wuchs das Essen beinahe in den Mund, wir mußten es nur noch pflücken, es war wie im Schlaraffenland, fanden wir, wenn nur ..., wenn nur Onkel Theo das erleben könnte, ergänzte ich meine Mutter; es waren auch immer mehr Nachbarn unserem Beispiel gefolgt, die auch ihre Wohnung verloren hatten und nun ihre Schreberlaube zu einem möglichen Quartier erkoren, und beinahe war es lustig und gesellig wie in frühen Kindertagen mit den Nachbarn in der Laubenkolonie, mit denen wir teilten, wie wir auch früher mit ihnen geteilt hatten: einer brachte ein Teil von seinem frisch geschlachteten Kaninchen, wofür er von uns frische Kartoffeln bekam, ein anderer kam mit Eiern von seinen Hühnern und bekam Obst dafür; so hätten wir ein fröhliches Leben gehabt, wenn ...

Über unser kleines Paradies, wie wir unsere Gartenidylle nannten, in dem wir uns auch immer zu schaffen machten, wenn wir Zeit hatten, wenn uns die monotone Arbeit Zeit dafür ließ, in dem wir uns auch erholen konnten, von all dem anderen, wo meine Mutter wieder ein bißchen zu sich fand, unsere einzige Freude in dieser großen Trostlosigkeit, haben wir dann doch glatt meinen siebzehnten Geburtstag vergessen, was ich verschmerzen konnte, denn es war ja immer soviel in dem Garten zu tun, Sinnvolles, wie wir fanden, etwas, das mit uns selbst zu tun hatte, und wenn wir von der Arbeit im Garten müde waren, waren wir auch rechtschaffen müde und nicht nur kaputt und ausgelaugt wie von der Fabrikarbeit. Nein, wir hätten dort nicht weggehen sollen, wir hätten es wie unsere Nachbarn machen sollen, die sich ihre Lauben winterfest herrichteten und sich darauf eingerichtet hatten, den Winter über im Garten wohnen zu bleiben, aber wir hatten nichts dergleichen getan, wir hatten die Vorstellung, daß wir zum Herbst hin, wenn es kühler wurde, wieder in die Stadt ziehen wollten; hätten wir das nur gelassen, aber darüber jetzt zu jammern, ist ja zu spät.

Wir haben dann noch viel gemacht, in dem Garten: wir haben die Kirschen und die Erdbeeren gepflückt, von dem, was wir nicht gleich essen konnten, den Nachbarn etwas abgegeben und den Rest eingekocht; wir haben die neuen Kartoffeln ausgegraben, hatten Kopfsalat und junge Kohlrabis, was wir als Mittagessen köstlich gefunden hatten; wir haben die Beeren gepflückt, die Johannisbeeren, die Stachelbeeren und die schwarzen Johannisbeeren, wovon meine Mutter eine Grütze gemacht hatte, aber wir mußten auch davon etwas weggeben und einkochen; manchmal kamen auch Leute durch die Gärten, um etwas einzutauschen, damit sie etwas Frisches bekämen, und wenn wir Zucker bekommen konnten, haben wir dafür auch gern von unseren Früchten etwas abgegeben, denn dann konnten wir auch für uns wieder etwas einkochen. Im August gab es dann schon die ersten grünen Kläräpfel, die wir nicht einkochen konnten, die wir gleich immer verzehrt haben, was ja auch gut für die Zähne sein sollte; bald darauf wurden die gelben und die blauen Pflaumen reif, von denen wir so viele ernteten, daß wir gar nicht wußten, wohin damit; wir haben auch früher schon Bohnen und Erbsen gepflückt, die Erbsen ausgeschotet, von denen ich manchmal welche roh gegessen habe, so süß waren sie; wir haben Gurken abgenommen und Kürbisse, wir hatten Wirsingkohl und Butterkohl, wir haben Radieschen gezogen und Möhren, aber wir haben auch alles immer gleich wieder umgegraben und Neues angepflanzt oder ausgesät; spät haben wir noch die Birnen abgenommen und auch die lustigen roten Äpfel, haben die, die wir nicht essen, nicht verschenken, nicht eintauschen, nicht einkochen konnten, vorsichtig auf ein Regal gelegt in der Hoffnung, sie im Winter noch frisch haben zu können; wir haben die Kartoffeln aus der Erde genommen, die späten, die jetzt groß und fest waren und mehlig kochten, wie meine Mutter mir sagte; wir haben den Blumenkohl und den Rotkohl abgeschnitten und alle Beete neu bestellt, von denen wir etwas abgeerntet hatten, haben alles abgedeckt, zugesperrt, in Ordnung gebracht gehabt und hatten uns versprochen, auch zwischendurch immer wieder einmal nach dem Rechten zu sehen und vielleicht, wenn wir frei hätten, an einem Sonntag, an einem Wochenende wieder einmal in unserem Garten zu sein, auch wenn es kalt wäre, wir würden uns eben warm anziehen und den Ofen anheizen, auch wenn es schneien würde, wir würden uns über den Schnee freuen.

So haben wir gesprochen und überlegt, während wir unser Zimmerchen am Langendamm aufsuchten und traurig darüber waren, unseren Garten verlassen zu haben. Auf der Bank vor der Laube hatten wir in dem Sommer auch immer lange gesessen, wenn wir von der Arbeit, die der Garten ja auch machte, ein wenig ausruhen mußten, wenn wir dachten, wir könnten ein wenig miteinander reden, wobei bei meiner Mutter immer nur ein Tja herauskam, und dann noch einmal und noch einmal, dann ist sie aufgestanden und hat sich wieder im Garten betätigt, ich aber bin manchmal gern auf der Bank sitzen geblieben, habe in den Himmel geguckt, mit meinem Vater gesprochen, habe an alles gedacht, was ich kennengelernt hatte, überblickte auch stolz mein Werk, unseren Garten, und kam mir manchmal dabei vor wie Robinson Crusoe auf seiner Insel, der ja auch, nachdem er dahin verschlagen worden war, alles erst einmal für sich selbst wieder aufbauen mußte, was er bis dahin für sich als wichtig erkannt hatte. So kam es mir auch vor, wenn ich allein auf unserer Gartenbank saß und keiner mich störte, ich nirgendwohin mußte; bedauert habe ich nur, daß ich keine Bücher mehr hatte, dann hätte ich auch abends bei der Petroleumlampe noch ein wenig lesen können, so blieben mir nur meine Träume, meine Gedanken und Vorstellungen, die allerdings alle immer wieder schnell davonhuschten, ehe ich sie richtig greifen konnte, manchmal dachte ich auch daran, etwas davon aufzuschreiben, aber dann traute ich mich wieder nicht, weil ich meinte, mich damit lächerlich zu machen, aber vor wem lächerlich, es brauchte doch keiner zu wissen, es wäre doch nur für mich, damit ich es noch wüßte, wenn ich da mal nachschaute und vergliche; aber dazu kam es dann eben doch nicht.

Es war ein schöner Sommer in einer traurigen Zeit gewesen; den Weg in die Stadt ging ich ganz selbstverständlich, ohne irgendwelches Bedauern, bedauert habe ich allenfalls, daß nun der Weg in die Fabrik wieder weiter würde, vom Nußberg war es nicht weit und man brauchte ja auch nicht durch die Stadt, um in die Fabrik zu gelangen; bedauert habe ich auch, daß wir den Sommer nicht verlängern konnten, aber ich fand, ich hätte einen großen Vorrat davon in mich eingesogen und könnte mich in der Stadt davon in anderer Weise nähren, sei damit auch gefeit und gewappnet gegen irgendwelche Anfechtungen, was ja dann leider nicht so war. Der 1. Oktober war ein Sonntag, zu diesem Zeitpunkt hatten wir auch das Zimmer auf dem Langendamm Numero 10 gemietet, wir hatten wieder beide frei an diesem Sonntag, meine Mutter und ich, hatten uns freigenommen, freigeben lassen und das mit dem Umzug begründet; am Morgen waren wir noch in dem Garten aufgewacht, wir hatten dort gefrühstückt, dort auch noch zu Mittag gegessen, wir hatten auch noch ein wenig auf der Bank gesessen, unseren Früchtetee dort getrunken mit einem Stück selbstgebackenen Kuchen, und erst als es anfing, dämmrig zu werden, haben wir unsere wenigen, schon zusammengeschnürten Habseligkeiten genommen und sind in die Stadt marschiert; komm, hatte meine Mutter nur gesagt, und ich habe daraufhin gar nichts gesagt, nur genickt habe ich, nach Sprechen war uns nicht zumute, mir schien, als sei mir die Kehle zugeschnürt, so ungern habe ich unseren Garten verlassen, unser kleines irdisches Paradies, unsere Insel, unseren Fluchtpunkt, unser Sommerhaus, unsere warme, weiche Erde, unser friedliches Reich, unsere abgeschiedene Heimstatt (und ich hatte noch mehr liebevolle Ausdrücke für diese wenigen Quadratmeter Land, die ich aber alle lieber nicht mehr aufzählen will); aber es war ja nun einmal so beschlossen. Umgedreht habe ich mich nicht mehr, unterwegs hat keine von uns beiden geredet, meine Mutter habe ich seufzen hören, ohne daß sie das vielleicht selbst bemerkt hat, ich hielt mich still, war ganz in mich eingesunken.

Wir wurden freundlich aufgenommen, wir waren schon erwartet worden, das Abendessen sollte mit uns geteilt werden, wir hatten auch Früchte aus unserem Garten mitgebracht; es war eine Arbeitskollegin meiner Mutter, bei der wir uns eingemietet hatten, die uns ein Zimmer in ihrer kleinen Wohnung zur Verfügung gestellt hatte, eine laute, lustige, lärmige und für diese Zeit noch recht stattliche Person, die ich noch nicht kennengelernt hatte, obwohl wir ja in der selben Fabrik arbeiteten; obwohl wir alle drei dann am nächsten Morgen um fünf Uhr aus dem Haus mußten, wurde es noch ein langer, lustiger, gemütlicher Abend, an dem wir getratscht haben, als wäre weiter gar nichts und als ob das, was war, uns weiter gar nichts anginge, zum Schluß holte die Arbeitskollegin meiner Mutter noch etwas Wein aus einem Geheimdepot, so wurde der Abend auch feucht-fröhlich, und meine Mutter, was ich gar nicht von ihr kannte, ging immer mehr aus sich heraus, erzählte alberne Geschichten, machte Witze, fing an zu singen, so daß die Kollegin und ich sie schließlich drängen mußten, ins Bett zu gehen.

Die nächsten Wochen haben wir nur gearbeitet und uns kaum gesehen, und wenn wir uns gesehen haben, nur kurz, und dann sind wir auch gleich todmüde ins Bett gefallen; weder war ich, wie ich mir versprochen hatte, dazugekommen, nach dem Garten zu sehen, noch war ich in der Lage gewesen, wie ich es mir auch vorgenommen hatte, auf den Friedhof zu gehen und das Grab meines Vaters, wenn es noch existierte, für den Winter zurechtzumachen; alle waren bei uns in der Fabrik nervös, hinter jedem von uns stand einer oder eine und brüllte, daß wir schneller machen sollten, aber wir konnten nicht schneller machen, wir machten ohnehin alles schnell und ohne irgendeine Besinnung darauf, es wurde viel Ausschuß produziert, wahrscheinlich, weil alle so nervös gemacht wurden, man bildete sich bei der Betriebsleitung ein, daß Sabotage dahintersteckte und hetzte uns auch noch die Gestapo auf den Hals, die jeden einzeln befragte und verhörte und allen Angst einjagte. Aber dadurch wurde nichts besser, sondern eher alles schlechter, wir mußten noch länger arbeiten, als wir das ohnehin schon lange getan hatten, so lange, daß wir fast meinten, wir schliefen an unseren Maschinen ein, was einigen auch wirklich passierte, wobei sie in ihre laufenden Maschinen gerieten und sich bös verletzten, was auch wieder als Absicht und Sabotage ausgelegt wurde; die Mädchen heulten nur noch, hatten verweinte Gesichter, keine traute mehr der anderen über den Weg, alle waren gereizt, jede war irgendwie für sich allein, keine wagte einen Ton zu sagen, alle mußten das, was sie so hochbrachte, für sich behalten, in den Pausen hingen wir nur herum vor Erschöpfung, von allein wären wir nie wieder aufgestanden, wenn uns nicht immer wieder einer angetrieben, hochgescheucht hätte, wir wären sitzen und liegen geblieben, wären nie wieder aufgestanden, in diesem Leben jedenfalls überhaupt nicht mehr; aber immer war ja einer oder eine da, die sagten, los, weiter, hier wird nicht gefaulenzt, macht, daß ihr an die Arbeit kommt, schlappmachen gilt hier nicht, los, aufgestanden, die Pause ist vorbei, an die Arbeit, damit da etwas herauskommt, sonst setzt es was. Wenn wir nicht so erledigt gewesen wären, wenn wir nicht so müde, wenn wir nicht so ausgelaugt, so ganz und gar fertig gewesen wären, wenn auch nur noch ein ganz kleiner, ein winziger Funke von Leben in uns gewesen wäre, dann wären wir wohl explodiert, so aber ließen wir uns antreiben, anschieben, an die Maschine stellen, selber schon ein Bestandteil dieser Maschinen geworden, nie mehr davon loskommend, immer mehr damit verwachsend, und das ein ganzes Leben lang, tagein, tagaus, nichts anderes mehr, nur noch ein Teil der Maschine, Dose von links, Deckel von rechts, Hebel herunter, Hebel wieder hoch, Dose raus, neue Dose rein und immer so weiter, schrecklich, unvorstellbar, aber wir waren ja gar nicht mehr in der Lage, uns irgendwelche Vorstellungen zu machen, keine Sehnsüchte mehr, keine Hoffnungen mehr, keine Erwartungen mehr, nur noch müde, tot, jedenfalls mehr als lebendig, mechanisch, Teil einer Maschine, mehr nicht mehr.

Das ging zwei Wochen so, ich hatte Nachtschicht, ich weiß nicht mehr, was für eine Schicht meine Mutter hatte, es war Sonnabend, und wir arbeiteten durch bis Sonntag in der Früh, so war es jedenfalls vorgesehen, irgendwann gab es Alarm, wann gab es keinen Alarm, wir gingen in die Bunker und schliefen schon beim Gehen ein, es störte uns auch nicht, daß unaufhörlich geschrien wurde, los, Beeilung, macht mal ein bißchen schneller, sonst mache ich euch Beine, nein, wir schliefen da schon ein, Schlaf war kostbar, um so eher wir welchen bekamen, um so besser, wer weiß, wann dieser Alarm schon wieder vorbei war und wir wieder ein Teil der Mechanik werden mußten, wir schliefen im Gehen, wir schliefen im Stehen, und wir schliefen, kaum daß wir einen Platz zum Sitzen gefunden hatten, ausstrecken konnte man sich ja nirgendwo. Ich weiß nicht, wie lange wir geschlafen haben, oder gedöst, oder geträumt, oder einfach nur so eingedudelt, jedenfalls wurde heftig an mir gerüttelt, ich versuchte das abzuwehren, aber das ließ nicht locker, und ich mußte schlaftrunken meine Augen öffnen, oder wenigstens versuchen, sie aufzubekommen, ich sah jemand, den ich noch nie gesehen, den ich nicht einzuordnen wußte, den ich wohl groß und mit verschlafenen, verklebten Augen angeguckt habe, der aber einfach nur sagte, los, wach auf, ihr seid ausgebombt, deine Mutter läßt dir sagen, du möchtest gleich kommen, du bist doch die Johanna Braunschweiger; ich starrte ihn nur unentwegt an und sagte dann nach langem Reden und Rütteln, nachdem ich das endlich verstanden hatte, ach, Scheiße, schon wieder; nun muß ich sagen, daß ich das Wort meines Wissens nach nie zuvor gebraucht hatte, daß es mir einfach so herausgefahren ist, weil ich noch zu müde war, um etwas anderes zu sagen; immer wieder hatte ich das Wort, leichthin, bei jeder Gelegenheit gesprochen, von den anderen Mädchen gehört, ich hatte mich immer wieder bezwungen, es nicht zu gebrauchen, sooft es mich auch angekommen sein mag, es in bestimmten Situationen einfach so herauszuschreien, aber ich habe es nicht getan, diesmal war es das erste Mal, ich hatte mich nicht in der Gewalt, es ist einfach, ohne mein Zutun dazu gekommen, ich bitte das noch jetzt zu entschuldigen.

Langsam habe ich mich dann hochgerappelt, so schwer es mich auch ankam, ich bin dann hochgegangen, habe meine Maschine abgestellt, habe meiner Nachfolgerin für die Tagesschicht einen Zettel hingelegt, habe mich umgezogen und angeschickt, durch die Nacht in die Stadt zu laufen, als Erika sich mir anschloß, die auch eine solche Nachricht hatte und nicht mehr arbeiten wollte oder konnte oder sollte. Ich war auch noch beim Gehen müde, so sind wir wortlos in die Stadt marschiert, immer dem Feuerschein nach, der den Horizont erhellte. Erika, soviel hörte ich doch von ihr, wohnte nun, allein mit den Eltern in der Friedrich-Wilhelm-Straße, also gleich bei uns um die Ecke, so hatten wir den Weg gemeinsam, der uns beiden schwerfiel; wir haben als erstes bei Erika geschaut, wo nichts war, wo der Brand auf dem Dachboden schon gelöscht worden war, dann sind wir weiter gemeinsam zu uns gegangen, wo nichts mehr zu retten war, das Haus stand nicht mehr, war in sich zusammengesackt, es war sinnlos, noch nach Sachen suchen zu wollen, da war nichts mehr zu finden, wo meine Mutter war, wußte ich auch nicht, konnte ich nur vermuten, wenn sie angerufen hatte oder hatte anrufen lassen, dann lebte sie wohl noch, wenigstens etwas; wohin ich denn jetzt wolle, fragte Erika, ich war der Meinung, daß ich jetzt in den Garten gehen sollte, wo meine Mutter wohl schon auf mich wartete, am Langendamm könnte ich ja morgen noch mal gucken; Erika meinte, ich könne ja auch mit zu ihr kommen, da hätte ich es nicht so weit und wäre am Sonntag schon gleich wieder an dem Grundstück; mir war es in dieser Nacht gleich, so ging ich mit zu Erika, legte mich gleich in das mir zugewiesene Bett und schlief sofort ein.

Am Sonntagmorgen, nachdem wir aufgewacht waren, ohne etwas zu uns zu nehmen, sind Erika und ich gleich wieder zum Langendamm gegangen, um zu schauen, ob wir nicht doch noch helfen konnten, wir hatten uns auf alle Fälle diese Schicht noch freigeben lassen; wir fanden dann auch meine Mutter und die Arbeitskollegin, die beide in unserem Garten übernachtet hatten, und andere Leute, die ich nicht kannte, aber die wohl auch in dem Haus oder in dem nebenstehenden gewohnt hatten, und die auch noch versuchten, für sich etwas zu retten; die Nummer 10 war ganz hin, da war gar nichts mehr zu machen, bei dem anderen Haus schien noch etwas zu retten zu sein, da halfen wir, kletterten die halb in der Luft hängenden Treppen hinauf, warfen, was wir finden konnten, was sich noch als brauchbar erwies, hinunter, wurden kühner, stiegen immer höher, wie die Gemsen, warfen alles, was wir fanden, hinunter und versuchten dann, selber auch wieder hinunterzukommen, wobei wir unten aufgefangen wurden, weil die Treppen immer weniger hielten; es verlief sich dann alles oder ruhte sich aus. Erika war nicht mehr da, meine Mutter und ihre Kollegin waren auch verschwunden, ich fand mich mit einemmal, wo vorher noch viele Menschen umeinander gelaufen waren, allein; ein merkwürdiges Gefühl, überall rauchte es noch, die Steine waren noch heiß, und es war still, fast totenstill, so still, wie es auf dem Friedhof bei meinem Vater nie gewesen war, eine merkwürdige Stille, kein Geräusch, kein Schritt, keine Stimme, nichts. Ich war davon irritiert und fing an zu suchen, verirrte mich, stieß irgendwo an ein Kästchen, das offenstand und blinkte und mich in seinen Bann zog, hastig, wahrscheinlich um es nicht mehr sehen zu müssen, wickelte ich es in meinen Mantel und machte mich davon; ich suchte meine Mutter, aber meine Mutter fand sich nicht, ich suchte nach Erika, aber auch Erika ließ sich nicht finden, mein Mantel wurde mir mit seinem Inhalt heiß und schwer, und ich wollte es einfach nur loswerden, aber ich hätte auch zu gern vorher noch geschaut, was sich in dem Kästchen verbirgt. Ich lief dann in den Garten, dort, dachte ich, wäre ich allein, und ich hastete mehr, war getrieben mehr, als ich von mir aus rannte; atemlos kam ich im Garten an, begab mich in die Laube, ließ die Läden vor den Fenstern, machte die Petroleumlampe an, wickelte das Kästchen aus dem

Mantel und besah meinen Schatz; vielleicht darf ich mein Erstaunen in einem Gedicht ausdrücken, das ich von meinem Vater noch kenne, weil ich es anders nicht vermag:

> Wie kommt das schöne Kästchen hier herein?
> Ich schloß doch ganz gewiß den Schrein.
> Es ist doch wunderbar! Was mag wohl drinnen sein?
> Vielleicht bracht's jemand als ein Pfand,
> Und meine Mutter lieh darauf.
> Da hängt ein Schlüsselchen am Band:
> Ich denke wohl, ich mach es auf!
> Was ist das? Gott im Himmel! Schau,
> So was hab ich mein Tag nicht gesehn!
> Ein Schmuck! Mit dem könnt eine Edelfrau
> Am höchsten Feiertage gehn.
> Wie sollte mir die Kette stehn?
> Wem mag die Herrlichkeit gehören?
> Wenn nur die Ohrring meine wären!
> Man sieht doch gleich ganz anders drein.
> Was hilft Euch Schönheit, junges Blut?
> Das ist wohl alles schön und gut,
> Allein man läßt's auch alles sein;
> Man lobt Euch halb mit Erbarmen.
> Nach Golde drängt,
> Am Golde hängt
> Doch alles! Ach, wir Armen!

So fühlte ich mich auch. Dann kam meine Mutter herein, sah die Bescherung, schimpfte mit mir, ich solle das sofort wieder zurücktragen, was ich ja auch tun wollte, was ich auch getan habe. Und den Rest kennt man ja schon. Ach, wir Armen.

Vielleicht darf ich nun zum Schluß meines kleinen Berichtes doch noch einige Worte hinzufügen: ich weiß ja, daß ich sterben muß, das Gnadengesuch ist abgelehnt worden, auch wenn es mir noch niemand gesagt hat, so spüre ich es doch, daß ich verloren bin;

alles, in der letzten Zeit, und es ist ja alles noch gar nicht so lange her, ist an mir vorübergerauscht: die Verhaftung, die Gerichtsverhandlung, alles war wie in einem Traum; ich wußte wohl gleich, daß ich zu einem Opfer auserkoren war, aber warum und wofür ich geopfert wurde, geopfert werden soll, das hat mir keiner gesagt, ist mir auch nicht deutlich geworden; ich bin bereit, diesen Opfergang auf mich zu nehmen, nur, wofür mag er ein Zeichen sein, ein Fanal? Wird dann alles besser, für alle Menschen, ist alles gesühnt, sind alle Schandflecken weggetilgt, ausgewaschen, ist alles wieder sauber, wieder ansehnlich geworden; oder ist es so, wie ich befürchte, daß auch dieses Opfer ein sinnloses ist, untergehend, nicht wahrgenommen, kein Zeichen für auch nur irgend etwas?

Es ist nicht wahr, ich bin keine Hexe, ich war keine Hexe und will auch keine gewesen sein, ich habe niemanden verhext, ich habe niemanden verzaubert, niemanden bezaubert, habe mich niemandem verschworen, war in keinem Geheimbund; es ist aber wahr, daß ich viel allein gewesen bin, daß ich auch gern allein gewesen bin, daß ich in meinen Träumen, in meinen Gedanken, in meinen Büchern und Bildvorstellungen für mich gelebt habe, ohne beinahe etwas außerhalb von mir richtig wahrzunehmen, vielleicht wäre es richtiger gewesen, an all den Entwicklungen mehr beteiligt sich zu empfinden und zu zeigen, aber wie hätte ich das machen sollen, ich weiß es nicht; es kann doch nicht sein, daß mein Aussehen, meine Haare, die Brille, der Name, mein störrisches Wesen eine Rolle gespielt haben sollen.

Hat man mich schon lange beobachtet, hat man alles in ein großes Buch eingetragen und dann alles zusammen gegen mich verwendet; hat man auf mich gewartet, schon lange, schon immer, und war dann froh, mich nun endlich haben zu können; ist alles aufgezeichnet, eingetragen worden, von Anfang an, was ich gesagt habe, was ich getan habe, was ich nicht gesagt habe, was ich nicht getan habe, und alles dann gesammelt und gegen mich verwendet worden?

Wo sind meine Zeugen, die für mich aussagen können, die für mich ausgesagt hätten, die für mich ein Wort hätten einlegen können: mein Vater, den ich geliebt habe, den ich verehrt habe, dem ich alles geglaubt habe, der mich gezeugt hat, wie er immer gesagt hat, der mich erzogen hat, wie meine Mutter gesagt hat, für den ich alles getan habe, alles, was ich nur konnte, was in meiner Macht stand, in meinen kleinen, schmalen Händen liegen konnte; wo sind die Glocken, die Glocken von St. Magni, die mich gerufen haben, die mich in ihren Klang eingeweiht hatten, mit denen ich singen und klingen konnte, der Gesang, der Klang von all dem aus unserem Viertel, wo ist er hin, alles weg, zerschmolzen, eingeschmolzen, für etwas anderes verwendet, nicht mehr da, für mich jedenfalls nicht mehr da, aber die Glocken könnten doch für mich zeugen, warum tun sie es denn nicht? Wo ist meine Großmutter aus Peine, von der ich doch alles gehört hatte über meinen Vater, die mich verstehen gelehrt hatte, was ich dann auch verstand; wo ist meine Tante aus Apelnstedt, die immer so fürsorglich um mich herum war, die mich über manches hinweggebracht hat, ohne daß ich das bemerkte, sie ist nicht mehr da, sie schweigt; wo ist der Junge aus dem Hannöverschen, der so schöne Briefe schreiben konnte, er ist auch nicht mehr da, es kommen keine Briefe mehr von ihm; wo ist Onkel Theo, der Gerechte, der Strenge, der Mahnende, der dann doch immer wieder nachgab, ein Auge zudrückte, es nicht so ernst nahm, mich bei seiner Hand nahm und Gnade vor Recht walten ließ; wo ist Erika, die doch immer da war, immer dabeigewesen ist, die ich von klein auf gekannt habe, die munter war und vorwitzig und frech, die immer damit durchgekommen war, lebt Erika noch; und wo ist die Köchin, die gute, alte, dicke Köchin, an deren Busen es so weich und warm war, hoffentlich habe ich ihr zu dem vielen anderen Kummer, den sie immer um alles hatte, nicht noch einen neuen hinzugefügt; wo ist der Garten, wo sind die Dahlien, die ich so gern gehabt habe, blühen sie noch, die weiten, weitgefächerten Blüten, die immer noch den ganzen Sommer darin enthielten; wo ist die Tasche meines Vaters, die ich immer, fast immer bei mir getragen habe, nun ist sie nicht mehr da; wo ist das Grab, die Bank, wo sind die Bücher, wo ist all das geblieben; steht keiner auf und sagt etwas für mich, kann keiner mich retten, sind alle stumm, gibt es nur Zeugnisse wider mich, kein gutes Wort, kein Hinweis, niemand, der zu mir steht?

Die Liebe zwischen Mann und Frau habe ich nicht erfahren, ich weiß nicht, ob mir das geholfen hätte, wenn ich einen Freund, einen

Mann, eine Liebe gehabt hätte, das kann ich jetzt so sagen, aber vielleicht wäre da doch jemand gewesen, der mir beigestanden wäre, der verhindert hätte, daß ich jetzt hier so bin, der mich vor mir selbst gerettet hätte, ich weiß es nicht. Mutter, bitte verzeih mir, ich habe dir großen Kummer bereitet, ich bitte dich, mir zu verzeihen, wir waren die letzte Zeit viel zusammen, wir haben nicht viel miteinander geredet, das stimmt, aber wir waren uns doch nahe, so nahe, haben alles miteinander getragen, hatten es schwer, haben uns aber auch, so finde ich, aneinander erleichtert, manchmal auch sogar ein wenig gefreut, jetzt habe ich dich in einen so großen Kummer gestürzt, der wohl nie mehr zu heilen ist, ich gehe ja weg, du mußt aber noch bleiben, wird deine Narbe jemals verheilen; Mutter, liebe Mutter, ich habe dich vernachlässigt, ich habe dir weh getan, bitte verzeih mir das alles, wenn du das kannst.

Ich heiße Johanna, so will ich auch weiterhin heißen, das ist das einzige, was mir bleibt.

Mir ist kalt, ich bin müde, ich muß gehen.

Die Mutter:

Johanna ist mein Kind.
Johanna ist mein einziges Kind.
Johannas Vater ist früh nach einem Unfall gestorben.
Johanna und ich leben allein.
Sie sorgt für mich, ich sorge für sie.

Johanna habe ich unter Schmerzen geboren.
Kinder werden unter den Schmerzen der Mütter geboren.
Die Schmerzen machen mit, daß die Mütter an ihren Kindern hängen.
Sie ist doch mein Kind, mein einziges Kind.
Etwas anderes habe ich nicht mehr.
Sie ist und war meine Sorge.

Welche Sorgen, so ein Kind. Daß sie genährt werden konnte ...
Daß sie gekleidet wurde ...
Daß sie es warm hat und nicht friert ...
Meine frierende Tochter,
komm doch zu mir, daß ich dich wärme.
So eine Sorge, die einzige Sorge,
solch eine Sorge, die einen am Leben erhält.

Johanna, wofür wirst du geopfert?
Warum nehmt ihr nicht mich?
Wofür wird solch ein junges Leben geopfert?
Es hat doch alles gar keinen Sinn.
Johanna, meine Sorge.
Geh nicht, bleib bei mir.
Gnade.

Der Richter

Bollwerk

Der Richter:

Es geht doch nicht darum,
darum geht es doch nicht,
hier ein Exempel zu statuieren.
Aber wir haben doch andere Aufgaben.
Unsere Aufgaben sind weiter und höher zu sehen.
Der Staat.
Gewiß.
Ein Wesen.
Ein höheres Wesen.
Wir müssen die Unordnung eindämmen.
Wir dürfen nicht geschehen lassen, was nicht geschehen soll.
Wir müssen dem Staate geben, was des Staates ist.
Dafür sind wir da.
Wir müssen auch weiter sehen.
Der Staat existiert immer, auch wenn wir nicht mehr sind.
In welcher Ordnung auch immer.
Der Einzelne, der ist nichts, ein beliebiges, vergehendes Nichts; der kann
geopfert werden.
Aber der Staat besteht weiter.
Unser Urteil dient dem Staat.
Es wird vor der Geschichte bestehen können.
Der Delinquent sollte freudig bereit sein,
sich diesem zu opfern.
Gnade kann keine gewährt werden;
dies nachdrücklich in aller christlichen Demut.

Bin alt. Bin doch schon alt. Bin doch uralt, schon sehr alt, obwohl ich mich natürlich, selbstverständlich, jünger fühle als ich nach den Jahren zähle: keine Gebrechen, kein Zipperlein, keine kleinen Wehwehchen, keine Bewußtseinstrübungen, keine Schlaganfälle, keine plötzlichen Herzstillstände, O nein, das nicht, das alles nicht, auch kann ich noch alles essen und trinken, habe einen guten Appetit, keine Verdauungsstörungen, höre noch alles, sehe noch alles, brauche keine Brille, habe noch alle Zähne, kein falsches Gebiß, brauche ich alles nicht, kann mich an alles erinnern, weiß noch alles, als ob es gestern gewesen wäre, steht mir noch alles deutlich vor den Augen, habe ich noch alles im Gehör, kann ich alles noch riechen, der Duft, wie es war, wie es gewesen ist, wie gestern, wie heute, wie gerade eben, als sei es jetzt, zieht alles an mir vorbei, ohne mein Zutun, einfach so, keine Möglichkeit, es anzuhalten, gar keine, zieht einfach so an mir vorbei, nicht zu stoppen, nicht anzuhalten, abzuschalten, auszuknipsen, und wenn es vorbei ist, fängt es von vorne an, läuft immer so weiter, unaufhörlich, immer so weiter, keine Möglichkeiten, da jedenfalls nicht. O ja, Schlaf brauche ich keinen mehr, wach bin ich immer, soweit man das wach sein nennen kann, habe soviel geschlafen, mein Leben verschlafen, mein ganzes Leben lang geschlafen, ohne aufzuwachen, nun bin ich wach, scheine ich wach zu sein, wachbleiben zu müssen, komme ich ohne Schlaf aus, fast ohne Schlaf aus, der Schlaf meidet mich, der Bruder des Todes, meidet mich, läßt mich nicht schlafen, brauche es auch wohl nicht mehr, liege so da, halb wach, halb schlafend, nicht träumend, kaum träumend, wachträumend, schlafträumend zieht alles an mir vorbei, wie es war, steht dicht vor mir, als ob es gestern, als ob es heute gewesen wäre, als ob es gerade eben sei, nicht faßbar, nicht greifbar, doch deutlich, bildlich vor mir, so nahe, so bewegt, so bewegend, so ist das, bin eben doch schon alt.

Eine Stadt, doch, erst eine Stadt, Häuser, viele Häuser, schöne Häuser, feine, breite Straßen, ein Schloß, Kirchen, Paläste, ein Fluß, umrundet die Stadt, Wälle, was man so nennt, Grün, viel Grün, Friedhöfe, Alleen, Bäume, Parkanlagen, eine Stadt: nicht klein, nicht groß, aber immerhin, Braunschweig, Hort der Welfen, habe ich immer geliebt, meine Stadt, unsere Stadt, eine Stadt wie jede andere, keine Stadt wie jede andere, eine alte Stadt, alte Häuser, alte Anlagen, Traditionen, Gebräuche, Sitten, alles alt, überliefert, immer noch im Gebrauch, von Mund zu Mund, von Hand zu Hand, Residenz, Schloß, war alles schon da, habe ich gesehen, habe ich erlebt, gelebt, ist nicht mehr, ist eine andere Stadt geworden, ist nicht mehr meine Stadt, ist nicht mehr die Stadt, die ich kenne, die ich gekannt habe, in der ich lebe, in der ich gern gelebt habe, alles weg, alles nicht mehr da, hat sich verändert, nicht mehr wiederzuerkennen, ist nicht mehr schön, kein Stein auf dem anderen, nichts ist so geblieben, wie es war, oh, Braunschweig, schönes Braunschweig, Brunsvig, Brunsvic, Brunswig, Brunsvico, Brunswicensis, Brunsvicenses, Ort der Brunonen, Hort der Welfen, wo bist du geblieben, mein geliebtes, altes Braunschweig, bist nicht mehr da, nie mehr da, nicht mehr wiederzufinden, nie mehr wiederzufinden, einfach nicht mehr da. Hab dich nur zweimal verlassen, bin immer zurückgekehrt, bin immer wiedergekommen, habe dich nicht im Stich gelassen, habe vier Epochen durchschritten, viele Epochen gesehen, bin immer wiedergekommen, aber du, meine Stadt, meine alte Stadt, Braunschweig, bist nicht dieselbe geblieben, die du einst warst, im Kern immer noch bist.

Das Reich, das zweite Reich, das deutsche Reich war schon da, als ich geboren wurde, war schon vierzehn Jahre da, als ich zur Welt kam, zur Welt gebracht wurde, geboren wurde, zweimal nicht da, vier Epochen, viele Epochen gesehen, deutsches Reich, deutsches Volk, aber davon später noch mehr.

Ein Platz. Eine Allee. Bäume. Lessingallee. Ein Haus, mein Haus, unser Haus, meines Vaters Haus, der war aber nie da, den habe ich nie gesehen, habe ich erst später gesehen, dafür aber Frauen, viele Frauen, immer viele Frauen, von Anfang an viele Frauen um mich herum: eine, die mich genährt hat an ihrem weichen, warmen Busen; eine, die mich gewiegt hat, überall herumgetragen; eine, die musiziert hat, mich mit ihren Liedern in den Schlaf gesungen hat; eine, die mich gekleidet, mich gebadet, meinen Dreck weggemacht hat; eine, die mich gelehrt hat; eine, die streng war; eine, die nah war; eine die unnahbar war; eine, die um mich herum war; eine, die fern war, die nie da war, die schön war, die ich bewundert habe, so fern sie war, so habe ich sie bewundert, von Anfang an – und geliebt habe ich sie, alle habe ich sie geliebt, die Alten, die Jungen, die Schönen, die Scheuen, alle habe ich geliebt, immer, alle, von Anfang an, von allem Anfang an. Aber der Vater war nie da, war erst später da, habe ich erst später gesehen, habe ich erst spät kennengelernt, war ein fremder Mann, ein seltsamer Mann, ein rechtlicher Mann, ein frommer Mann, ein sich gerade haltender Mann, ein schweigsamer Mann, ein wortkarger Mann, ein mit Worten geizender Mann, ein Mann, dessen Wort etwas galt, wenn er ein Wort aus sich herausbrachte, aber meistens war er stumm, war auch bald wieder weg, war nie da, war selten da, war immer unterwegs, war nur von fern da, war nur dem Wort nach da: Dein Vater, werden wir mit deinem Vater drüber sprechen müssen, wird man mit deinem Vater besprechen müssen, muß man hören, was dein Vater dazu sagen wird. Wenn er da war, war er auf seinem Zimmer, in seinem Arbeitszimmer, ging alles stumm herum, war leise, war still, trat leise auf, traute sich nicht, eine Bewegung zu machen, schloß die Türen sanft, lachte nicht, sang nicht, kicherte nicht, aber sobald er weg war, war es wieder laut, wurde wieder gesungen, wurde wieder gelacht, gekichert, geschwatzt, wurden die Türen geschlagen, war Leben im Haus, war alles wieder munter und vergnügt, vergnügter als zuvor. Aber manchmal war es auch laut, wenn er anwesend war, dann stand er fast stumm unter der Menge der festlich gekleideten Leute herum, gab die Hand, verbeugte sich leicht, ließ den Blick in die Runde schweifen. Meine Mutter, sonst so fern, saß am Klavier, sang, bekam Beifall, plauderte, war heiter, ging mit allen Leuten herum, sah schön aus, waren alle schön angezogen, alles roch gut, Blumen, lauter Blumen, überall war alles mit Blumen dekoriert, viele Leute, schön angezogene Leute, festlich gestimmte Leute, waren heiter, plauderten, gingen herum, hatten ein Glas in der Hand, saßen herum, überall herum, und ich mitten drin, Frauen, Männer, Junge, Alte, wurde gesehen, beachtet, auf den Arm genommen, herumgetragen, bekam Freundliches gesagt, liebte die Frauen, die schönen Frauen, die jungen Frauen, die älteren natürlich auch, alle Frauen, immer, überall, wo ich sie finden konnte, später auch, ja ja. Und Musik, das Haus war voller Musik, es wurde unentwegt gesungen, immer musiziert, ununterbrochen Musik gemacht, war von unten bis oben voller Musik, außer, natürlich, wenn der Vater da war, in seinem Zimmer saß, alles leise sein mußte, er arbeitete dann natürlich nicht, aber sonst war alles immer, unentwegt, ununterbrochen voller Musik, voller, süßer, leichter, leichtfertiger Musik, die ich eingeatmet habe, mit der ich aufgewachsen bin, die zu den Frauen gehört, die ich liebe, geliebt habe, immer lieben werde.

Die ersten Unterrichtungen, die offiziellen, fanden in meinem Zimmer statt, natürlich Musik, natürlich durch eine Frau; wie habe ich sie geliebt, die mit mir las, mit mir schrieb, mit mir auf dem Globus die Welt ertastete, die mit mir spielte, die mit mir durch die Stadt ging, die mich in allem zu belehren versuchte, die immer da war, die nebenan schlief, zu der ich flüchten konnte, bei der ich mich wärmen konnte, wenn ich es allein nicht mehr aushielt, und wer hält es allein schon mit sich aus, heißt es denn nicht, der Mensch solle nicht allein bleiben. Alles war natürlich Unterrichtung, Belehrung, Anschauung, denn nur die Dinge, die einen anschauen, die einem zulächeln, die einen etwas fragen, die sieht man ja auch, nur die nimmt man wahr, von denen lernt man etwas, unentwegt also wurde mit mir gesprochen, wurde ich befragt, auf etwas hingewiesen, sah mich etwas, nahm ich etwas wahr, so müde wurde ich davon, so voll, so schwer, so vollgepfropft mit all den Süßigkeiten, Naschereien, Naschwerken, Kuchen, Keksen, Früchten der Weisheit und der Wahrheit, daß mir ganz schummrig wurde, daß mir schlecht wurde, daß ich nicht mehr konnte, daß ich nicht mehr mochte, daß ich weglaufen wollte, aber nicht wissend, wohin, mich dann an den nächstbesten Busen rettete, zu retten versuchte, bis es weiterging, bis es von neuem begann, bis ich wieder nicht mehr konnte und immer so weiter.

Sonntags war der Vater da, sonntags war er würdig da, sonntags war er dunkel, feierlich da, saß stumm herum, wartete auf uns, auf all die Frauen im Haus, die nie mit sich zurechtkamen, die immer die Zeit vertrödelten, die ihn warten ließen, auf die er warten mußte, die gezückte Taschenuhr in der Hand, ein Auge darauf, das andere die Treppe hoch, wann denn nun endlich sein gesamtes weibliches Gefolge so weit sei, daß man gehen könne. Wir gingen sonntags natürlich, selbstverständlich, anders habe ich das gar nicht kennengelernt, von klein auf, in die Kirche, gemessenen Schritts, der Vater vorne weg, wir anderen hinterher, das Gebetbuch in der Hand, strebten wir der

Kirche zu, hatten eine eigene Bank, Vater hat alle gekannt, alle standen dann um ihn herum, waren in ernsten, würdigen Gesprächen vertieft, haben mich nicht beachtet, ließen mich so laufen, ließen mich bei den Frauen, die auch andere Frauen kannten, bei denen sie dann herumstanden, mit ihnen sprachen, sie reden ließen, mich warten ließen, mich nicht beachteten, von mir keine Notiz nahmen, mich nicht bei der Hand nahmen, mich gehen ließen, wohin auch immer ich wollte, aber ich wollte doch nirgendwohin, wollte bei ihnen sein, wollte beachtet sein, geliebt werden, wollte merken, daß man mich bemerkt, aber beim und nach dem Kirchgang wurde überhaupt gar keine Notiz von mir genommen; so war das.

Dann hat sich das formalisiert – wann hat sich das formalisiert? –, dann war ich mit einem Male ein großer Junge, dann hatte ich eine Uniform, eine Schüleruniform, die Unterrichtungen fanden nicht mehr auf meinem Zimmer, sondern auf einem Gymnasium statt, auf einem feinen, vornehmen Gymnasium, dem ältesten Gymnasium der Stadt, es war keiner mehr da, der mich geliebt hätte, den ich hätte lieben können, es waren Jungen da, in Uniform, wie ich, mit Mütze, in Bänken, mit Professoren, würdigen Herren, die wie mein Vater aussahen, ernst und würdig waren, vom Kaiser, von Deutschland, von Braunschweig, dem Land, den Welfen, den Herzögen, von anderem erzählten, das wir lernen mußten, das wir wissen mußten, das wir können mußten, wozu wir da waren:

»Wem der gewaltige Gegensatz zwischen Einst und Jetzt voll zum Bewußtsein kommt, der wird zugleich von der Überzeugung durchdrungen, daß das neue Staatswesen wert ist, erhalten zu werden, und daß es eine der ganzen Kraft des Mannes würdige Aufgabe ist, an der Erhaltung und ruhigen Weiterentwicklung dieses Staatswesens mitzuarbeiten. Daß dem Lehrer in der Darstellung jener Verhältnisse einer unerfreulichen Vergangenheit die größte Freiheit gestattet werden muß, ist selbstverständlich; ebenso selbstverständlich aber ist es, daß nur derjenige zum Lehrer unserer Jugend berufen ist, der treu und aus vollster Überzeugung auf dem Boden der Monarchie und der Verfassung steht. Ein Anhänger radikaler Utopien ist als Lehrer der Jugend ebensowenig zu brauchen wie in den Geschäftsstuben der Staatsverwaltung. Der Lehrer ist nach seinen Rechten und nach seinen Pflichten in erster Linie Beamter des Staats, und zwar des bestehenden Staates. In einer lebhaften Betätigung dieser seiner Stellung und seiner Aufgabe würde der Lehrer zum großen Teil wenigstens schon das geleistet haben, was von ihm verlangt wird, um die Jugend tüchtig zu machen gegen alle umstürzlerischen Bestrebungen. Was weiter dazu gehört, eine rege Pflege der Charakterbildung, des selbständigen Denkens und Urteilens, soll heute unerörtert bleiben, ebenso, inwieweit unsere Lehrerschaft der hier skizzierten Aufgabe schon jetzt nachkommt. Davon ein andermal. Aber daran kann doch im Ernst niemand denken, daß die Lehren der Sozialdemokratie in der Schule im einzelnen erörtert und etwa durch autoritäre Äußerungen oder freie Diskussionen widerlegt werden sollen. Wer zu einem klaren Verständnis von dem Wesen des Staates, von dem Werden und den Fortschritten unseres Staates durchdrungen ist, der wird imstande sein, das Ungereimte, das Verwerfliche und Gefährliche der sozialdemokratischen Theorie und Praxis zu durchschauen, der wird es als seine Pflicht erkennen, mannhaft seinen Platz in den Reihen derer zu behaupten, welche unseren Staat gegen feindliche Angriffe, wie von außen, so im Innern, verteidigen. Der Staatsverwaltung höchste Aufgabe bleibt es, durch verständnisvolles Entgegenkommen auf dem Gebiet der öffentlichen Wohlfahrt und Freiheit sich die Sympathien aller gemäßigten und einsichtsvollen Elemente dauernd zu erhalten.«

Gegen die Schule hatte ich nichts, gegen die Uniform hatte ich nichts, gegen den Sport hatte ich nichts, warum hätte ich auch etwas dagegen haben sollen, ich wuchs mit Knaben auf, die, wie ich, zu jungen Männern heranwuchsen und die Schule als unabänderlich einfach hinnahmen, die den Sport gern hatten gegen die anderen öden Stunden, die die Uniform gern trugen, stolz darauf waren, sich gern, wie ich auch, darin zeigten; was mich schmerzte, ein wenig schmerzte, ein ganz klein wenig in mir drinnen schmerzte, war, daß die Frauen, die ich doch liebte, die ich gern hatte, deren Nähe ich suchte, in deren Nähe ich mich aufgehoben wähnte, für mich nun so weit entfernt waren, daß ich mit niemandem über diesen Verlust reden konnte, ihn für mich allein tragen müßte, keiner mir half, keiner da war, niemand, außer, natürlich, die Knaben, die Gefährten, die wild waren, die roh waren, mit denen ich wild und roh sein konnte, die Zartheit des weiblichen Geschlechts entbehrend, ein Trost, ein schwacher Trost, aber immerhin ein Trost.

Sehnsüchte, ja, Sehnsüchte, die blieben, die waren unbestimmt, die waren nicht deutlich, die waren aber da, waren immer einfach da, blieben nie weg, waren ständig da; das Theater, na ja, das Theater war kein Ersatz, half nicht, war schön, war wichtig, da bin ich immer hingegangen, immer, wenn ich konnte, bin ich in das Theater, ob es gebilligt wurde, ich weiß es nicht, ich habe nicht gefragt, habe nichts gesagt, war ständig im Theater zu finden; das stimulierte die Sehnsüchte natürlich noch mehr, heizte sie an, erinnerte auch daran, wie es gewesen war, wie es nicht mehr war, wie es sein konnte, ließ wünschen, hoffen, ließ einen darauf harren, älter zu werden, in den Genuß der Frauenliebe zu gelangen, nicht mehr warten zu müssen, immer hoffen zu müssen, immer schauen zu müssen, von weit her, von oben, vom Rang, vom Olymp, von den billigen Plätzen, auf schöne Frauen, auf raffinierte Toiletten, Frisuren, Beleuchtung, Kostüme, Bilder, Gesänge, Musiken, Couplets, und schließlich dann gaffend stehend an den Hinterausgängen, an den Bühneneingängen, wartend auf die Angebetete, enttäuscht, schockiert, erfreut, sie so nah zu sehen, einen Handkuß von ihr zu erhaschen, so in die Menge geworfen, die Augen blitzend, über Ovationen und Gaben erfreut, was für eine Welt, was für eine Welt, zauberhaft, reizend, gar nicht zu sagen, wie das war, wie das gewesen ist, alles dahin, alles nicht mehr da, alles wie weggeblasen.

Und dann die Jahrhundertfeier, was für ein Prunk, was für ein Glanz, welch ein Aufwand, was für Uniformen, welch eine Gala, überall wurde gefeiert, was wir nicht alles von diesem neuen Jahrhundert erwartet haben, welche Erwartungen wir gehegt haben, ich weiß es nicht mehr, ich habe erwartet, mit meinen fünfzehn Jahren, daß ich endlich eine Freundin haben könnte, eine nette, kleine, hübsche, zärtliche Freundin, ganz für mich, nur für mich, für sonst niemanden, immer für mich da, für sonst niemanden.

»Vollendet ist das Jahrhundert, dessen Beginn das Vaterland in seiner tiefsten Erniedrigung sah, dessen Ausgang gekrönt ist durch die Wiedererstehung von Kaiser und Reich! Unter den Schlägen des

Eroberers war das Deutsche Reich zusammengebrochen, dahingesunken die Macht Preußens, vernichtet das Heer des Großen Königs, welches einer Welt in Waffen siegreich Trotz geboten hatte. Wohl hatte nach sieben unvergessenen Leidensjahren Preußen in wunderbarer Erhebung mit der ganzen Kraft eines zur Verzweiflung gebrachten Volkes die Ketten der Fremdherrschaft zerbrochen und damit Deutschland sich selbst wiedergegeben; wohl hatte in dem Befreiungskampf sein neu erstandenes Heer ungezählte Ruhmeskränze um seine Fahnen gewunden: der höchste Lohn für seine opfervolle Hingebung blieb dem Vaterland versagt, unerfüllt das unauslöschliche Sehnen nach Deutschlands Einheit. Hadernd und entfremdet gingen die deutschen Stämme nebeneinander her, Deutschland blieb gering im Rate der Völker.

Endlich ließ Gott ihm die Männer erstehen, die das auf blutgetränktem Schlachtfeld begonnene Einigungswerk zur Vollendung führten. Heute steht das gemeinsame große Vaterland, geschirmt durch sein von einem Geiste beseeltes Heer, machtvoll, ein Hort des Friedens, da.

Dankerfüllten Herzens richtet sich an diesem Wendetag des Jahrhunderts Mein Auge zu dem Thron des Allmächtigen, der so Großes an uns getan hat; zu Ihm stehe Ich mit Meinem Volk in Waffen, daß er auch in Zukunft mit uns sein möge.«

Paraden, Ansprachen, Festivitäten, auch wir Schüler marschierten selbstverständlich mit, vom Geist der Zeit erfüllt, ohne zu fragen, ohne Zweifel, wen hätten wir auch fragen, an was hätten wir denn zweifeln sollen, an uns doch nicht, das hatten wir doch alles gar nicht gelernt, wo und von wem hätten wir das auch lernen sollen.

Und dann hatte ich einen Schatz, ich machte mein Abiturium so lala, und dann ging es zu den Husaren. Ich hatte einen Schatz, der war warm, der war weich, mit dem ging ich Hand in Hand, der wartete auf mich, an den konnte ich mich lehnen, wenn ich wollte; die Schule lag hinter mir, sie hatte keinen nachhaltigen Eindruck hinterlassen, die wollten wir alle so schnell wie möglich vergessen, die Bücher wurden verkauft oder verschenkt oder kamen in die hinterste Ecke, diese Uniform wurde durch eine andere ersetzt, eine bessere, eine schönere, eine schmuckere; und dann gab es etwas Warmes, Festes, Kräftiges unter dem Hintern, ein Pferd, einen Schatz, einen anderen Schatz, reiten, sich wiegen, sich bewegen, sich halten, locker lassen, das Pferd halten, Künste, die ich nicht konnte, dort aber lernte, braunschweigisches Husarenregiment Nr. 17, seit 1884, seit der Regentschaft des preußischen Prinzen Albrecht, unter preußischer Militärhoheit, ich fand das in einer anderen, neuen Welt.

»Ihr seid hier aus allen Teilen meines Reiches zusammengezogen, um eurer Militärpflicht zu genügen, und habt eben an heiliger Stätte eurem Kaiser Treue geschworen bis zum letzten Atemzug. Ihr seid noch zu jung, um das alles zu verstehen, ihr werdet aber nach und nach damit bekannt gemacht werden. Stellt euch dies alles nicht zu schwer vor und vertraut auf Gott, betet auch manchmal ein Vaterunser, das hat schon manchem Krieger wieder frischen Mut gemacht.

Kinder meiner Garde, mit dem heutigen Tage seid ihr meiner Armee einverleibt worden, steht jetzt unter meinem Befehle und habt das Vorrecht, meinen Rock tragen zu dürfen. Tragt ihn in Ehren. Denkt an unsere ruhmreiche vaterländische Geschichte; denkt daran, daß die deutsche Armee gerüstet sein muß gegen den inneren Feind sowohl als gegen den äußeren. Mehr denn je hebt Unglaube und Mißmut sein Haupt im Vaterlande empor, und es kann vorkommen, daß ihr eure eigenen Verwandten und Brüder niederschießen oder -stechen müßt. Dann besiegelt die Treue mit Aufopferung eures Herzblutes. Und nun geht nach Hause und erfüllt eure Pflichten.«

Schulkameraden waren wieder dabei, waren wie andere auch im Kasino dabei, hatten ein Liebchen, lernten das Trinken, wenn sie es nicht vorher schon gekonnt hatten, lernten das Rauchen, wenn sie es nicht vorher schon heimlich versucht hatten, lernten sich in Uniform bewegen, lernten, daß die Offiziere die besseren Menschen seien, alle bürgerlichen oder Zivilverhältnisse waren perhorresziert, wir lernten mit dem Säbel über dem Pflaster zu klirren, lernten Schampus saufen, Geld ausgeben, welches wir nicht hatten, über unsere Verhältnisse leben, die wir nicht kannten, unsere Mütter mußten uns immer aus ihrer Schatulle etwas zustecken, sonst hätten wir nicht mithalten können, was wir natürlich wollten und sollten. Male ich ein falsches Gemälde? Ach nein, es war schon so, es wird schon so gewesen sein.

Dann eine andere Uniform, statt Kameraden Kommilitonen, statt 17. Braunschweigisches Husarenregiment Brunonen, statt Schampus Bier, ein anderes Liebchen, braunschweigische Schulkameraden, braunschweigische Regimentskameraden, aber nicht in Braunschweig, in Göttingen, der Reserveleutnant Karl Martin L. studiert Jurisprudenz auf dem Paukboden, bei Kommersabenden, in den Tanzsälen: »Was das Florettfechten betrifft, so vermißt man noch die rechte Vorbereitung, was aber der Anstalt nicht zum Vorwurf zu machen ist; vielmehr hat das seinen Grund in der mangelnden Vorbereitung der einzelnen Herren, der gegenüber die Anstalt einen schweren Stand hat. Ich werde jedoch dafür sorgen, daß künftighin die Offiziere in diesem Zweige der Fechtkunst eine bessere Vorbildung erhalten.«

Wie er die Examina geschafft und die Doktorwürde erlangt hat, weiß Karl Martin L. heute nicht mehr zu sagen, er war jedenfalls froh, wieder in Braunschweig sein zu dürfen, als Referendar, als Assessor, bei Gericht und am Theater; was sein Vater dazu gesagt hat, weiß er nicht mehr, aber sonst weiß er noch allerhand.

Bin halt alt. Bin nicht mehr jung. War aber mal jung, ist schon lange her, ist so, als sei es gestern gewesen, gerade eben, habe alles mitgemacht, war überall dabei, konnte mich doch nicht heraushalten, wie denn, warum denn, war doch kein Sonderling, nicht verschroben, kein Eremit, nein, das nicht, stammte doch aus den hübschen Familien, aus einer der hübschen Familien, habe dann später ja auch eine Hübsche aus einer hübschen Familie geheiratet, aber erst später, erst spät. Heiraten wollte ich nie, wollte ich einfach nicht, weiß nicht warum, wohl deswegen nicht, weil, na ja, damit auch mein hübsches, behagliches, verbummeltes Junggesellenleben vorbei gewesen wäre; war doch bequemer, in Vaters Haus, an Mutters Herd, Theater, Konzerte, immer der Hahn im Korb, immer die freie, umschwärmte Partie, von allem anderen erst gar nicht zu reden; nein, an Heiraten dachte ich noch lange nicht, hatte es ja auch bequem so, wurde aber bedrängt, von Vater, von Mutter, von der Mutter mehr, vom Vater weniger, von den Verwandten, von den Vorgesetzten, im Amt, beim Tee, überall, blieb aber stur, blieb ein sturer Welfe, ließ mir gar nicht hineinreden, hatte den harten Schädel, den man hier eben hat. Ich war ja noch jung, hatte noch Zeit, wollte mir noch Zeit lassen, dachte mir wohl auch, es käme noch alles zur richtigen Zeit; hatte ja mein zweites Examen, das Assessorexamen gerade gemacht, hatte mir auch damit Zeit gelassen, hatte mir in allem Zeit gelassen, mit dem Aus-dem-Haus-Kommen, mit der Schule, mit den Husaren, mit dem Studium, mit dem Referendarium, mit allem. Warum, so dachte ich, sollte ich mir nicht auch mit dem Bund für das Leben noch ein wenig Zeit lassen, was ich ja auch getan habe, was ja auch ganz richtig war, jedenfalls nicht falsch.

War dann Aktenleser, Aktenträger, Vorleser, Nachleser, Beisitzer, mein Vater war ein hohes Tier, davon konnte bei mir keine Rede sein, noch keine Rede sein, war ja auch noch jung, war froh, wenn ich dem Aktenstaub entwischen konnte, hatte lieber den Theaterstaub, Bühnenstaub, Kulissenstaub, Garderobenstaub, Puderstaub, ja, war auch überall dabei; ob es mir geschadet hat, ach was, wie hätte mir das schaden sollen, es waren doch alle so, es war so üblich, selbstverständlich, wir mußten uns ja austoben, mußten ja etwas anderes sehen als die Kanzleistuben, den Aktenstaub, die Aktendeckel, mußten doch frische Luft schnappen, Stadtluft schnappen, ja, ja, Stadtluft macht frei. Ich hatte aber Anrecht auf eine höhere Laufbahn, mußte mich bewähren, brauchte nur zu warten, kam von selbst, mußte mich brav halten, war ja auch brav, kam immer pünktlich ins Amt, ging pünktlich wieder, war höflich, freundlich, trug Akten, las Akten, wartete, saß meine Zeit ab, sollte Amtsrichter werden, konnte Amtsrichter werden, Herr Amtsgerichtsrat, Herr Justizrat, mit Haus und Garten und Rosen und Kindern und blühender Frau, bin ich ja auch geworden, wurde ich auch, fast zwangsläufig, die ganze Familie, entweder Juristen oder Theologen, das läßt sich lange zurückverfolgen, bis zum Hofgericht, bis zur Reformation, was sage ich, noch länger, würde man genau forschen, gewiß bis Heinrich dem Löwen, Referendarius dort selbst, dann weiter, immer weiter, hübsche Familien, immer im Amt, dem feinsten Amt, immer Juristen, immer Theologen, immer Häuser mit Garten, Rosen, blühenden Frauen und Kindern, das war schon ganz selbstverständlich, das war anders gar nicht mehr vorstellbar.

Aber wie war das möglich, Juristen und Theologen, eine Familie, Hofgericht und Reformation, undenkbar, nichts ist undenkbar, unmöglich, unrealisierbar, war reine Gewohnheit, pure Gewohnheit, gar nicht anders vorstellbar, auch wenn Luther sagt, ja, selbst wenn Luther sagt:

»Wir Theologen haben keine ärgeren Feinde als die Juristen. Wenn man sie fragt: Was ist die Kirche? antworten sie: Sie ist eine Versammlung der Bischöfe, Äbte usw., und jenes sind die Kirchengüter, die darum den Bischöfen anheimfallen. Das ist ihre Dialektik. Nein! Wir haben eine andere Dialektik zur Rechten des Vaters, die sagt: Es sind Tyrannen, Wölfe und Räuber. Darum verdammen wir hier alle Juristen, auch die frommen, denn sie wissen nicht, was die Kirche ist. Wenn sie alle ihre Bücher aussuchen, so finden sie nicht, was die Kirche ist. Darum sollen sie uns hier auch nicht reformieren. Jeder Jurist ist entweder ein Nichtsnutz oder ein Nichtwisser. Will ein Jurist darüber disputieren, so sage zu ihm: Hörst du, Geselle? Ein Jurist hat hier nicht zu reden, es furze denn eine Sau. Dann soll er sagen: Danke, liebe Großmutter, ich habe lange keine Predigt mehr gehört. Sie sollen uns nicht lehren, was Kirche ist. Es gibt ein altes Sprichwort: Ein Jurist – ein böser Christ. Das ist wahr.«

Damit muß man leben, das sind die Erprobungen, denen man ausgesetzt ist, als Jurist, war ja später auch Jurist im Kirchendienst, aber erst sehr viel später, da wurde ich schon alt, ging ich mit Anstand auf meine Pensionierung zu, aber vorher war ich noch jung, jedenfalls jünger, sehr viel jünger, hatte meine Zukunft noch vor mir, schöne Zukunft, meine Lebensbahn, schöne Lebensbahn, wollte noch etwas werden, sollte noch etwas werden, es war ja alles geregelt, lief in geregelten Bahnen, konnte nichts schiefgehen, war für alles vorgesorgt, für Haus und Garten und Rosen und Kindchen und blühendes Frauchen, wie es ja auch gekommen ist, wie es immer kommt, wie es nicht zu ändern ist, wie es dann ja auch war, nicht schlecht, nicht schön, doch ganz schön, immerhin.

Nein, keiner meiner Ahnen hat, soweit ich das weiß, die Tempelanneke verurteilen helfen, es war das Stadtgericht, Gericht im Hagen:

»Ob ße ßich nicht erbothen, alß das ßterben Zu Harxbüttel über die Schaaffe kommen, ihnen Zu helffen,

Ob sie nicht durch Zauberey das ßterben unter die schaaffe gemacht,

Ob ßie nicht ein Schaaf von der Heerd Zu Pulver im ofen verbrandt, etwas im Keßel gekochet, und den Schaafen eingegeben,

Ob sie nich ßolches vom bösen Feinde gelernet,

Ob Sie nicht solcher verbottener Künßte mehr gebrauchet, wo, an Wehme, wie und wie lange,

Ob ßie nicht Menßchen und Viehe oder ßonßten an Feldfrüchten ßchaden gethan,

Wie ßie es jedesmahl Zuwege gebracht, und ob es nicht der böse Geißt ihr geheißen undt gelehret,

Ob ßie nicht mit ßelben un natürlicher weiße Unzucht getrieben, wie offt und an welchen orthe,

Ob ßie nicht durch das Mittel die bößen Dinger Zu wege gebracht.«

Nein, das war Dreißigjähriger Krieg, Rückfall ins Mittelalter, Verrohung der Sitten, hatte das Neue Haus Braunschweig schon seine Residenz in Wolfenbüttel, waren das schon aufgeklärte Monarchen, friedliebend, volkstümlich, die Stadt wurde erst später erobert, Braunschweig; wenn sie früher erobert worden wäre, wer weiß, ob dann etwas anderes passiert wäre, man weiß es eben nicht.

Spanischer Erbfolgekrieg, Siebenjähriger Krieg, soviel Kriege, immer Kriege, unaufhörlich wurde Braunschweig, das kleine, arme, zerrissene Land berannt, eingenommen, wieder abgenommen, angegriffen, verteidigt, entsetzt, wurden Gegenangriffe gestartet, wurde gesiegt, geplündert, geraubt, gemordet, ging immer hin und her, lag darnieder, richtete sich wieder auf, wurde gestützt, mußte geflüchtet werden, kam man wieder zurück, von einer Residenz zur anderen, immer hin und her, keines Bleibens, keine Dauer, immer hin und her, Herzog Karl, Prinz Ferdinand, Herzogin Amalie, siegt, greift an, unterliegt, Konvention von Zeven, die Hannoveraner, die Engländer, alles wurde in die Flucht geschlagen, blieb nichts bestehen, dann aber die Hessen, hielten durch, hielten stand, wurden nicht besiegt, ließen sich nicht so leicht in die Flucht schlagen, waren da, standen da, Braunschweig war wieder frei, konnte wieder Gerechtigkeit geübt werden, milde, mildtätige Gerechtigkeit, und waren immer dabei, immer beratend tätig, meine Väter, meine Ahnen, hatten immer einen guten Rat parat, waren nie ohne Rat, vergaben ihn freigebig, legten auch Wert darauf, fanden auch Mittel und Wege, daß er angenommen werden konnte, blieben nichts schuldig, wurden überall geliebt, waren mit Rat und Tat immer dabei, konnten helfen, eingreifen, waren überall gern gesehen, fanden immer ein geneigtes Ohr, wie auch hier:

»›Es gehört nicht ein deutscher Reichsfürst, sondern das ganze Reichskammergericht zu Wetzlar dazu, um die Konfusion, die nach Hastenbeck die Konvention von Kloster Zeven über uns gebracht hat, nach Recht und Unrecht, Eidestreue und Meineid zu ordnen und zu sichten‹, seufzte Karl der Erste von Braunschweig melancholisch. ›Schieben wir den Prozeß, den seine Lieben von Hannover und Großbritannien wegen unseres Untertans und Bediensteten Pold Wille gegen uns anstrengen könnten, auch einmal auf die lange Bank, wie die Herren zu Wetzlar!‹ rief er dann lächelnd. ›Musketier Wille, ich nehme Ihn auf Wunsch Ihrer Königlichen Hoheit, meiner allergnädigsten Gemahlin und Herrin, und der drei Demoiselles da in meinen Dienst als meinen Blumenmaler bis zu geendigten gegenwärtigen Kriegsläufen zurück. Seine Hochwürden, der Herr Abt werden die Güte haben, das übrige mit Ihm zu besprechen, Seine sonstigen Umstände nach Möglichkeit ordnen. Ist Er damit einverstanden, maître Wille?‹ ...«

Ja, achtzehntes Jahrhundert, schöne Zeit, schreckliche Zeiten, aufgeklärter Monarch, Handel, Wandel, Merkantilismus, Porcelainemalerei, Bergbau, Entdeckungen, Wünsche, Hoffnungen, der Hof gibt sich menschlich, es fehlt ja nicht an menschlichem Rat, ohne Rat, kein Zweifel, wäre auch der aufgeklärte Monarch ratlos, stünde hoffnungslos, ratlos, hilflos vor einem menschlichen Fall, wie eben diesem; nur mit Gesetzbuch auf dem Schreibtisch gar nicht zu lösen:

»Der Richter ist ein höherer Staatsbeamter mit akademischer Ausbildung und sitzt, bewaffnet bloß mit einer Denkmaschine, freilich einer von der feinsten Art, in seiner Zelle. Ihr einziges Mobiliar ein grüner Tisch, auf dem das staatliche Gesetzbuch vor ihm liegt. Man reicht ihm einen beliebigen Fall, einen wirklichen oder nur erdachten, und entsprechend seiner Pflicht ist er imstande, mit Hilfe rein logischer Operationen und einer nur ihm verständlichen Geheimtechnik die vom Gesetzgeber vorherbestimmte Entscheidung mit absoluter Exaktheit nachzuweisen.«

So nicht, so natürlich nicht, keineswegs, nie und nimmer, wie aber denn, wie aber dann denn, wie macht man das, wie geht das vor sich, wie nicht, wie doch, wie jedenfalls nicht, so jedenfalls das achtzehnte Jahrhundert, wie aber denn das neunzehnte, in dem ich ja geboren wurde, aufgewachsen bin, meine ersten Prägungen erhalten habe.

Das neunzehnte Jahrhundert begann natürlich, fast zwangsläufig, wie wir alle wissen, wie wir alle gelesen haben, wie es uns im Unterricht beigebracht worden ist, mit der Revolution, mit der Umkehrung aller Verhältnisse, zuerst in Amerika und dann auch in Frankreich, Rousseau, Voltaire, Diderot, ja, ich weiß, auch protestantische Einflüsse, mag unsere alte Welt ganz schön erschüttert haben, drang auch zu uns, nach Deutschland, nach Braunschweig, war wieder Krieg, wieder Unfriede, immer Krieg, immer Unfriede, immer Aussetzen einer geduldigen Gerechtigkeit, immer Verluste, keine Siege, keine Ausgleiche, nur Verluste; als Christ ist man das ja gewohnt, daß es hienieden keinen Frieden geben kann, man weiß es, hält sich daran. Dann kam ein junger Mann zu uns nach Braunschweig, verkehrte, als er noch klein war, in meines Vaters, in meines Großvaters Haus, erzählte davon, immer wieder, wußte nicht, wer das war, bis er es später, viel später erst, als er selbst groß geworden war, herausgefunden hatte, wer das gewesen sein könnte; es spielt aber keine Rolle, nur so nebenbei, damit es nicht vergessen wird, damit es gesagt worden ist, damit ich auch das erwähnt habe und nicht mehr zu erwähnen brauche:

»Das Volk von Braunschweig leistet den Eid. Das Gebäude, in dem sich die Obrigkeiten befinden, hat die dem Gotischen eigene Häßlichkeit.

Das Unfeine, Niedrige der Bürger bei Zeremonien verursacht mir immer Übelkeit.

Der Bürgermeister von Braunschweig, eine lächerliche Gestalt, hat eine Rede vorgelesen, auf die niemand gehört hat. Er hatte nicht soviel Verstand, dem Volke sagen zu lassen, wann es die Hand hochheben solle: diese Bewegung wurde nur teilweise gemacht, und alle haben gelacht. Die Deutschen strecken beim Schwören zwei Finger der Hand empor.

Diese Zeremonien sind mir immer zuwider ...«

Hatte keinen Geschmack, der Herr Stendhal, mochte unser Altstadtrathaus nicht, mochte auch die Braunschweiger nicht, die braunschweigischen Gesellschaften ebenso nicht, war verwöhnt, brachte seinen Pariser Geschmack mit, mochte die einfache, treue, deutsche Wesensart nicht, konnte mit uns nichts anfangen, wir mit ihm, wie mit der ganzen französischen Besatzung, auch nicht, wir waren ja Deutsche, auch wenn wir Anhänger des Braunschweigischen Hofes waren, so waren wir doch schon damals Deutsche, in der Niederlage, mit der Sehnsucht nach Einheit und Freiheit, na ja, sind ja große Worte, aber wir, beziehungsweise mein Großvater, jedenfalls mein Urgroßvater und alle anderen Edelgesinnten in Braunschweig Stadt und Land, in ganz Deutschland haben gesagt und gedacht, leise gesagt und laut gedacht:

»Bei Frau von Levetzow, langweilig. Welchen Gesichtsausdruck muß man in Gesellschaft zur Schau tragen, wenn man sich langweilt oder krank ist?

Man hat wirklich recht, wenn man sagt: audaces fortuna juvas; aber mit Verlaub, welche Umwege, um Fräulein von Oeynhausen in den Schenkel zu zwicken. Aus Langeweile habe ich es gestern mit Erfolg getan. Ich habe sogar die Stelle berührt, wo rabenschwarzes Haar die Lilien beschattet; aber ich fürchte, Frau von Strombeck, die Mutterstelle vertrat, hat es bemerkt und zürnt mir deswegen.

Alles in allem, würde Mirabeau sagen, habe ich genug von Braunschweig.«

Bald danach ist er ja auch gefahren, geritten, geflüchtet, mußte er sich aus Braunschweig hinwegretten, war er nicht mehr gern gesehen, was er ja auch vorher nicht war, nicht, weil er Franzose war, nicht, weil er eventuell kein liebenswürdiger Mensch gewesen wäre, nein, deswegen überhaupt nicht, sondern weil die Truppen Napoleons, die den Deutschen ihr Denken aufzwingen wollten, von unseren Befreiungstruppen hinausgeworfen wurden, alle sind sich dann in die Arme gefallen, waren nur noch Deutsche, waren frei, aber noch nicht vereint, was aber gewiß noch kommen würde:

»Nun bin ich bald zwei Jahre in Braunschweig, ich knüpfe hier an folgende Überlegung: Ich habe den Leuten dieses Landes so recht als junger Mensch und Franzose gegenübergestanden; was mir tadelnswert schien, habe ich vor ihnen getadelt, als seien sie alle Philosophen und über jedes Vorurteil erhaben und habe sogar meine Verachtung für ihre plumpe Schwerfälligkeit durchblicken lassen.

Wenn ich das nächste Mal irgendwo an den Ufern des Ebro oder der Elbe in Garnison bin, werde ich gleich bei meiner Ankunft meine Bewunderung für das betreffende Land ausdrücken.«

Es war vorbei mit der französischen Besatzung, dem Königreich Westfalen, war aber auch gestorben worden dafür, als erstes fiel Herzog Karl Wilhelm Ferdinand in der Schlacht von Auerstedt, zum Schlusse dann noch Herzog Friedrich Wilhelm an der Spitze seiner Schwarzen Schar, das Land, sein Land, unser Land, das Land Braunschweig zu befreien, na ja.

Wir überall dabei, beratend, tätig, segnend, erste Verfassung 1820, liberal, zweite 1830, noch liberaler, 1848, ruhiger Verlauf, wir immer beratend dabei, mäßigend dabei, einwirkend, beruhigend einwirkend, dabei, immer dabei, nie abseits stehend, nie murrend, nie querköpfig, nie anders denkend, immer dabei, immer mit Rat, Tat, Hilfe, Segen und allem anderen dabei; 1866 stimmten wir gegen den Bundeskrieg, unterstellten wir unsere Truppen den preußischen, retteten unser Land mit unserem Rat, mit unserer Tat, mit unserer Hilfe, mit unserem Segen, immer dabei, ständig dabei; Norddeutscher Bund, waren wir dabei; Bundesstaat im Deutschen Reich, waren wir dabei; Regentschaft durch Bismarck eingesetzt, 1884, ein Jahr vor meiner Geburt, waren wir nicht dabei, hat unser Rat gefehlt, aber 1877, bei der Einrichtung des Oberlandesgerichts, Reichsjustizverfassung, waren wir dabei, obwohl es uns nicht geschmeckt hat, so mein Vater, ein Teil der Selbständigkeit von Braunschweig wegzuschenken, aber was haben wir nicht alles getan, um das Deutsche Reich zu einen, zu versöhnen, ein Teil von ihm zu werden, der querelles Herr zu werden, haben überall mitgeholfen, waren mit Rat und Tat an der Seite des Hofes, an der Seite von Braunschweig, waren Braunschweiger, sind es immer noch, waren es immer, wollen es bleiben, sind aber auch Deutsche, ein Teil des Deutschen Reiches, haben uns das so vorgestellt, wenn auch etwas anders, waren's zufrieden, waren froh, waren nicht ganz glücklich, aber auch nicht unglücklich, wie hätte es auch anders sein können.

War das dann ein Jubel, als Herzog Ernst August in offener Kutsche mit seiner Gemahlin, der Kaisertochter Viktoria Luise, durch Braunschweig fuhr, dem Schloß zu, wieder ein Welfe, wenn auch aus der hannoverschen Linie, die Regierung übernahm, die Amtsgeschäfte, nach fast dreißig Jahren Regentschaft durch Preußen und Mecklenburg. Auch wir haben gejubelt, auch wir waren erleichtert, auch wir waren froh gestimmt, auch wir feierten, ich kann mich noch gut erinnern, war ja dabei, war auch froh, erleichtert, atmete auf, wußte nicht zu sagen, warum, war aber trotzdem froh, war ja ein Braunschweiger, war erst Braunschweiger und dann erst Deutscher, erst dachte ich an Braunschweig, dann an das Deutsche Reich, ich konnte nichts machen, es war eben so, war nicht zu ändern, es war ja eine lange Linie, wir waren schon lange in Braunschweig im Amt, haben immer dem Hof zur Seite gestanden, es hat an gutem Rat nicht gefehlt.

Nein, die Sozialdemokraten mochten wir nicht, waren ja keine Braunschweiger, sie kamen sonst woher, waren aber keine Braunschweiger, erkannten ja nichts an, wollten das Land nicht, wollten Braunschweig nicht, wollten das Reich nicht, das Deutsche Reich, wollten international verbündet sein, wollten unseren Rat nicht, wollten sich nicht mäßigen, kamen mit Forderungen, mit unmäßigen Forderungen, wollten keine Ruhe geben, waren nicht zur Ruhe zu bringen, traten immer unverschämter auf, als wenn es nur sie gäbe und sonst gar nichts, nein, damit konnten wir nichts anfangen, sie waren uns ganz fremd, waren in Braunschweig ganz fremd; Braunschweig wurde uns fremd, wuchs, wurde anders, war keine Residenz mehr, überall Vorstädte, Industrien, Massen von Leuten, von überallher, fremd in der Stadt, in einer uns fremd gewordenen Stadt, einer Industriestadt, keiner Residenzstadt mehr, keine ruhige, besinnliche Regierungsstadt mehr, nein, alles fremd in einer fremden Stadt, die uns mehr und mehr fremd wurde.

Und dann der Krieg. Dann der Krieg, nach einer solch langen Friedensperiode, jedenfalls war der Krieg nicht an den deutschen Grenzen, war nicht zu sehen, war nicht zu spüren, war wohl da, in der Flottenpolitik, im Sedanstag, in Kaisers Geburtstag, war da in prächtigen Uniformen, in martialischen Reden, wurde aber nicht ernst genommen, war da, aber keiner glaubte daran, war auch da zwischen Bürgertum und Roten, wurde im Parlament ausgefochten, auf Versammlungen, Demonstrationen; Kundgebungen wurden aufgelöst, auseinandergetrieben, sie wurden nicht gestattet, sollten nicht sichtbar werden, die Streiks, die politischen Androhungen, die Gewalttätigkeiten mit dem Wort, mit der Fahne, mit der anderen Fahne, es war ja nicht unsere Fahne, sollte es nicht sein, sollte es nicht werden, mußte verboten werden, konnte nicht gestattet sein.

Und dann der Krieg. Dann der Krieg, nach all den Entwicklungen, nach all dem Fortschreiten, nach all den großen technischen Erfindungen, nach all den Schöpfungen, nach all der Nachdenklichkeit, nach all dem Ringen um das neue Zeitalter: soviel Anfang, soviel Aufbruch, soviel Entdeckergeist, soviele Entdeckungen, soviel Forschung, soviel Wissenschaft, soviel Neues, eine neue Welt, ein neuer Mensch, ein neuer Anfang, alles so gewaltig. Deutsche Musik, deutsche Dichtkunst, deutsche, tiefe Liebe zur Wahrheit, deutsche Philosophie, deutsches Schöpfertum, deutsche Liebe, deutsche Frauen, deutscher Wein. Nein, dies nun nicht mehr braunschweigisch, nicht mehr lokalpatriotisch, nicht mehr aufs kleine heruntergewürdigt; dies alles vereint in einem deutschen Vaterland, so dachten wir doch alle, ja, so wollten wir es sehen, so wollten wir das verstehen und verstanden wissen, so wollten wir es fühlen und erleben, miterleben, uns nicht durch die Journaille daran hindern lassen, durch Böswillige, Fehlgeleitete, Obskuranten, Pessimisten, Nihilisten, Anarchisten, Neinsager jeglicher Couleur:

»Eine, schmerzliche Stunde ist über Deutschland hereingebrochen. Neider überall zwingen uns zur gerechten Verteidigung. Man drückt uns das Schwert in die Hand. Ich hoffe, daß, wenn es nicht in letzter Stunde gelingt, die Gegner zum Einsehen zu bringen und den Frieden zu erhalten, wir das Schwert mit Gottes Hilfe so führen werden, daß wir es mit Ehre wieder in die Scheide stecken können.

Enorme Opfer an Gut und Blut würde ein Krieg vom deutschen Volk erfordern, dem Gegner aber würden wir zeigen, was es heißt, Deutschland anzugreifen. Und nun empfehle ich euch Gott. Jetzt geht in die Kirche, kniet nieder vor Gott und bittet ihn um Hilfe für unser braves Heer!«

Wer wollte da nicht mithalten, wer wollte da nicht unter die Waffen, wer wollte nicht mitgehen, um all das zu verteidigen, war ja noch jung, war keine dreißig Jahre, war gesund, munter, habe mich gleich gestellt, wollte nicht zum Stab, zum Feldgericht, das nicht, wollte den Waffengang mitmachen, die Kameraden nicht allein gehen lassen, wollte den Staub, den Aktenstaub von mir abschütteln, wollte dabei sein, in vorderster Linie sein, wollte kämpfen, siegen, siegbeladen nach Hause kommen, es sollte alles schnell gehen, bald wieder vorbei sein, die Grenzen halten, den Feind besiegen, uns keine Schmach antun lassen. Wir waren es auch überdrüssig, den faulen Frieden, den langen Frieden, den Parteienhader, das Wortgezänk, wollten uns reinwaschen, wollten das Opfer, wollten den Sturm, den Sühnegang, das Stahlgewitter, fühlten alle so, dachten alle so, waren froh, daß es nun losging, endlich losging, es konnte gar nicht schnell genug gehen, wir waren alle bereit, je eher desto besser, wir wollten das alles hinter uns lassen, den Staub, den Dreck, den Hader, die Akten, die Amtsstuben, wir wollten kämpfen, für uns selbst, fürs Land, für die Frauen, für Deutschland, fürs Regiment, für den Herzog, für den Kaiser, für die Fahne, aber nicht für die Parteien, das Parlament, dafür nicht, für das Vaterland ja, das ja, jawohl:

»Aus tiefem Herzen danke Ich euch für den Ausdruck eurer Liebe, eurer Treue. In dem jetzt bevorstehenden Kampf kenne Ich in Meinem Volke keine Parteien mehr. Es gibt unter uns nur noch Deutsche, und welche von den Parteien auch im Laufe des Meinungskampfes sich gegen Mich gewendet haben sollte, Ich verzeihe ihnen allen von ganzem Herzen. Es handelt sich jetzt nur darum, daß alle wir Brüder zusammenstehen, und dann wird dem deutschen Schwert Gott zum Siege verhelfen.«

Soviel Jubel, soviel Zuversicht, soviel Kameradschaft, soviel Liebe, soviel um den Arm fallen, soviel Winken, soviel Tränen, soviel Abschied und Zuversicht, bald wiederzukommen, soviel Freundschaft, soviel Zuneigung, soviel Opferbereitschaft, soviel Erwachen, soviel Aufstehen, soviel Gemeinsamkeit:

»Langsam beginnen die Steine sich zu bewegen und zu reden.
Die Gräser erstarren zu grünem Metall. Die Wälder,
niedrige, dichte Verstecke, fressen ferne Kolonnen.
Der Himmel, das kalkweiße Geheimnis, droht zu bersten.
Zwei kolossale Stunden rollen sich auf zu Minuten.
Der leere Horizont bläht sich empor.
Mein Herz ist so groß wie Deutschland und Frankreich zusammen,
durchbohrt von allen Geschossen der Welt.
Die Batterie erhebt ihre Löwenstimme
sechsmal hinaus in das Land. Die Granaten heulen.
Stille. In der Ferne brodelt das Feuer der Infanterie,
tagelang, wochenlang.«

Ach, gar nicht zu sagen, nicht zu sagen, kaum zu sagen, welche Enttäuschung, welche Bedrückung, welche Niederdrückung; es ging alles nicht so schnell, blieb stecken, kam nicht voran, wir gewöhnten uns daran, lagen so da, dachten an Hunger, an Läuse, an Durst, waren verdreckt, vertiert, starrten uns an, redeten kaum noch, taten unsere Pflicht, dachten über all das gar nicht hinaus, waren müde, fanden keinen Schlaf, schliefen im Stehen fast ein, wenn wir Wache hatten, langweilten uns, durften nicht laut werden, konnten gehört werden, wenn eine Postkarte kam, ein Brief, ein Päckchen, starrten wir das an, als sei das aus einer fernen, ganz unbekannten, vorzeitlichen Welt, die wir nie gesehen und gekannt hatten, uns ganz unbekannt, manchmal fiel ein Schuß, manchmal war es still, manchmal wurde einer getroffen, ein Kamerad, gleich neben einem; daran, daß man selbst ja auch getroffen werden konnte, dachte doch keiner, an Tod dachten wir nicht, wir waren beschäftigt, zu überleben, in all dem Sumpf, dem Stumpfsinn, dem Abtöten jeglichen Gefühls. Dann traf es mich, es hätte auch einen anderen treffen können, aber da traf es mich, ein Sirren, eine Explosion ganz in der Nähe, kein Schmerz, nur Erstaunen, dann viel Blut, viel dickes, rotes, süßes, klebriges Blut, wo das nur herkam, dann eine Schwäche, eine kleine Schwäche, nein, es war ja nichts, ich war nur müde, wollte nur schlafen, konnte nicht mehr stehen, bemerkte noch alles, dann war es vorbei; Lazarett, langwierig, Heimat, Genesung, dann doch in den Stab, Schreibstube, nichts Besonderes, so erlebte ich das Ende des Krieges, traurig, niedergedrückt, was mit soviel Begeisterung begonnen worden war – da ist man doch tiefer verwundet, das bleibt einem doch, als eine Wunde, eine Schmach, eine Wunde, die nie heilt, die immer offen bleibt, die nicht vernarbt, und wenn eine Narbe bleibt, doch eine sichtbare, schmerzliche, deutliche; ein Oberleutnant, der linke Arm ab, die Auszeichnungen, die Achselstreifen, alles abgerissen, meuternde Truppen, so kam ich nach Hause, entehrt, geschwächt, geschlagen, mutlos, kraftlos, saftlos, in ein anderes Land.

In ein anderes Land bin ich dann zurückgekommen, ein fremdes Land, ein mir unvertrautes Land, das mir fremd blieb, dem ich fremd war, fremd bleiben mußte, was ganz anders geworden war, nicht mehr wiederzuerkennen, mit fremden Wörtern, fremden Fahnen, fremden Gesichtern.

Ich war auch älter geworden, war jung in den Krieg gegangen und alt aus ihm zurückgekommen, mit grauem Haar und müde; meine Eltern fand ich noch wieder, fand sie verstört, die Zeit nicht mehr verstehend, die ich ihnen auch nicht erklären konnte. Es gab überall Räte, Arbeiterräte, Soldatenräte, Beamtenräte, aber wohl keine Justizräte mehr, es waren keine Räte, sie gaben keinen Rat, waren ratlos, laut, wollten allen Angst einjagen, hatten wohl selbst Angst, trauten sich nicht, machten sich etwas vor, begriffen nichts, wollten eine andere Ordnung, aber was für eine, das wußten sie auch nicht, waren radikal mit den Wörtern, mit den Fahnen, mit den Plakaten, den Transparenten, den Kundgebungen, machten viel Lärm, drohten, schüchterten ein, versuchten es jedenfalls, liefen herum, schwangen das Gewehr, waren mit Stempel und Ausweis und Armbinde schnell bei der Hand, wollten alles enteignen, wollten eine neue Ordnung, wollten vom Volk gewählte Richter, wollten Volksgerichtshöfe, wollten soviel, haben gar nichts, überhaupt nichts bekommen.

Ich stellte mich dann auch wieder der neuen Regierung auf dem Boden der neuen Ordnung zur Verfügung, wurde Richter, kleiner Amtsrichter, hatte viel Kleinkram, es mußte alles schnell gehen, ging viel über den Tisch, ich kam kaum zum Atmen, kaum zur Besinnung, es war immer etwas los, es war eine schwere Zeit, das Geld war auch nicht mehr wert, all die Kriegsanleihen, die mein Vater gezeichnet hatte, konnte er in den Schornstein schreiben, all den Schmuck, den meine Mutter gegen Eisen eingetauscht hatte, sah sie nie wieder, beinahe hätten wir die Dummheit begangen, unser Haus zu verkaufen, für nichts und wieder nichts.

Ich war wieder in Braunschweig, gewöhnte mich wieder an Braunschweig, war wieder Braunschweiger, wieder Welfe, wählte auch so, da es ja viel zu wählen gab, dachte an Volksrecht, germanisches Recht, konnte mich daran gewöhnen, steht vor und über dem Einzelnen, die Gemeinschaft, muß in den Herzen der Menschen leben, das Recht, warum nicht, es gab dann auch eine Partei, eine Volksrechtpartei, ich war dabei, ließ die Welfen im Stich; ein Linker, ein ehemaliger Linker, gründete eine eigene Partei, seine Freunde hatten ihn eingebuchtet, wollten ihn nicht mehr, er hatte andere Vorstellungen, sie gefielen mir, anderen auch, es war aber nichts zu gewinnen, sie ging bald wieder ein, es war wieder vorbei mit Volksrecht und so. Justizreform – ich wurde befördert, kam ans Landgericht, dachte an Heirat, habe mich verlobt, ein junges Ding, ganz hübsch, aus unseren Kreisen, Vater Pastor, wir waren lange verlobt, unruhige Zeiten, es ging alles nicht so, wie wir dachten, Beförderungen von außen, die Sozis wollten ihre Leute da hineinbringen, Proteste, haben nichts bewirkt, sie wurden dann abgewählt, wir sehnten uns nach Ordnung, dem Herzog, dem Kaiser, waren aber nicht da, kamen nicht wieder, waren nicht wieder herbeizuschaffen.

Ich wurde dann bedrängt, wurde sehr bedrängt, war damals schon Direktor, war verheiratet, hatte noch keine Kinder, nationale Erhebung, neuer Geist, war auch dabei, es waren alle dabei, haben nicht gejubelt, waren nicht begeistert, aber waren dabei, waren für Ordnung, gegen das Durcheinander, waren dafür, Schlimmes zu verhindern, waren ein Bollwerk, so oder so; haben Schwarzuniformierte verurteilt, haben Bürgern zu ihrem Recht verholfen, ließen uns nicht beirren, haben ein Sondergericht gegründet, haben uns nicht gewehrt, warum hätten wir das auch tun sollen, fanden das ja auch so in Ordnung, wollten doch Ordnung, wollten doch retten, was zu retten war, wollten den Kaiser, den Herzog, den bekamen wir aber nicht, bekamen den Gefreiten, hatten den Feldmarschall, sahen das mit Rührung, beide, Hand in Hand, ja, es war erhebend, es war nicht der Herzog, nicht der Kaiser, aber immerhin.

Dann kam der Krieg, ich war schon zu alt, hatte auch einen Arm ab, das Land in Bedrängnis, wir mußten helfen, mußten in der Heimat Ordnung halten, den Truppen den Rücken freihalten, wie auch man dazu stehen mag, wir waren doch ein Volk, mußten doch etwas tun, konnten doch nicht tatenlos beiseite stehen, wir durften nicht zulassen, daß hier die Unordnung einriß; auch dann nicht, als die Bomben fielen, als alle Hunger hatten, als gearbeitet werden mußte, als alles schwer wurde, als es dunkel wurde, als es Nacht wurde, als es nicht mehr hell werden wollte.

Wir haben uns schwergetan mit dem Urteil, noch so jung, es half nichts, wir haben zum Gnadengesuch geraten, es hat nichts genutzt, schlimme Zeit, mußte überstanden werden, auch wenn man nicht wollte, man mußte die Zähne zusammenbeißen, es half nur noch Gott, half der Glaube, in einer ungläubigen Zeit.

So viel gesagt, so wenig gesagt; so viel gesehen, so wenig gesehen; so viel gehört, so wenig gehört; so viel Unruhe, so wenig Ruhe; so viel tiefe Trauer, so wenig Friede; so viel Leid, so wenig Trost; so viele Trümmer, so wenig Obdach.

Habe meinen Frieden gefunden, habe versucht, meinen Frieden zu finden, habe eine Zuflucht gefunden, habe mich unter das Dach der Kirche begeben, es hat mich geschützt, mich gerettet, wenn auch nur der weltliche Teil unserer Kirche, ich konnte helfen, konnte Hilfe gebrauchen, war noch da, war noch zu etwas nütze, habe gesühnt, habe gebetet, habe meinen Frieden gefunden, bin müde, bin sterbensmüde.

Die Schlepper

FÜR DIE SCHAUSPIELERIN JOHANNA GSELL

Eins:

Wir waren unser vier. Die Arbeit mußte gemacht werden. Arbeit ist Arbeit, da beißt keine Maus den Faden ab. Es war manchmal ein bißchen viel, aber es wurde geschafft. Was danach kommen könnte, darüber haben wir uns keine grauen Haare wachsen lassen.
Aber dann wurde uns das Mädchen gebracht. Johanna! Die arme Johanna, die kleine Johanna, die Johanna von Braunschweig! Wer hätte das auch gedacht.
Die wollte nichts von uns, gar nichts, absolut nichts. Die rührte sich nicht, die faßte nichts an, die hockte nur so in ihrem Eckchen und heulte in einer Tour. Wenn es denn ein Heulen nur gewesen wäre: die flennte, die schniefte, die schluchzte, die jammerte und hörte gar nicht damit auf. Nichts half da, gar nichts, hatten alles versucht, was uns eingefallen war; aber sie heulte Tag und Nacht, tat gar nichts anderes, hörte nicht auf damit, hat geheult, als wir sie zum ersten Male zu Gesicht bekamen und auf ihr Zimmer geleiteten, und nicht aufgehört, bis wir sie endlich über die Grenze hatten. Schließlich haben wir ihr eine Schüssel untergeschoben, die Tränen darin aufzufangen. Wurde ein Meer fast. Wußten nicht, was wir damit anfangen sollten, aber wegschütten wollten wir das auch nicht einfach so...

Zwei:

Wir waren unser vier. Die Arbeit mußte ja
gemacht werden. Arbeit ist Arbeit, da beißt keine
Maus den Faden ab. Es war manchmal ein bißchen viel,
aber wir haben es schon geschafft. Was danach
kommen könnte, darüber haben wir uns keine grauen
Haare wachsen lassen.
Aber dann mußten wir das Mädchen scheren. Johanna!
Die arme Johanna, die kleine Johanna, die Johanna von
Braunschweig! Ist besser so, macht weniger Arbeit, und
wer weiß, was da noch für Scherereien passieren. Aber
es passierte nichts mehr. Das Mädchen hat inständig geheult, gewimmert, geschrien, wollte ihre Haare nicht
hergeben, konnte man ja verstehen. Aber wir haben sie
sanft überredet, uns ihre Haare zu lassen, da hatten
wir schon unsere Methoden. Das Haar war ziemlich lang,
na ja, wie Spaghetti zum Beispiel der italienischen
Art und so dick auch und so hart, dabei immer noch
rot, nicht blond, nicht weiß, bewahre, hatte einen
Kupferton – hatten wir aufgehoben, nicht weggegeben,
obwohl das ja extra bezahlt wurde, haben wir aufgehoben,
ohne zu wissen, was wir damit anfangen sollten, einfach
so...

Drei:

*Wir waren unser vier. Die Arbeit mußte ja
getan werden. Arbeit ist Arbeit, da beißt keine
Maus den Faden ab. Es war manchmal ein bißchen viel,
aber wir haben das dann doch geschafft. Was danach
kommen könnte, darüber haben wir uns keine grauen
Haare wachsen lassen.
Aber dann mußten wir dem Mädchen die Nägel schneiden,
die an den Füßen ebenso wie die an den Händen, der Johanna. Der armen Johanna, der kleinen Johanna, der
Johanna, die zu uns von Braunschweig gekommen war.
War besser so, einfacher, sparte uns anschließend Arbeit
und Mühe. Die aber machte keine Umstände, die rührte
sich nicht, die bewegte sich nicht, die gab keinen
Mucks von sich, die heulte wie eh und je, bemerkte aber
offensichtlich nichts. Waren schon ganz lang, diese
Nägel, beinahe so wie bei dem Struwelpeter, aber mit
der guten Schere hatten wir diese im Nu ab. Ja, das
ist richtig, wir haben sie in eine Schachtel gelegt. Nein,
wir hatten nicht die Absicht, diese Hornhaut als Reliqien zu behalten, wußten aber nicht, was wir
ansonsten hätten damit anfangen sollen, trauten uns aber
auch nicht, das alles einfach wegzuschmeißen, wußten
auch nicht warum, das geschah einfach so...*

Vier:

*Wir waren unser vier. Die Arbeit mußte ja
getan werden. Was getan werden mußte, das mußte
getan werden. Arbeit ist Arbeit, da beißt keine
Maus den Faden ab. Es war zu den Zeiten
ein bißchen viel, aber wir haben das schon geschafft. Was danach kommen könnte, darüber haben
wir uns keine grauen Haare wachsen lassen.
Aber dann haben wir das Mädchen über die Grenze
gebracht. Johanna! Die arme Johanna, die kleine
Johanna, unsere Johanna von Braunschweig! Das war
nicht schwer. Die war nicht schwer, wer hätte das
gedacht, die war ganz leicht. Das waren nunmehr noch
Haut und Knochen. Wir mußten sie mehr tragen, als
daß sie mit uns ging, dabei hat sie inständig geheult,
aber das kannten wir unterdessen schon, daran hatten
wir uns gewöhnt, nur unsere anderen Gäste nicht, die
pochten wie verrückt an die Wand. Denen haben wir es
aber gezeigt. Also, Johanna, die haben wir nach draußen
getragen, war ganz leicht wie eine Feder, konnte einer
von uns mit einer Hand, mit links sozusagen. Das
Heulen hat uns nicht gestört. Alles hatten wir gut
vorbereitet, sie hat auf nichts groß geachtet, dann war
sie aber auch schon über die Grenze, hat aber noch eine
ganze Zeit lang geheult, haben wir jedenfalls so gehört, hören wir immer noch, kommen wir nicht von los,
obwohl wir nicht wissen, was wir damit anfangen sollen,
ist einfach so da, bei den anderen auch, nehme ich
an...*

ERINNERN UND VERGESSEN
Ein ungarisch-deutsches Dichtertreffen

Mit Originalbeiträgen László Darvasi, Reinhard Jirgl, László Krasznahorkai, Katja Lange-Müller und László Márton. Abbildungen. Ca. 64 Seiten. Gr-8⁰. Geheftet. 25,– DM/13,50 DM. ISBN 3.934818.30.7 (Frühling 2001) (= Herrenhaus 2001. Jahrbuch für Literatur, Musik, Malerei und Bildende Kunst I. Herausgegeben v. Barbara Stahl).

HANNS HEINZ EWERS
Führer durch die moderne Literatur

300 Würdigungen der hervorragendsten Schriftsteller unserer Zeit [1906]. Hrsg. v. H. H. Ewers unter Mitwirkung v. Victor Hadwiger, Erich Mühsam u. René Schickele. Ca. 176 Seiten. Broschur. 34,– DM/18,– EURO. ISBN 3.934818.23.4 (Sommer 2001; korrig. Neudruck d. Erstausgabe, hrsg. v. Jürgen Peters).

FERDINAND HARDEKOPF
Berlin 1907-1909

Theaterkritiken aus der *Schaubühne*. Herausgegeben von Arne Drews. Titelprägung. 32 Seiten. Geheftet. 5,– DM/3,– EURO. ISBN 3.927715.46.8.

THOMAS O'KIEP
Der Schloßgeist von Canterville

(Canterville Caisteal Uruisg). Ein Dramolett nach der Erzählung von Oscar Wilde. Mit einer Einführung von Thomas O'Kiep. Aus dem Gälischen übertragen von Heiko Postma. 64 Seiten. Geheftet. Gr.-8⁰. 18,– DM/10,– EURO. ISBN 3.934818.29.3 (Frühling 2001).

JÜRGEN PETERS
Eines treuen Husaren Bratkartoffelverhältnisse

Literatur / Kritik / Musik. Herausgegeben v. Leo Kreutzer. 240 Seiten. Broschur. 34,– DM/18,50 EURO. ISBN 3.927715.86.7.

HEIKO POSTMA
Das literarische Rätselbuch von Magister Tinius

Wer irrt hier durch den Bücherwald? Illustriert v. Hela Woernle. 192 Seiten. Gebunden. Gr.-8⁰. 44,– DM/23,– EURO. ISBN 3.927715.98.0 (mit Lösungsteil).

WERNER RIEGEL
Außenseiter

Portraits zu Jakob van Hoddis, Paul Boldt und Arno Schmidt. Herausgegeben v. Dora Diamant. Titelprägung. 24 Seiten Geheftet. 5,– DM/3,– EURO. ISBN 3.927715.68.9.

THOMAS DE QUINCEY
Literarische Portraits
Schiller, Herder, Lessing, Goethe. A. d. Englischen übersetzt, kommentiert u. hrsg. v. Peter Klandt. Deutsche Erstausgabe. Titelprägung. 136 Seiten. Broschur. 34,– DM/18,50 EURO. ISBN 3.927715.95.6 (Coop. Wehrhahn Verlag).

NICOLAS BORN PREIS FÜR ADAM SEIDE
Niedersächsischer Kunstpreis für Literatur 2000

ADAM SEIDE
Das ABC der Lähmungen
Porträts aus einer Kneipe / Die Kneipe in meinem Kopf. 80 Seiten. Broschur. 22,– DM / 14,– EURO (die letzten Exemplare d. 1. Aufl. 1979! Nur an privat).

ADAM SEIDE
Beckett
Besuch bei Beckett / Wie es war, wie es ist, wie es gewesen sein mag / Dieses mit dem Romane schreiben. Mit einem Portrait v. Dora Diamant herausgegeben v. Arne Drews. Titelprägung. 32 Seiten. Geheftet. 5,– DM/3,– EURO. ISBN 3.927715.99.9.

ADAM SEIDE
...es ist nur eine Reise...
Roman (Erstes Buch der Trilogie *Drei alte Maler. Ein altmodischer Roman*). 336 Seiten. Gebunden. 36,– DM/19,50 EURO. ISBN 3.927715.69.7.

ADAM SEIDE
Rebecca
oder Ein Haus für Jungfrauen jüdischen Glaubens besserer Stände in Frankfurt am Main. Roman. 228 Seiten. Gebunden m. Umschlag. 29,80 DM/16,– EURO (Restauflage des Athenäum Verlages; nur an privat).

BARBARA STAHL
Einmal bin ich in die Wüste gefahren... Roman einer Lesenden
240 Seiten. Broschur. 34,– DM/18,50 EURO ISBN 3.927715.88.3 (Frühling 2001).

ZACHARIAS WERNER
Der Herr und der Cyniker
Ausgesuchte Gedichte. Mit einer Zeichnung von E.T.A. Hoffmann u. einem biographischen Abriß. 52 Seiten. Geheftet. 14,– DM/8,50 EURO. ISBN 3.927715. 56.5 (= Schriftstücke 6. Herausgegeben von Leo Kreutzer und Jürgen Peters).